PEQUENAS FÁBULAS MEDIEVAIS
FABLIAUX DOS SÉCULOS XIII E XIV

PEQUENAS FÁBULAS MEDIEVAIS
FABLIAUX DOS SÉCULOS XIII E XIV

Estabelecimento do texto,
versão para o francês do texto,
e seleção
NORA SCOTT

Tradução
ROSEMARY COSTHEK ABILIO

Esta obra foi publicada originalmente em francês com o título
CONTES POUR RIRE? FABLIAUX DES XIIIe ET XIVe SIÈCLES
por Christian Bourgois Editeur, Paris, em 1977.
Copyright © U.G.E., 1977.
Copyright © 1995 Livraria Martins Fontes Editora Ltda.,
São Paulo, para a presente edição.

1ª edição *1995*
2ª edição *2020*

Tradução
ROSEMARY COSTHEK ABILIO

Revisão da tradução
Monica Stahel
Revisões
Flora M. de Campos Fernandes
Agnaldo Alves de Oliveira
Produção gráfica
Geraldo Alves
Paginação
Renato C. Carbone
Capa
Katia Harumi Terasaka Aniya

Dados Internacionais de Catalogação na Publicação (CIP)
(Câmara Brasileira do Livro, SP, Brasil)

Pequenas fábulas medievais : fabliaux dos séculos XIII e XIV / Anônimo; estabelecimento do texto, tradução para o francês moderno e seleção Nora Scott ; tradução Rosemary Costhek Abilio. – 2ª. ed. – São Paulo : Editora WMF Martins Fontes, 2020.

Título original: Contes pour rire? Fabliaux des XIIIe et XIV^k siècles.
ISBN 978-85-469-0313-9

1. Fábulas 2. Idade Média – História I. Scott, Nora.

19-31851 CDD-398-20902

Índices para catálogo sistemático:
1. Fábulas medievais : Folclore : História e crítica   398.20902
2. Idade Média : Fábulas : Folclore : História e crítica   398.20902

Cibele Maria Dias – Bibliotecária – CRB-8/9427

Todos os direitos desta edição reservados à
Editora WMF Martins Fontes Ltda.
Rua Prof. Laerte Ramos de Carvalho, 133 01325-030 São Paulo SP Brasil
Tel. (11) 3293-8150 e-mail: info@wmfmartinsfontes.com.br
http://www.wmfmartinsfontes.com.br

Índice

Introdução VII
  I. A narrativa curta IX
  II. História de um problema XV
  III. Denominar e classificar XXV
A tradução XXXIX
Nota do tradutor da edição brasileira XLV

  I. Do vilão de Bailleul 1
  II. O vilão e o camundongo 4
  III. Do cavaleiro que recobrou o amor de sua dama 9
  IV. Da velha que untou a mão do cavaleiro . 14
  V. Os quatro desejos de São Martinho 16
  VI. De Madruga de Compiègne 21
  VII. Do padre que disse a Paixão 34
  VIII. Da louca largueza 36
  IX. Do vilão que conquistou o Paraíso defendendo sua causa 44
  X. Os calções do franciscano 48
  XI. De Morena, a vaca do padre 55
  XII. De Guilherme e o falcão 57
  XIII. Da mulher que deu três voltas em torno da igreja 69
  XIV. De Estormi 73
  XV. Da burguesa de Orleans 85

XVI.	O sonho do monge	91
XVII.	O desejo reprimido	95
XVIII.	De irmão Denise	100
XIX.	Do padre que espiava	107
XX.	O cavaleiro da túnica vermelha	109
XXI.	Da velhota ou da velha andarilha	116
XXII.	Das III mulheres que encontraram um pau	122
XXIII.	Do preboste com capuz	125
XXIV.	Do esquilo	128
XXV.	Da jovem que não podia ouvir falar de foder sem sentir náuseas	133
XXVI.	É da mulher que pedia aveia para a ração de Morel	138
XXVII.	Da bolsa cheia de siso	145
XXVIII.	Daquele que rolou a pedra	154
XXIX.	Da mulher a quem arrancaram os colhões	157
XXX.	De Berengário do Cu Longo	170
XXXI.	Do padre que foi posto no fumeiro	176
XXXII.	O testamento do burro	182
XXXIII.	Do cavaleiro que confessou sua mulher	186
XXXIV.	Os dois cambistas	192
XXXV.	O falcão degenerado	198
XXXVI.	De Gombert e os dois letrados	200
XXXVII.	O peido do vilão	204
XXXVIII.	De Haimet e Barat	206

Bibliografia 217

Introdução

Os *fabliaux*... centros de afluência das cidades medievais... praça do mercado... espírito gaulês... anticlericalismo... misoginia... *fabliaux*-fábulas, que se tornaram histórias edulcoradas para crianças, censuradas: em última análise, inacessíveis para todos, exceto para um pequeno público erudito.

O que é um *fabliau*? Pode-se formar uma idéia razoável lendo os trinta e poucos textos reunidos aqui. Mas, para responder realmente a essa pergunta, seria preciso ir além da simples leitura de alguns textos.

Como abordar o problema, como defini-lo com mais precisão? O que poderia constituir uma "resposta"?

Esta introdução pretende ser um esboço de dossiê: dossiê das formas de encarar o *fabliau*, das concepções críticas, das reações; dossiê tão heteróclito quanto as épocas e as perspectivas que aqui figuram. De fato, trata-se menos de dar uma resposta que de iniciar na problemática e talvez sugerir caminhos de pesquisa.

I. *A narrativa curta*

Para situar o *fabliau*, primeiramente é preciso saber o que era a produção literária contemporânea a ele – a dos séculos XIII e XIV, período que viu eclodir toda a pequena literatura narrativa, da qual o *fabliau* faz parte. Por essa razão é apresentado aqui um quadro simultaneamente esquemático e tradicional da *narrativa curta*.

Ao contrário da produção literária atual, a maior parte da obra literária da Idade Média, até o século XV, era em versos. A distinção entre gêneros fazia-se por outros critérios que não o da oposição, que já parecia impor-se ao sr. Jourdain, entre prosa e verso. Tudo ou quase tudo era em versos.

Podem-se discernir entre essas obras em versos três correntes principais – a *canção de gesta*, o *romance* e a *poesia lírica* –, cada uma delas com características e regras de produção que lhe são próprias. Porém existe ainda uma quarta corrente, menos bem definida, talvez mais complexa, que agrupa "pequenos gêneros", "subgêneros", em sua maioria narrativas curtas. Tais peças, das quais faz parte o que denominamos "*fabliau*", são tão difíceis de caracterizar e de distinguir nitidamente umas das outras quanto são interessantes para especificar o conceito de narrativa[1].

---

1. Omito aqui o teatro, que ainda não se destaca nitidamente da vida religiosa, e a literatura histórica, que circula num meio muito restrito.

Pode-se, com certa segurança, falar de uma canção de gesta, de um romance ou da poesia lírica em geral; e, embora essas correntes reflitam diferentes aspectos e imagens da sociedade e correspondam à produção de momentos diferentes, cada uma é relativamente homogênea e as três colocam em cena o mesmo meio social: a corte senhorial. Porém em face delas há uma outra produção, em que são mais vagas as fronteiras entre gêneros e subgêneros, entre meios sociais, entre matérias tratadas, e para a qual não se pode encontrar uma denominação definida. Trata-se da *narrativa curta*: relatos devotos e didáticos, vidas de santos e lais, toda a variadíssima literatura que cerca os *fabliaux* – e aqui é preciso entender "cercar" no sentido de fazer companhia, até o ponto da justaposição no mesmo manuscrito. De tal forma que, quando se fala de um texto qualquer, nem sempre é possível dizer com certeza se é um conto devoto e não um *fabliau*, um *fabliau* e não um lai. O fato de essas peças apresentarem uma grande diversidade e ao mesmo tempo conterem certo número de características em comum torna problemática toda e qualquer tentativa de classificação – dificuldade que não se apresenta apenas para a crítica atual, pois, a julgar pela composição dos manuscritos, parece-me que ela já existia para os próprios compiladores. Com efeito, ao passo que há manuscritos dedicados às canções de gesta ou aos romances e que outros são cancioneiros com coletâneas de poesia lírica, os manuscritos que contêm os *fabliaux* têm como única semelhança o fato de serem todos constituídos por uma grande diversidade de peças relativamente curtas, onde o profano, e mesmo o vulgar, vai de par com o religioso – justaposição que para nós parece insólita.

Um levantamento dos manuscritos dos séculos XIII e XIV que contêm *fabliaux* e contos[2] revela poucos

---

2. Os manuscritos cujo conteúdo inventariei com detalhes são: Paris: BN f. fr. 375 (1288), 837 (séc. XIII, cerca de 260 peças das

romances e ausência de canções de gesta e de poesia lírica[3]. Ademais, constata-se que não parece ter havido nenhuma tentativa de agrupar os textos, fosse com base no conteúdo ou na forma. Ao contrário, quando há um grande número de peças que poderiam constituir um grupo – e esse é o caso dos *fabliaux* –, elas são encontradas ao longo de todo o manuscrito, intercaladas entre contos piedosos e preces.

Por isso, causa certo desconforto dividir esses textos em categorias distintas, pois há fortes possibilidades de que os autores ou os compiladores de manuscritos não os tenham encarado assim. Apesar disso, por razões puramente práticas, convém proceder a uma divisão. No inventário a seguir, as denominações empregadas com tal finalidade são as que o uso corrente identificou como gêneros. Mas é preciso desconfiar desse uso e encará-lo com a maior prudência, pois, embora permita enfatizar e diferenciar aspectos diversos dessa produção literária, ele

---

quais 59 *fabliaux*), 1553 (1285, 52 peças entre as quais 6 *fabliaux*), 1593 (séc. XIII, 88 peças, das quais 23 *fabliaux*), 2168 (fim séc. XIII), 12581, 19152 (início séc. XIV, 27 *fabliaux*), 24432 (séc. XIV), 25545 (séc. XIII e sobretudo XIV), n. a. 1104; Cambridge, Corpus Christi col. 50 (séc. XIII); Chantilly, Museu de Condé, 475 (séc. XIII e XIV); Lyon, Bibl. Mun., 5495 (séc. XIII); Pávia, Bibl. Univ., Aldini 219 (E. 4.130) (fim séc. XIII).

3. A exceção é o manuscrito que abrange toda a obra de um poeta. As canções parecem estar incluídas para preservar a unidade da obra. É o caso de Jean Bodel e de Rutebeuf, cuja produção reflete a composição dos manuscritos: lamentos, poesia satírica, alegórica e dramática, preces, vidas de santos, um "ramo" do *Roman de Renart*, *fabliaux* e ditos. Essa diversidade dentro dos escritos de um mesmo autor indicaria que a Idade Média não encarava como conflituosa tal variedade. Quanto aos romances, são poucos e não constituem o conteúdo principal desses manuscritos. Destacam-se o *Roman de Troies*, *Violette* e *La Châtelaine de Vergy*.

Encontram-se também peças não narrativas que freqüentemente são redigidas tanto em versos de seis, dez ou doze sílabas como em versos octossílabos e apresentam diferentes sistemas de rimas e divisões estróficas. Nem por isso são textos líricos. Em contrapartida, as peças narrativas mais diversas são feitas, com algumas exceções, em versos octossílabos com rimas emparelhadas, sem corte de estrofe.

também apresenta o risco de levar a crer em categorias muito mais rígidas do que o eram na realidade. Na verdade, e é preciso repetir, uma das características principais dessa produção é a imbricação dos grupos. Basta descrevê-los rapidamente para evidenciar o fato.

Poesia religiosa. Essas peças podem dividir-se em peças narrativas e não-narrativas. No primeiro caso estão vidas de santos, contos devotos, entre os quais as vidas dos Padres da Igreja[4] (que coincidem com os *fabliaux* em muitas características), poemas didáticos (*Songe de l'Enfer* e *Voie du Paradis*) e uma verdadeira literatura dedicada à Virgem: lendas, milagres e ditos. A poesia não-narrativa (mas nem por isso lírica) abrange textos como o *Débat des VII vices et des VII vertus*, o *Vers de la mort*, preces, pai-nossos em latim (comentados em francês ou então inteiramente em francês), ave-marias, litanias e orações.

Literatura didática (de alcance social). Em certos aspectos essa literatura tende a confundir-se com a religiosa: ambas têm um objetivo didático e freqüentemente contêm uma moral. Porém no caso da literatura religiosa, a moral parece referir-se sobretudo à salvação da alma, ao passo que na outra a lição versaria antes sobre o modo de integração na sociedade e principalmente sobre a maneira de obter sucesso nela. Vão nesse sentido os chamados ensinamentos: o *Enseignemens des Dames*, o *Gouvernement des Princes* e o *Chastoiement d'un père à son fils*. Para mostrar o quanto esses grupos se comunicam, basta saber que o *Chastoiement* é uma tradução do *Disciplina Clericalis* de Pierre Alphonse, uma coleção de *exempla* ou histórias exemplares e morais em latim,

---

4. Padres ou Pais da Igreja: escritores eclesiásticos (séculos I a VI) cuja obra constitui autoridade em matéria de fé. A patrologia estuda a vida e a obra desses Padres. (N.T.)

escritas com o objetivo de afastar um jovem da vida mundana para salvar-lhe a alma. Portanto, trata-se de histórias cuja moral é social, mas cujo objetivo é religioso. Essas narrativas foram retomadas e adaptadas em versos franceses e posteriormente algumas delas integrarão coletâneas manuscritas de *fabliaux*.

Didáticas são também as coletâneas de provérbios e ditos morais, diversos tratados sobre a fisionomia, a caça e a medicina, e bestiários moralizados (que existem tanto em latim como em francês).

Fazendo parte simultaneamente da literatura clássica e da literatura cortês, há os *Arts d'aimer*: a tradução ou adaptação de Ovídio por Chrétien de Troyes, a arte de amar de André le Chapelain, a de Guiart. As teorias e regras codificadas nesses tratados também encontravam expressão em outras peças que fazem eco à literatura cortês mas não fazem propriamente parte dela: o *Jugement d'Amour* ou *Florence et Blanchefleur*, os lamentos de amor, as saudações de amor e o grande *Roman de la Rose*.

Literatura satírica e política. É composta predominantemente de curtos poemas não-narrativos. Encontra-se em Rutebeuf certo número de poemas, ditos satíricos dirigidos contra os jacobinos. Mas a intenção satírica – será apenas um tom? – está presente também em alguns "ramos" do *Roman de Renart* e nos ditos e *fabliaux*, de forma que talvez se tratasse mais de um modo de expressão que de um gênero.

O lai narrativo. No final do século XII e no século XIII, o lai, como o *fabliau*, é um curto poema narrativo em versos octossílabos e rimas emparelhadas. Porém, segundo alguns, ele se distinguiria do *fabliau* por uma contenção que se manifesta tanto na expressão como no conteúdo. A forma lembra a do *fabliau*; entretanto, as personagens, a organização em torno de uma aventura (no sentido de acontecimento excepcional) aproximam-no do romance, do qual porém se distingue pelo cunho elíptico da narração. Esse gênero pode ser exemplificado principalmente com os lais de Marie de France.

Fábulas de animais. A mesma Marie de France (?) – alguns pretendem que foi outra – é a autora de *Isopets*, traduções das fábulas de Esopo. Essas fábulas, assim como outras fábulas de animais, freqüentemente decorrem de uma intenção satírica ou pelo menos didática (ver também os bestiários citados anteriormente). O grupo tem seu maior desenvolvimento nos vinte e cinco "ramos", aproximadamente, do *Roman de Renart*.

Os fabliaux. Essas narrativas breves, também em sua maioria escritas em versos octossílabos com rimas emparelhadas, assemelham-se ao conto moral, ao conto satírico, ao ensinamento, à literatura exemplar. É virtualmente impossível fazer uma distinção (se é que existe distinção) entre o *fabliau* e certas narrativas do *Disciplina Clericalis*, de tal forma o conteúdo e a estrutura são semelhantes.

Com exceção das canções de gesta e dos romances, que constituem correntes bem à parte, toda a poesia narrativa parece apresentar pelo menos duas características: a brevidade e um objetivo didático ou exemplar. No caso do objetivo didático, há uma moral implícita ou explicitamente expressa, e o fato de ela adotar um tom chistoso tem pouca importância.

Mas continua difícil, entre tantas formas que se ombreiam, distinguir entre um *fabliau*, um dito, um conto devoto, uma narrativa da vida dos Padres da Igreja; e parece que a questão permanece intocada: o que é exatamente um *fabliau?*

II. História de um problema

O que é um "fabliau"?

A imagem que formamos de um fenômeno é condicionada pelas perguntas que são feitas; o inverso também é verdadeiro. Na biologia, na lingüística ou na literatura, a forma de interrogar um fenômeno parece ter seguido uma evolução semelhante: num primeiro momento, descrever – seguem-se definições, elaborações e se preciso justificativas – e em seguida, explicar – surge o problema das origens; a época atual interroga sobre o funcionamento, a inserção do objeto em seu tecido. Para a biologia, a questão de analogia ou homologia é esclarecida pela função do órgão e sua relação com os outros órgãos. Saussure viu os elementos da fala como imbricados em um sistema coerente e interdependente, e não como partes autônomas. Por que seria diferente para as peças literárias?

Perguntar o que é um *fabliau* supõe que já exista uma peça que possamos identificar, uma produção uniforme chamada *"fabliau"*. Em certa medida, tal suposição é gratuita, como veremos adiante. Mesmo assim, já que essa é uma das primeiras perguntas que os críticos têm feito, examinemos algumas das respostas mais importantes, começando pelo estudo do Conde de Caylus em 1753. Para ele o *fabliau* é "um poema que encerra a narrativa elegante de uma ação inventada, menos ou mais carregada de intriga, porém de certa extensão agradável ou engraçada, cujo objetivo é instruir ou divertir"[1]. Durante mais de um século esse ponto de vista influenciará todos os trabalhos sobre o assunto.

Em 1872, Anatole de Montaiglon publica o primeiro volume de seu *Recueil général des Fabliaux des XIIIe et XIVe siècles*, uma coletânea ainda clássica, que terá seis volumes e será completada por Gaston Raynaud em 1860. Montaiglon amplia a escolha de textos aceitos nas coletâneas anteriores[2] e desenvolve a definição, ao mesmo tempo que se mantém próximo dos critérios já estabelecidos por Caylus.

Para Montaiglon o *fabliau* é:

"... uma narrativa, preferencialmente cômica, de uma aventura real ou possível, mesmo com exageros, que se passa nas circunstâncias da vida humana média...; é a narrativa de uma aventura totalmente particular e comum; é uma situação, e uma única de cada vez, explorada numa narração antes terra-a-terra e zombeteira do que elegante ou sentimental. As delicadezas da forma ou do fundo logo resultam nas elegâncias da poesia ou nas alturas do drama trágico. O *fabliau* mantém-se abaixo. É mais natural, burguês se quisermos, porém basicamente cômico, amiúde chegando à grosseria, infelizmente. Por fim, é relativamente curto, sem formar seqüência nem série; um conto em versos, mais longo que um conto em prosa, que nunca chega a ser um romance nem um poema (I, vii-viii)".

Cabe ao grande mestre Joseph Bédier decidir a questão e propor a definição que será o ponto de re-

---

1. Conde de Caylus (1753). As referências completas estão na bibliografia no final deste livro.
2. Barbazan (1756), Legrand d'Aussy (1779), Barbazan-Méon (1808).

ferência para todos os estudos futuros: "Os *fabliaux* são contos em versos para rir."[3]

A partir daí, diversas tentativas de definição acrescentam e suprimem elementos, sem modificar sensivelmente a imagem que se constituiu. Em 1973 Paul Zumthor empreende uma descrição das tendências que dominam as narrativas. O fato de enfocar mais as tendências do que a definição de um objeto absoluto representa uma importante mudança de perspectiva, que será analisada adiante.

As perguntas

Através dessas tentativas, dessas fórmulas, ressalta uma problemática com múltiplos aspectos. As questões são apresentadas nas próprias definições e se referem ao aspecto formal do texto e ao seu funcionamento – objetivo, inserção literária e social.

O problema da forma parece ser o que mais se presta a descrições. Essas peças são qualificadas como *conto* ou *narrativa*, o que equivale a insistir primeiramente no seu aspecto narrativo – opondo-o assim à poesia lírica. Em seguida enfatiza-se a extensão, que é média e mesmo curta e que as diferencia das canções de gesta e dos intermináveis romances da época. E por fim são caracterizadas como contos em versos, definição que as distingue dos romances em prosa, dos *exempla*.

Mas na verdade não é o texto enquanto objeto que desperta o interesse maior. Desde sempre, o que se tenta captar é a natureza intrínseca do *fabliau*. O que se procura encontrar é o meio de se dar conta ou de dar conta dessa produção. E mesmo fazendo o levantamento das questões colocadas é difícil discernir o que se procura saber, o que se espera descobrir.

---

3. 1893, p. 36.

Para que servem esses textos – presente envenenado dos ancestrais? De onde vêm eles? Depois de descritos, são essas as duas primeiras perguntas a fazer. Em seguida a crítica se interroga longamente sobre a relação entre o texto e a realidade. A narrativa é real? Trata-se de uma possibilidade, de um exagero, de uma invenção extraída da vida humana média? O interesse volta-se para a pesquisa das fontes, para a diferenciação dos gêneros, mas também manifesta a preocupação de conhecer a natureza da mensagem e da intenção do autor ou do narrador.

Em outras palavras, como ler esses textos? A leitura em questão é uma leitura direta, atual. O público leitor é o público dos críticos. Assim, o tom é considerado terra-a-terra, trocista, natural, burguês ou trivial. A capacidade do leitor moderno para restabelecer o tom de um texto medieval ainda não é posta em dúvida e só mais tarde será objeto de um exame crítico. É então que se perguntará: o que o tom do *fabliau* revela sobre a origem social dos autores? Ele é adaptado para certo público, e para qual? Em que medida o conteúdo e o tom de um texto refletem seu público?

Em última análise, com qual objetivo são contadas essas histórias – questão intimamente ligada ao problema do meio e ao (mais complexo) de uma leitura cultural do texto. Em sua definição de *fabliau*, O. Jodogne afirma que as anedotas são "engraçadas ou exemplares, uma das duas coisas ou ambas". Agradar e instruir, fazer rir, dar o exemplo; porém, mais uma vez, para compreender o sentido e o objetivo do exemplo é preciso perguntar *quem ri, para quem é o exemplo e por quem o exemplo é dado para ler*.

ALGUMAS RESPOSTAS

Interesse histórico

Depois de redescobertos, os *fabliaux* foram conservados e estudados primeiramente por seu interesse histórico, documental; pois não apenas se via neles pouco interesse literário como a "franqueza" da linguagem ofendia mais de um erudito. Estes reagiram, alguns tentando escrupulosamente procurar uma explicação, outros fulminando os *fabliaux* com um impiedoso julgamento moral e estético.

O primeiro a abordar o problema da linguagem é o Conde de Caylus. Apesar de seu desagrado, empenha-se em encontrar uma explicação, atribuindo à Idade Média outros critérios para determinar o que é licencioso. A indecência incomoda-o menos no nível das palavras do que no nível da moral: "Minha crítica não recai tanto sobre palavras, que sendo apenas convenções podem ser admitidas ou banidas pelo uso ou pela polidez, e sim sobre fundos que em sã moral não é possível admitir e menos ainda tornar públicos". (1753, p. 376)

No prefácio à sua coletânea, Anatole de Montaiglon mostra-se ofendido pela imoralidade e pela "tolice" das peças que está publicando. Porém, como erudito, julga que seu dever é imprimi-las e que não pode esquivar-se, pois esses textos são importantes para a história da língua e da literatura. Afinal de contas, eles se destinam aos filólogos e aos historiadores, não ao grande público.

Se no século XX alguns críticos continuam a sentir certo mal-estar, à medida que se avança no século os julgamentos morais vão se abrandando para deixar à Idade Média a responsabilidade por seus gostos. Mesmo assim, às vezes me parece uma pena que, tendo perdido o sentido da cruzada moral, tenhamos ao mesmo tempo perdido belas tiradas, como a de Catulle Mendes em 1903:

"O *fabliau* é baixeza que ri e feiúra que careteia... O *fabliau* é o espírito andando de quatro, com o focinho no cocho; o que ele come nesse cocho é o lixo de todas as satisfações baixas e o contentamento de nunca erguer os olhos para o céu. O conto dos bons e velhos tempos só pensa em se empanturrar de vitualhas e de bebidas, não adquiridas pelo trabalho e sim ganhas por trapaça, em levantar as túnicas de moças, mulheres ou monges. E, se sua comezaina não se resgata por nenhuma delicadeza do gosto, não mais que seu deboche por nenhum refinamento no que ele chama de 'divertimento', tende o cuidado de não atribuir isso à ingenuidade de nossos ancestrais. Bem longe de serem ingênuos ou pueris, eles são muito matreiros e totalmente conscientes de si mesmos; se são grosseiros, não é por serem tolos... Mas ele [o *fabliau*] não é apenas tolo: é sacrílego, e baixamente; embora se desmanche em proverbiais reverências para com Deus e os santos, de bom grado coça sua sarna de malícia em plena igreja; depois de mergulhar os dedos na pia de água benta, espirra nela seu riso. Ademais, é covarde; é à custa dos fracos e dos pequenos que zomba; prima em não se comprometer; ... O *Fabliau*, espécie de Festa dos Bobos[4] do espírito, manifestação de regozijo sem conseqüência grave, permitida pelos senhores, em que mesmo eles vêem com prazer uma dispersão de rancores talvez perigosos, durante muitos séculos foi cúmplice do nobre, do clérigo, do rei; e, com suas condescendências bem pagas por uma aquiescência senhorial – um tapinha aprovador na face –, a burguesia, encantada, prolongou seu gesto até o pontapé no lombo, que obriga os indefesos à prosternação; a maior vilania do *fabliau* é o achincalhamento dos vilões[5]."

As origens

A questão das origens irrompe por volta da segunda metade do século XIX, para em seguida dominar as pesquisas durante cinqüenta anos.

---

4. Cerimônia bufa muito popular na Idade Média. (N.T.)
5. *Rapport sur le mouvement poétique français de 1867 à 1900* (Paris, Imprimerie Nationale, Fasquelle, ed. 1903), pp. 7-10.

De fato, com a evolução do século o tom das pesquisas sofre um deslocamento. Deixam-se de lado os julgamentos morais e a posteridade do *fabliau* para enfocar a própria Idade Média e as fontes de sua produção. Remontando a seu aparecimento histórico espera-se resolver "a questão do *fabliau*", descobrir-lhe a natureza.

Geralmente há um consenso em admitir que o *fabliau* é um gênero completo demais para estar em seus "primeiros balbucios", e faz-se que remonte às narrativas alegóricas da Antiguidade. Em 1814, John Dunlop[6] aponta pela primeira vez fontes orientais; porém a idéia só é retomada com método sessenta anos depois, por Gaston Paris, o primeiro a seguir de forma sistemática tal hipótese. Sua pesquisa muda o direcionamento dos estudos sobre o *fabliau*.

Em sua aula inaugural no Collège de France, em 1874, ele inicia um curso sobre os contos orientais na literatura francesa da Idade Média com um quadro do *exemplo indiano*, ou apólogo búdico; em seguida passa às versões árabes posteriores, para finalmente demonstrar sua influência sobre a literatura francesa. Atribui aos *fabliaux* fontes indianas. Essa teoria fascina a imaginação e domina as pesquisas durante muitos anos.

Cabe a Joseph Bédier[7] reorientar o trabalho, fazê-lo seguir outras pistas e assim lançar uma luz totalmente diferente sobre o interesse da descoberta das fontes. Numa análise meticulosa, Bédier faz tábula rasa da teoria oriental, colocando novamente o problema em um plano mais amplo. Para ele a origem dos *fabliaux*, por si mesma, tem pouco interesse. Considera porém que a origem dos contos em geral

---

6. *Histoire de la Fiction* (Edimburgo, 1814), p. 202.

7. Embora a idéia mais difundida na pesquisa das origens seja a que se refere aos contos orientais, alguns pretendem que a fonte dos *fabliaux* seriam as coletâneas de *exempla* latinos que lhes eram contemporâneas. Gaston Paris apenas menciona essa tese; já Anatole de Montaiglon lhe dá considerável importância.

é fundamental, devido à sua importância própria e à importância de seus temas para a história do espírito humano. Nessa perspectiva, fornece um novo método para o estudo comparado dos contos – método a que os literatos e os folcloristas só agora começam a atribuir o justo valor.

O meio

Mas é na segunda parte de sua obra que Bédier renova o estudo do *fabliau* propriamente dito. Tomando como ponto de partida a idéia de que "uma época é responsável pelos escritos com os quais se divertiu, mesmo que não os tenha inventado" (1895, p. 290), tenta definir o lugar dos *fabliaux* na literatura do século XIII. Para ele o *fabliau* não é mais *documento histórico*, nem o *resto* de uma outra literatura; é *representativo* de uma determinada mente. E Bédier empenha-se em trazer à luz essa mentalidade destacando seus componentes, empenha-se em descobrir a intenção dos contistas, em mostrar o que consegue divertir o público, em caracterizar o estilo da peça.

Para ele, opõem-se na literatura medieval: uma corrente cortês, representada pelos romances da Távola Redonda; e uma corrente burguesa, da qual o *fabliau* e o *Roman de Renart* fariam parte. A mesma oposição se repetiria em termos de públicos. "Entre um burguês do século XIII e um barão existe precisamente a mesma distância que entre um *fabliau* e uma nobre lenda aventurosa...: aqui a poesia do castelo, lá a das ruas apinhadas." (1895, p. 371)

Em 1957 é publicada a tese de Per Nykrog[8]. Embora preste homenagem aos métodos de Bédier e ao

---

8. Per Nykrog, *Les Fabliaux*. A tese de Bédier foi publicada em 1893, a de Nykrog em 1957. Durante um período de 64 anos, o *fabliau* ficou praticamente esquecido (ver porém o estudo de Edmond Faral sobre o *fabliau* latino, 1924), eclipsado pela canção de gesta e pelo romance cortês. Nykrog explica esse esquecimen-

problema que ele apresenta – o do lugar do *fabliau* na literatura do século XIII –, Nykrog considera inaceitável a solução e retoma a questão numa tese que responde à de Bédier.

Enquanto Bédier via no *fabliau* a expressão do estado de espírito burguês, Nykrog considera que "é impossível separar o *fabliau* e os meios corteses. Neles o *fabliau* encontra seu público, reflete as idéias literárias e sociais que lhes são próprias. Muito amiúde sua face cômica pressupõe por parte dos ouvintes um conhecimento bastante bom da literatura especificamente cortês" (p. 237).

Nykrog vê o *fabliau* como um gênero cortês burlesco que sistematicamente iria em sentido inverso aos valores corteses. Há na justaposição do cortês e do burlesco, e freqüentemente mesmo do grosseiro, uma aparente contradição que Nykrog acha característica de certa literatura profana em francês antigo, literatura que considera "um Janus de duas faces".

Para Nykrog, portanto, o problema do *fabliau* não é o das origens: "Um gênero literário é uma forma que um poeta impõe à sua maneira. Esta pode ser extraída das mais diversas fontes". Ao invés, é preciso perguntar sobre seu papel na sociedade, sua situação com relação à literatura da época. Na verdade o *fabliau* é o meio cortês divertindo-se à custa das classes inferiores.

Documento histórico fiel, fonte para a posteridade, narrativa de costumes cômicos ou licenciosos, decorrência dos contos orientais, conto em versos para rir, reflexo da burguesia, espelho da aristocracia? Começou-se por perguntar sobre o interesse dos *fabliaux* para o presente e acaba-se por buscar qual era seu papel no passado. Porém a solução do problema nos escapa mais uma vez. Ou então este se transforma e evolui tão rapidamente quanto as respostas.

---

to pelo fato de o *fabliau* ser um gênero demasiado "fácil", "que não apresenta nem os problemas históricos e relativos à formação do gênero propostos pelas canções de gesta, nem as questões de fontes e de intenções que são abundantes nos romances corteses" (p. lvx). Evidentemente, a "facilidade" do gênero é discutível.

III. Denominar e classificar

Depois de um rápido giro pela problemática e por sua história, acabamos por propor novamente a questão do *fabliau*. Será simplesmente andar em círculos? Sem dúvida que não, pois, se a evolução da problemática permite que se pergunte e se torne a perguntar em cada geração o que é um *fabliau*, é porque novas perspectivas, novos conhecimentos interferiram: não pode tratar-se da mesma interrogação duas vezes seguidas.

Atualmente há uma preocupação em definir o *fabliau* com relação à literatura que o cerca. Será ele um "gênero", um "gênero menor", um "subgênero"? Tais questões já trazem em si a possibilidade de mal-entendidos. Pois, como já dissemos, perguntar se uma certa peça é um *fabliau* supõe que se possa isolar um grupo chamado "*fabliau*"; o empreendimento, insistimos em repetir, é no mínimo delicado. Em seguida é preciso enfatizar que, quando se fala de Idade Média, o conceito de gênero não é evidente: trata-se de uma noção que não tinha curso, de um conceito que os críticos tomaram emprestado aos gregos numa época posterior e que hoje sofre questionamento[1].

---

[1]. Ver sobretudo: Hans Robert Jauss, *Littérature médiévale et théorie des genres*, Poétique I (1970), 79-101; Paul Zumthor, *L'organi-*

O conceito de gênero não é mais encarado como um absoluto. Ele se destaca e se descreve ao mesmo tempo com relação à tradição evocada, tal como ela se desenvolveu no tempo, e com relação ao contexto literário de determinado momento, aquele em que tal tradição se encontra presa na rede formada pelas outras tradições então existentes.

Embora a evolução histórica e o contexto contemporâneo sejam ambos essenciais, hoje a análise da literatura medieval em geral e do *fabliau* em particular incide mais sobre o contexto contemporâneo, sobre a rede, do que sobre a evolução de uma tradição única.

Se o *fabliau* partilha um certo número de características com os grupos que lhe são próximos, a ponto de às vezes não mais ser possível distingui-lo, de que forma se chegou a designar um certo número de textos como sendo verdadeiros *fabliaux*, a estabelecer listas e a incluir ou excluir peças propostas posteriormente? Como esse *corpus* se constituiu e por que razão desde o início ele foi identificado com uma produção coerente?

---

sation hiérarchique, (1973, pp. 157-185). Jauss retoma a questão do gênero enquanto problemática em si mesma e define-lhe os termos de discussão. Essa perspectiva será adotada e posta em prática por Zumthor com relação à produção geral da Idade Média.

Jauss pretenderia reorientar uma teoria de gêneros literários "cujo campo de experiência situa-se entre os termos opostos da singularidade e da coletividade" – entre a parcela de tradição e a de invenção pessoal –, "do caráter estético e da função prática ou social da literatura..." (p. 79). Propõe que se rejeite a classificação por "*genera*" (uma classificação alheia à época) em favor de "grupos" ou de "famílias históricas", desejando afastar-se dos fenômenos isolados para situar o indivíduo com relação ao resto da produção.

Ver também: Roland Barthes, "Drame, poéme, roman", em *Tel Quel, Théorie d'ensemble* (Paris, 1968); F. Sengle, *Die Literarische Formenlehre* (Stuttgart, 1966). Para uma bibliografia mais completa ver Zumthor (1973).

O "corpus"

O Conde de Caylus possuía o manuscrito que é o atual BN f. fr. 19152[2]. A partir de um conteúdo bastante heteróclito, Caylus constitui menos ou mais intuitivamente um *corpus* de peças "semelhantes" e tenta uma descrição global.

Como seu estudo supõe que existia um gênero *"fabliau"*, constituído na Idade Média, a primeira tarefa consiste em descrever e definir. Essa conclusão parece ainda mais evidente na medida em que, por um lado, a palavra *fabliau* e suas variantes surgem com freqüência nos textos; e, por outro lado, existe um certo número de textos – contam-se tradicionalmente 27 entre as peças do manuscrito do Conde de Caylus – que, segundo critérios não explicitados, formam um grupo, embora estejam distribuídos ao longo de todo o manuscrito e muitas vezes no meio de narrativas religiosas ou didáticas.

As descobertas posteriores de outros manuscritos não fazem mais que confirmar essa impressão, pois todos são construídos de forma similar. Desde a coletânea de Montaiglon e Raynaud até os repertórios de O. Jodogne, a lista de peças aceitas como "verdadeiros" *fabliaux* mudou muito pouco. Montaiglon e Raynaud admitem um leque muito amplo; Bédier faz remanejamentos, reduzindo seu número para 147; Per Nykrog retira e acrescenta, chegando a 160 peças; O. Jodogne aceita 161.

Examinemos mais de perto esse *corpus* e com ele a terminologia do *"fabliau"*.

---

2. Publicado em fac-símile pela editora Faral (ver bibliografia). Na verdade, a primeira coletânea (e portanto *corpus*) foi publicada em 1581 por Claude Fauchet. Per Nykrog concluiu que ele deve ter extraído seus conhecimentos dos dois manuscritos que são atualmente os BN f. fr. 837 e 1593. Caylus parece tê-los ignorado. Após a coletânea de Fauchet foram publicados alguns estudos curtos, que logo caíram no esquecimento.

Terminologia

Falar de *fabliau, conto, lai,* como hoje se falaria de novela, conto ou romance, como se cada termo tivesse uma acepção bem definida, é atribuir à terminologia medieval uma precisão maior ou antes uma precisão diferente da que ela possuía.

Examinando de perto os textos, descobre-se que na lista de peças aceitas por Bédier os autores atribuem ao texto diversas denominações, entre as quais o termo *fabliau*. Das 142 peças que tanto Bédier como Nykrog admitem, 41 não recebem denominação alguma. As outras são chamadas, por ordem de freqüência: *fableau (fabliau)* = variante regional; *fablel (flabel, flablel)* = forma flexional: 58; *conte*: 23; *exemple (esanple, exanple)*: 9; *fable (flabe)*: 9; *proverbe*: 4; e em seguida *rime, dit, raison*. Uma única peça pode comportar vários termos ao mesmo tempo, sem que tais referências sejam aparentemente incompatíveis.

Os termos quase sempre são associados da forma seguinte: *fableau-aventure, fableau-conte, conte-aventure*. A rede completa desenvolve-se assim: *fableau (etc.)-aventure, cas, chançon, conte, dit, exemple, fable, fablet, matère, proverbe, reclaim, raison (reson), rime*[3].

Assim, pode-se pensar que para designar as narrativas em questão existe uma rede de termos, cujo elemento principal é *fableau*. A palavra *fabliau*, uma forma da Picardia, é menos utilizada nos textos, porém logo recebeu tratamento preferencial nos escritos críticos.

---

3. Esses termos são citados por ordem alfabética, sem outra classificação. *Aventure* – um acontecimento excepcional ou a série de acontecimentos que inspira a narrativa. *Matére* – os elementos básicos da narrativa. Os dois termos, ao mesmo tempo que fazem parte do vocabulário da narrativa, estão uma etapa distantes dos termos que designam a narrativa enquanto objeto acabado. Referem-se, por assim dizer, à matéria-prima da narrativa.

A distribuição dos termos, muitos dos quais são comuns a uma variedade de textos, e a justaposição desses textos num mesmo manuscrito deixam evidente que tais categorias não são estanques. De fato, Paul Zumthor sugere que se trataria antes de um *continuum* de peças narrativas e mesmo, a rigor, de toda a produção literária dos séculos XIII e XIV. Quanto mais características em comum (forma, estrutura, conteúdo) têm as peças, mais elas tendem para uma identidade – o caso-limite seria duas cópias de uma mesma versão. A pertença a um grupo histórico definir-se-ia por um número suficiente de características em comum com outras peças do grupo. Como não se trata de regras rígidas, falaremos antes de tendências que de características ou de regras. Por exemplo, uma canção de gesta pode ter 800 versos; entretanto, a maioria contém em média bem mais de 2.000 versos. Portanto, uma das *tendências* da canção de gesta é certa extensão.

Tendências do "fabliau"

O ideal experimental seria catalogar todas as características da produção literária medieval e em seguida estabelecer a porcentagem ou o grau de semelhança das peças de acordo com o número de características em comum. As características presentes com maior freqüência em cada grupo seriam as *tendências* do grupo. Essa é uma tarefa para o futuro; mas será ela somente desejável? Por enquanto, é preciso confiar no processo intuitivo que reconhece uma similaridade entre certo número de textos e examinar as tendências dessas peças, mesmo que se tenha de questionar a exclusão ou a inclusão das peças de outros grupos de acordo com um critério de "densidade suficiente de tendências".

Portanto, definitivamente são essas tendências que é preciso caracterizar. Quais são as do grupo que continuamos a chamar de *fabliaux*? E, de acordo com elas, quais são os grupos mais próximos do *fabliau*?

A maioria das peças narrativas curtas são narrações em francês, em versos octossílabos, com rimas emparelhadas, sem corte de estrofe. Esses traços, lembramos, caracterizam não apenas o *fabliau* como também a vida de santos, o dito, o lai e peças didáticas diversas tais como o ensinamento, a narrativa alegórica – em resumo, quase toda a narrativa da época.

Além desses traços formais, o grupo do *fabliau*, no conjunto, caracteriza-se por certas tendências, das quais aliás os autores estão conscientes.

Brevidade. Embora haja peças com trinta versos e muito raramente algumas com cerca de 1.000 versos, a maioria contém entre 200 e 400 versos. Essa brevidade é vista como um dos *desiderata* do *fabliau* que pretendesse estar em ordem.

> *Ichi après vous voel conter*
> *Se ves me voles escouter*
> *I fablel courtois et petit*
> *Si com Garis le conte et dit* [4].

(Du Prestre ki abevete, *MR* III, lxi, 54, vv. 1-4. Neste volume, *fabliau* nº XIX.)

> *A cui que il soit lait (désagréable) ne bel,*
> *Commencier vous vueil un fablel,*
> *Por ce qu'il m'est conté et dit*
> *Que li fablel cort et petit*
> *Anuient mains que li trop lonc*[5].

(De la Crote, *MR* III, lviii, 46, vv. 1-5.)

---

4. Em seguida quero aqui vos contar, se me quiserdes escutar, um *fabliau* cortês e pequeno, tal como Garis o conta e diz. (N.T.)

5. Mesmo que a alguém ele seja desagradável e não belo, quero começar-vos um *fabliau*, da forma como me foi contado e dito; que o *fabliau* curto e pequeno agrada mais que o muito longo. (N.T.)

Quando ultrapassa o limite que julga conveniente, o autor se desculpa por isso. É o que acontece em *Du Prêtre qu'on porte*, peça que contém 1.164 versos e termina da seguinte maneira:

Enfouis fu [le prêtre] san contredit,
Car vos arai contet et dit
I flabel qui n'est mie briés (bref);
A entendre est pesans et griés (pénible)
Et mout longe en est la matere[6].

(*MR* IV, lxxxix, 1, vv. 1.153-1.157.)

Tal brevidade marca uma das diferenças entre essas peças e a maioria dos romances – que se compõem de alguns milhares de versos –, ou das narrativas hagiográficas – que também tendem a ultrapassar a extensão média dos *fabliaux*.

A *condensação* é um dos efeitos secundários da brevidade, pois na mente de mais de um narrador trata-se de resumir o essencial de uma história, e não de desenvolvê-la.

D'une avanture que je sai,
Que j'oï conter a Douai
Vos conterai briémant la some
Qu'avint d'une fame et d'un home[7].

(Li Sohaiz desvez, *MR* V, cxxxi, 184, vv. 1-4.
Neste volume, *fabliau* nº XVII.)

Dessa condensação, desse despojamento, resulta uma tendência para reduzir as personagens e os eventos a *tipos*, tendência que contrasta com o desenvolvimento das descrições e dos episódios caracterís-

---

6. O padre foi enterrado sem oposição, e assim vos contei e disse um *flabliau* que não é nem um pouco curto; é cansativo e difícil de ouvir e sua matéria é longa demais. (N.T.)

7. De uma aventura que conheço, que ouvi contar em Douai, vou contar-vos sucintamente a súmula, do que adveio a u'a mulher e a um homem. (N.T.)

ticos do romance: o padre cúpido, a mulher astuciosa, o marido traído; e a história decorre, quase como por si mesma, do encontro desses tipos. Assim, a partida do marido para o mercado já implica a chegada do rival – de preferência padre ou letrado – e a traição ao marido.

Estreita relação entre causa e efeito

> *Qui que face rime ne fable.*
> *Je vous dirai, en lieu de fable,*
> *Une aventure qui avint;*
> *De qui fu fête et à quoi vint*
> *Vous en dirai bien vérité* [8].

(Des II changeors, *MR* I, xxiii, 245, vv. 1-5. Neste volume, *fabliau* nº XXXIV.)

O acontecimento é criado e narrado como uma unidade que, em sua forma mais simples, tal como está neste prólogo, manifesta-se em uma relação de causa e efeito, quase sempre a serviço de uma idéia diretriz – lição, moral, provérbio – enunciada nos primeiros versos ou resumida nos últimos. Uma "aventura" é constituída de "*qui fut fête*" e "*à quoi vint*"[9]. O ato inicial enunciado no começo desencadeia uma seqüência de acontecimentos que se desenrola de acordo com uma lógica própria da narrativa e evidente para o público, seguindo um encadeamento linear até um final necessário. Esse final ora é anunciado desde o início, ora está implícito na fórmula inicial. Tal narrativa – potencialmente contida na introdução, engendrada pela fórmula motriz, desenvolvida segundo uma lógica preestabelecida e terminando de forma previsível, se não já anunciada – cria no ouvinte uma forte sensação de continuidade temporal e de necessidade[10].

---

8. Há quem faça rimas e fábulas. Em vez de uma fábula, vou contar-vos uma aventura que aconteceu; vou dizer-vos toda a verdade sobre o que foi feito e o que adveio. (N.T.)

9. "o que foi feito" e "o que adveio". (N.T.)

10. Zumthor (1973, p. 400).

Há complementaridade e cumplicidade perfeitas entre o narrador e sua narrativa, pois a narrativa na terceira pessoa confirma as previsões do narrador feitas na primeira pessoa e enunciadas no início; ou então a narrativa justifica as conclusões que o narrador tira no final.

Um bom exemplo desse processo é *Da mulher que deu três voltas em torno da igreja*, de Rutebeuf. O prólogo do narrador anuncia a verdade que em seguida será demonstrada na narrativa. Os dois últimos versos retomam essa verdade em forma de provérbio.

(Prólogo)

Qui fame vorroit decevoir
Je li fais bien apercevoir
Qu'avant decevroit l'anemi
Le deable a champ arrami.
Cil qui fame viaut justissier
Chascun jor la puet combrisier
Et l'endemain reste tote saine
Por resoufrir autretel peine;
Mes quant fame a fol debonere
Et ele a riens de lui afere,
Ele li dist tant de bellues
De trufes et de fanfelues
Qu'ele li fet à force entendre
Que li cieus sera demain cendres
Ainsi gagne la querele.

....

(Conclusão)

Rutebeuf dist en cest fablel
Quand fame a fol, s'a son avel[11].

(De la Dame qui fist III tors, *MR* III, lxxix, 192, vv. 1-15, 169-170. Neste volume, *fabliau* nº XIII.)

---

11. Quem quer mulher surpreender, eu lhe farei compreender que é mais fácil vencer o Demo, o Diabo, em combate supremo. Quem mulher pretende domar todo dia a pode dobrar; no dia

Presença de moral ou lição. Essa narração que realiza suas previsões, que se volta sobre si mesma, em que "as conclusões esgotam as premissas", segundo as palavras de Paul Zumthor, implica uma lição[12]. Com efeito, o ensinamento, o exemplo, a moral não apenas estão implícitos: são explicitamente marcados pelo texto, seja em forma de provérbio ou de moral que se enuncia no início ou no final (é o que acontece em mais de metade das peças), seja em forma de explicação da lição que se vai ouvir ou se acaba de ouvir. *"Par cest fablel vos vueil monstrer"*[13], repetimos, é uma das fórmulas mais atestadas.

Para Zumthor, a natureza da moral assinala o contraste mais forte existente entre a narrativa breve e o romance: a moral da narrativa curta é explicitada, ao passo que o sentido, a *"senefiance"* do romance tem de ser deduzido de um bom número de episódios que se encadeiam e que podem ir até a contradição. A *"senefiance"* do *fabliau* é o texto inteiro, texto enquadrado pela lição que o narrador expõe ou indica.

Par cest flabel vos vueil monstrer
Por poi peut on feme trouver
Qui de son cors face mesfait
Se par autre feme nel fait [14].

(Auberée, *MR* V, cx, 1, vv. 655-658.
Neste volume, *fabliau* nº VI.)

---

seguinte a vê pronta para enfrentar mais uma afronta. Mas quando ela tem louco amor, que seu pensar gira ao redor, ela inventa tanta lorota, diz tanta mentira e chacota, que à força o faz acreditar que amanhã o sol não vai brilhar. É assim que ela ganha a querela. Diz Rutebeuf neste *fabliau*: mulher quando ama com loucura de seu gozo nunca descura. (N.T.)

12. O fato de essa lição ser ou não chistosa não muda coisa alguma.

13. "Com este *fabliau* quero mostrar-vos". (N.T.)

14. Neste *fabliau* quero mostrar que é difícil mulher achar que ao seu corpo vá mal usar sem outra para a encorajar. (N.T.)

A essa formulação didática – resta saber se a função também o é – encontra-se ligada, em um grande número de peças, uma fórmula que insiste na *verdade da narrativa* e que não representa, como alguns pretendem, um simples vestígio de um gênero anterior.

*S'en dirai I conte nouviel
Qui est estrais de vérité* [15].

(Des Braies le prestre, *MR* VI, 257, vv. 6-7.
Neste volume, *fabliau* nº X.)

A eficácia psicológica da narrativa que realiza as previsões do narrador, a força da estreita relação entre causa e efeito não são elementos negligenciáveis. Todo grupo no poder, todo grupo que deseja legitimar-se os reconhecem há muito tempo. E são instrumentos ainda mais poderosos quando a eles está associada uma lição ou moral e quando os fatos relatados são atestados como verídicos. Nessas tendências, o *fabliau* e o *exemplum* se assemelham perfeitamente. Aliás, haveria um estudo a fazer sobre a articulação das famílias da narrativa didática curta, pois em diversos grupos, em várias ocasiões, volta a se repetir uma mesma narrativa, um mesmo provérbio. Tal estudo seria ainda mais valioso na medida em que nenhuma lição é gratuita nem puramente formal. Nesse sentido, o interesse de Bédier e Nykrog pelas origens sociais do *fabliau* mostra ser dos mais justificados. De fato, para esclarecer o alcance dessa pequena literatura é necessário saber quem fala, a quem se fala, em qual contexto.

O que está na origem de uma narrativa tão cruel, até mesmo sádica como *Da mulher a quem arrancaram os colhões* (*fabliau* nº XXIX), uma história que aparece em pelo menos cinco manuscritos? Quem exatamente tinha tanto interesse em pintar tantos le-

---

15. Vou dizer um novo conto que é extraído da verdade. (N.T.)

trados como cúpidos? Por que os vilões não são admitidos no Paraíso? Qual público pode encontrar divertimento ou ensinamento moral nessas histórias? (ver *Do vilão que conquistou o Paraíso defendendo sua causa* – fabliau nº IX, e *O peido do vilão* – fabliau nº XXXVII.)

São questões que, para terem uma resposta, demandariam um esforço coletivo, isto é, deveriam reunir literatos, psicólogos, historiadores, sociólogos, etnólogos que estudassem juntos a narrativa e seu lugar na sociedade. Infelizmente – ou felizmente – grande parte desse trabalho está por fazer.

Se uma leitura imediata do texto é inadequada, e se uma leitura cultural, uma leitura que restabeleceria o sentido medieval (ou antes *os* sentidos medievais) do texto ainda está por fazer, então que interesse tais textos podem apresentar para nós, leitores, hoje?

Sem permanecer no nível de uma leitura ingênua – não são apenas historinhas divertidas e não são histórias contemporâneas – pode-se, entretanto, ser sensível à sua atualidade, que se manifesta em mais de um âmbito. Para citar apenas um deles, talvez o mais evidente, detenhamo-nos na psicologia: nela os autores dão prova de um domínio e de uma modernidade que nos surpreendem. A relação entre as frustrações da vida diária e a produção dos sonhos não é um mistério para eles; é o que se vê em *O desejo reprimido* (*fabliau* nº XVII) e em seu par *O sonho do monge* (nº XVI). Em *De Guilherme e o falcão* (nº XII), a fineza do jogo psicológico manifesta-se pelo uso de uma grande riqueza de técnicas narrativas, expressando o dilema do herói.

A capacidade da linguagem para influenciar e abalar a percepção e a conduta é um tema importante, objeto de numerosas narrativas. Em *Do vilão de Bailluel* (*fabliau* nº I), a mulher consegue fazer o marido acreditar que está morto, a fim de poder (em sua presença!) receber o amante. Numa outra série de narrativas, os nomes das partes sexuais ou do ato sexual são substituídos por termos "anódinos", que de alguma forma servem para desculpabilizar uma situação, permitindo que a mulher que hesita possa agir e mesmo obter prazer.

Se, conforme vimos, a reconstrução social e histórica do problema ainda é insuficiente (e como!), precisamos direcionar a atenção e o interesse para o que representam os temas dos *fabliaux*. Eles correspondem às preocupações de sempre, de todos os tempos, de agora: problemas que uma outra língua, uma outra linguagem, um passado cultural mascararam e que é importante desvendar, reconstituir para um público, para seu público. É o objetivo desta tradução.

A tradução

O que esta tradução oferece ao leitor não são *fabliaux verdadeiros*, na medida em que o verdadeiro *fabliau* é o original. Deve sua identidade não apenas ao conteúdo como também à forma, à linguagem, à língua. As narrativas aqui apresentadas são adaptações, traduções, um esforço para encontrar análogos modernos, para chegar a um texto que seja aceitável para o leitor moderno e que ao mesmo tempo se mantenha tão fiel quanto possível ao texto original. Um esforço evidentemente votado ao fracasso, mas que mesmo assim é tentador. Esse equilíbrio frágil – e menos ou mais bem-sucedido, dependendo do caso – exige um certo número de pressuposições, tanto no plano teórico como no plano puramente prático. Trata-se a todo momento de transmitir o essencial do texto, de considerar o objetivo da narrativa ou da passagem em questão e comunicar o que lhe é essencial, seja no nível do sentido/conteúdo (a seqüência dos acontecimentos, a sutileza do pensamento ou da psicologia), seja no nível da linguagem (o tom, um jogo de palavras, um provérbio, um ritmo).

Foi assim que optei por traduzir alguns *fabliaux* em prosa, outros em versos e outros ainda misturando as duas formas.

Prosa ou verso

Para o leitor moderno, passagens longas ou narrativas em versos são uma forma pouco familiar. A partir do século XV a narrativa é feita em prosa. Além da dificuldade de traduzir versos em versos – e permanecer próximo do sentido –, optei por colocar em prosa a maior parte desta tradução, para transmitir ao mesmo tempo a sutileza do pensamento expresso – e freqüentemente ela é extrema – e o modo atual da narrativa.

Entretanto há casos em que o conteúdo depende da linguagem, em que ele é a própria linguagem. Quando isso acontece, quis pelo menos tentar conservar ou recriar o efeito, traduzindo em versos tais passagens.

Por outro lado, traduzi inteiramente em versos alguns *fabliaux* para dar uma idéia do efeito do ritmo do verso octossílabo em rima emparelhada. Pode-se constatar que amiúde a qualidade do verso é medíocre. Embora numa tradução o fato possa ser atribuído ao tradutor, consolo-me ao constatar que a mesma coisa ocorre em um grande número de *fabliaux* em francês antigo. Freqüentemente o verso é apenas o veículo da narrativa.

Existem ainda outras formulações em que o conteúdo não é o equivalente das palavras utilizadas. No caso dos *provérbios*, a formulação, a fórmula arcaizante carrega o peso do passado, da tradição, da verdade. Sua expressão, por vezes quase enigmática, desencadeia muitas narrativas.

Os *prólogos* apresentam outro problema. Durante muito tempo eu me perguntei por que essas passagens iniciais, apesar de todas parecidas, eram especialmente difíceis de traduzir, e por que as traduções ficavam insatisfatórias, vazias de sentido, canhestras. É nesses poucos versos (às vezes um único, às vezes cerca de vinte) que o narrador anuncia sua intenção de contar. Ele indica suas fontes e pede que o escutem, geralmente com um objetivo explícito: para se distrair, a título de exemplo, para corrigir a forma de viver...

Essas passagens nada têm de factual, traço que caracteriza o restante da narrativa. São antes um sinal de alerta, uma espécie de chamada inicial, como o tema de um folhetim; dispõem o público para ouvir de uma certa forma. Mais ainda que a narração, tais passagens inserem-se numa tradição, estão ligadas a um gênero ou o sugerem. Compõem-se de fórmulas e utilizam um vocabulário e inflexões já consagradas e carregam, além do sentido básico, os ecos do uso e das reiterações entre peças e entre grupos de peças.

Para o leitor moderno, essa tradição não existe mais. São signos e sinais que não têm mais conteúdo, não têm mais referente. Nas passagens onde o público medieval era convidado a se lembrar de um outro *fabliau*, a fazer a aproximação entre a narrativa presente e um outro gênero evocado – e a extrair um sentido dessa justaposição –, hoje estamos impotentes. A inserção dessas peças em uma rede de narrativas curtas, a possibilidade de nos reportarmos a uma tradição: esse contexto nos falta e faz com que tais passagens sejam vistas como marcas puramente formais, sem grande significação.

Linguagem da tradução

Tentei também, tanto quanto possível, respeitar as construções e as inflexões do francês antigo, sem com isso dar margem a falsos arcaísmos. É assim que se pode observar uma relativa pobreza de conjunções, sobretudo conjunções de subordinação. Quanto às conjunções de coordenação, freqüentemente são repetidas em cadeia.

O emprego de pares semânticos (duas palavras tendo aproximadamente o mesmo sentido), um procedimento poético, foi respeitado sempre que possível.

Dame, j'ai trouvé chevaliers
Plus de VII corageus et fiers
Qui me vindrent ferir *et* batre[1].

(De Bérenger au long cul, *MR* IV, xciii, 57,
vv. 19-21. Neste volume, *fabliau* nº XXX.)

Pour çou vous voel dire *et* conter[2]

(De la vieillette ou de la vielle truande, *MR*
V, cxxix, 171, v. 5. Neste volume, *fabliau* nº XXI.)

Mout par vousist *et* desirrast
Que...[3]

(Du Chevalier qui fit sa femme confesse, *MR* I,
xvi, 178, v. 135. Neste volume, *fabliau* nº XXXIII.)

Esse gosto ou necessidade de reforço se faz sentir numa outra característica: o emprego freqüente ou muitas vezes sistemático de *mout* e *tot*[4], que vêm reforçar todos os termos de um verso ou de uma seqüência de versos. No caso de uso sistemático, suprimi certo número desses qualificativos.

Tu/vós. É comum a passagem do *tu* para o *vous* ou o inverso, sem razão aparente. Em todos os casos, o texto foi respeitado.

– Vilain, mal jor aies!
Por qoi as tu jà lessie oeuvre
Por le tens qui I poi se cuevre;
Il n'ert vespres jusqu'à II liues.

---

1. Senhora, encontrei cavaleiros, mais de sete, corajosos e ferozes, que vieram me *golpear* e me *atacar*. (N.T.)

2. Por isso quero vos *dizer* e *contar*. (N.T.)

3. Ele *quis* e *desejou* mui fortemente que... (N.T.)

4. *Muito* e *tudo, todo*, adjetivos e advérbios indefinidos, freqüentemente sem tradução precisa. (N.T.)

Est ce por encressier tes giues?
Paor avez n'aiez forage;
Onques n'amastes laborage.
Vous fetes mout volentiers feste![5]

(Des Quatre souhaits saint Martin, *MR* V, cxxxiii, 201, vv. 32-39. Neste volume, *fabliau* nº V.)

Os tempos. O emprego dos tempos em francês antigo é fonte de mistério e tema de muitos artigos e teses. Direi aqui simplesmente que na medida do possível respeitei o tempo empregado no texto, com o risco de por vezes forçar a prática atual, unificando ou mudando de tempo apenas quando a seqüência teria sido incoerente e inaceitável para o leitor moderno.

Os dois tempos narrativos por excelência – o presente e o pretérito perfeito simples – parecem intercambiáveis no âmago da narração, a tal ponto que o relato de uma cena freqüentemente passa de um para o outro dentro de uma mesma frase, sem que isso indique necessariamente mudança na intensidade do drama.

Nas passagens em que, pelo emprego canhestro dos tempos – principalmente do imperfeito do subjuntivo –, o autor parecia querer designar uma forma dialetal de se expressar, um falar rural (ver o *fabliau* nº IV, *Da velha que untou a mão do cavaleiro*), o efeito foi respeitado.

Sempre persuadida da insuficiência de tal tentativa, mesmo assim quis tentar transmitir um pouco da textura, da sonoridade do francês antigo, uma língua geralmente mais viva, mais crua, de expressão mais densa que seu parente moderno.

Nora Scott
outubro de 1975

---

5. Mau dia para ti, vilão! É só o tempo ficar um pouco encoberto e já abandonas teu trabalho por nada? Inda falta muito para vésperas! Voltaste para engordar as bochechas? Acaso receais ter muito para plantar? Labutar nunca foi de vosso agrado. De bom grado ficais sem trabalhar! (N.T.)

Desejo agradecer profundamente a:

Jacques Monfrin, pelo tempo que tão generosamente dedicou aos muitos problemas de tradução que o antigo francês dos *fabliaux* apresenta, e àqueles que, com tanta amizade, revisaram estes textos.

Edições de FABLIAUX utilizadas na tradução:

Christmann (Hans Helmut): *Zwei altfranzösische Fablels*. Tübingen, M. Niemeyer, 1963. (Sammlung romanischen Ubungstexte 47.)
   Auberée, Du Vilain Mire. Para este *fabliau*, ver também a edição de Georg Ebeling, *Auberée, altfranzösisches Fablel mit Einleitung und Anmerkungen*, Halle, M. Niemeyer, 1895.

Montaiglon (Anatole de) e Gaston Raynaud: ver Bibliografia.

Nardin (Pierre): *Jean Bodel: Fabliaux*, ed. crítica com notas e glossário. Paris, Nizet, 1965.

Reid (T.B.W.): *Twelve Fabliaux from the Manuscript fonds français 19.152 of the Bibliothèque nationale*. Manchester University Press, 1958. (French Classics.)

Rohlfs (Gerhard): *Sechs altfranzösische Fablels nach der Berliner Fabelhandschrift*. Halle, M. Niemeyer, 1925. (Sammlung romanischer Ubungs-texte, 1.)

Walters-Gehring (M.): *Trois fabliaux. Saint Pierre et le Jongleur, De Haimet et Barat et de Travers, Estula*. Tübingen, M. Niemeyer, 1961. (Beihefte zur Zeitschrift für romanische Philologie, 102.)

Nota do tradutor da edição brasileira

Gostaria de pedir ao leitor que, durante toda a leitura destes *fabliaux*, tivesse sempre em mente as observações de Nora Scott (a tradutora para o francês moderno) no item "A tradução", onde ela justifica alguns procedimentos que adotou. Quero fazer minhas todas suas explicações sobre certas peculiaridades do texto medieval, as quais ela manteve em sua versão e que procurei seguir o mais fielmente possível – peculiaridades que poderiam causar estranheza ao leitor desavisado. Entre elas destaco:

Variação de formas de tratamento. Mantive a mistura de tu e vós, aparentemente aleatória e muito comum nesse tipo de texto.

Tempos verbais. Também conservei o uso indiscriminado de presente e pretérito perfeito ao longo da narrativa, exceto quando afetava diretamente a compreensão do sentido. Fiz o mesmo com o emprego incorreto de tempos verbais (troca do subjuntivo pelo indicativo), que surge ocasionalmente, indicando um falar muito inculto, popular ou rural.

O problema dos nomes próprios. Optei por encontrar-lhes um equivalente aproximado em português, para que não atrapalhassem o fluir da leitura. Quando algum nome era sugestivo, contendo um significado relacionado com a narrativa, um duplo sentido, um trocadilho, tentei não perdê-lo. É o caso, por exemplo, de Aubérée, como *conto VI*: traduzi-lo para Madruga foi uma forma de preservar sua relação com o temperamento e o modo de agir daquela expedita personagem.

Prosa ou verso. Sem dúvida a dificuldade maior. Procurei traduzir em verso o que estava em verso e em prosa o que a tradutora francesa colocara em prosa. Contudo, assim como ela, também tomei a liberdade de passar para prosa trechos onde verso me pareceu inviável. Minha intenção não foi "fazer poesia", mas simplesmente captar o tom do texto medieval, mantendo simultaneamente o máximo possível de fidelidade à forma. Por exemplo, no *fabliau* XXXI, "O padre que foi posto no fumeiro", tentei transmitir a construção inusitada dos versos, com suas pausas internas e sua distribuição *sui generis* de rimas. Já em outros pareceu-me inviável "espremer" na métrica singularidades de vocabulário, trocadilhos, jogos de palavras e de idéias, torneios lingüísticos etc., sem grande prejuízo para o sentido e a fluência. Optei então por traduzi-los em prosa, ou apenas parcialmente em verso; é o que acontece, por exemplo, no *fabliau* V, "Os quatro desejos de São Martinho". Em compensação, procurei preservar na prosa rimas internas ou ritmos de frase que evocassem o tom do original. O leitor saberá ser condescendente para com verso e prosa, atribuindo às dificuldades do textos os tropeços desta tentativa.

I. Do vilão de Bailleul[1]

por Jean de Boves

Se um *fabliau* pode ser verdadeiro, então aconteceu, diz meu mestre, que um vilão morava em Bailleul. Cultivava o trigo e a terra e não era usurário nem cambista.

Um dia, na hora do almoço, ele veio para casa muito esfaimado. Era grande e terrível e mau e feio de cara. Sua mulher não se ocupava dele porque era tolo e mau, e ela amava o capelão. Assim, os dois, a mulher e o padre, tinham planejado passar o dia juntos. Ela havia feito seus preparativos. O vinho já estava no barrilete e ela também mandara cozer o capão. E o bolo, creio eu, estava coberto com uma toalhinha.

E eis que chega o vilão, bocejando de fome e de fadiga. Ela corre ao seu encontro e lhe abre o portão. Porém não ligou para sua vinda. Teria preferido receber o outro. Diz então, para enganá-lo, como quem, não tendo outro recurso, gostasse mais dele enterrado que morto:

– Senhor, que Deus me santifique, como vos vejo combalido e pálido! Não tendes mais que os ossos e o couro.

– Erme, estou morrendo de tanta fome – responde ele. – As almôndegas estão cozidas?

---
1. *MR* IV, cix, 212.

– Por certo estais morrendo, não tenho a menor dúvida. Nunca ouvireis dizer verdade maior. Deitai depressa, pois estais morrendo. Ai, isso é mau para mim, pobre miserável! Depois de vós, não cuido em viver, pois que me deixais. Senhor, como estais vos afastando! Morrereis daqui a pouco.

– Zombais de mim, dona Erme? – torna ele. – Entretanto estou ouvindo muito bem nossas vacas mugirem. Não creio que vá morrer. Em vez disso eu poderia viver bem mais.

– Senhor, a morte que vos entontece torna-vos pálido e vos ensombrece o ânimo, tanto que já não há em vós mais que a sombra. Daqui a pouco ela tocará vosso coração.

– Deitai-me então, bela irmã[2], se estou tão mal – responde o vilão.

Ela se afaina – não poderia ser mais rápida – em o enganar com suas patranhas. Fez para ele uma cama num canto à parte, uma cama de palha picada e restolho, com lençóis de cânhamo grosseiro. Depois despe-o e deita-o. Fechou-lhe os olhos e a boca. Então se deixa cair sobre o corpo.

– Irmão – diz ela –, estás morto. Que Deus tenha piedade de tua alma. Que fará tua infeliz mulher, que se matará de tristeza?

O vilão jaz sob o lençol, o tempo todo acreditando-se morto. E a outra vai ao encontro do padre, que era muito astuto e ardiloso. Coloca-o a par da história com o vilão e conta sobre a tolice dele. Ambos rejubilaram por ter acontecido assim. Voltaram os dois juntos, tramando seu prazer.

Assim que o padre cruzou a porta, começa a ler os salmos e a mulher põe-se a retorcer as mãos. Mas essa dona Erme mal consegue fingir, e desiste antes que uma só lágrima lhe caia do olho. O padre, por

---

2. Irmão, irmã (*frère*, *soeur*): tratamento carinhoso entre esposos ou amantes. (N.T.)

sua vez, encurta o ofício. Não se preocupava em encomendar a alma.

O padre puxou a mulher pelo pulso. Vão para um cantinho à parte. Ele despiu-a e desarrumou-a. Sobre a palha recém-cortada ambos se engalfinharam, ele em cima, ela embaixo.

O vilão, que estava coberto com o lençol mortuário, viu tudo, pois tinha os olhos abertos. Por isso viu muito bem a palha se mexer e viu o capelão se mover. Sabia que era o capelão.

– Ai! Ai! – disse o vilão para o padre. – Filho de uma puta suja, se eu não estivesse morto, certamente vos arrependeríeis de a ter agarrado. Jamais um homem seria tão bem batido como vós, senhor padre.

– Amigo, é bem possível – responde este. – Ficai sabendo que se estivésseis vivo, eu teria vindo a contragosto enquanto vossa alma estivesse no corpo. Porém, como estais morto, preciso aproveitar. Ficai quieto. Fechai os olhos. Eles não devem mais permanecer abertos.

Com isso o vilão tornou a fechar os olhos e calou-se novamente. E o padre obteve seu prazer sem medo nem temor.

Não sei declarar-vos se eles o enterraram pela manhã, mas o *fabliau* vos diz no final:

Louco seja chamado aquele
Que crê mais na mulher que nele.

Explicit du Vilain de Bailleul.

II. O vilão e o camundongo[1]

Em seguida, vou contar-vos a aventura de um camponês tolo que acabara de tomar mulher. Ele ignorava tudo, não sabia o que podiam ser as delícias de ter u'a mulher nos braços, pois nunca havia experimentado.

Mas a recém-casada já tinha descoberto tudo o que os homens sabem fazer, pois para dizer a verdade, o padre fazia com ela sua vontade quando a desejava e lhe apetecia, até o dia em que ela casou.

Nesse dia o padre lhe disse:
– Doce amiga, se vos aprouver, quero ver-vos antes que o vilão toque em vós.

E ela respondeu:
– De bom grado, senhor. Não ouso vos esconder aqui, mas apressai-vos quando souberdes que está na hora. Então vinde depressa, antes que meu marido se faça de homem, pois eu não gostaria de ficar sem vossa bênção.

Assim o plano foi combinado.

Depois disso, o vilão não tardou a vir deitar. Mas a mulher pouco se importava com ele, com seu contentamento e seu prazer. Ele a toma nos braços e aperta-a com toda força, pois é tudo o que sabe fa-

---

1. La Sorisete des estopes, *MR* IV, cv, 158.

zer, de forma que ela se vê achatada sob seu peso. Defende-se o melhor que pode e pergunta:

– Mas o que estais querendo fazer?

– Quero erguer meu pau e depois vos foderei, se puder e se conseguir achar vossa cona.

– Minha cona? – diz mais que depressa a mulher.
– Não achareis minha cona.

– Onde ela está? Não a oculteis de mim!

– Senhor, pois que quereis saber, direi onde ela está, por minh'alma. Está escondida ao pé do leito de minha mãe, onde a deixei esta manhã.

– Vou buscá-la, por São Martinho!

Sem mais delongas, ele vai correndo buscar a cona. Mas o burgo onde nasceu sua mulher fica numa comuna situada a mais de uma légua.

Enquanto o camponês ia em busca da cona, o capelão deitou em seu leito com prazer e delícia e ali fez tudo o que lhe aprazia.

Mas inda não terminei de contar-vos como o vilão foi logrado. Ninguém nunca viu homem mais tolo. Quando chegou à casa da mãe de sua mulher, disse-lhe:

– Minha cara senhora, vossa filha mandou-me aqui para buscar sua cona, que ela escondeu junto de vosso leito, segundo me contou.

A mulher refletiu um pouco e depois percebeu que a filha o enganava para lhe pregar alguma peça. Então ela vai até o quarto e encontra uma cesta cheia de retalhos. Não importa como pretendesse usá-los, agora os recorta.

– Esta cesta vai servir.

Então ela pegou a cesta. Mas no meio dos trapos havia se escondido, e tão bem que se enrolara todo... um camundongo. Sim, é isso mesmo... um camundongo.

A mãe entrega-lhe o pacote e ele prontamente enfia-o embaixo do casaco e tão logo pode escapa dali para refazer caminho. Chegando à charneca, diz uma cousa bastante espantosa:

– Por São Paulo – diz ele –, não sei se a cona de minha mulher está dormindo ou acordada, mas, por São Vol, eu bem que a foderia antes de voltar para casa, se não temesse que ela me fuja campo afora. Sim! Mesmo assim vou fodê-la, para saber se é verdade ou não o que dizem: que cona é um bicho mui macio e suave.

Com essas palavras, a cabeça de seu pau se levanta ereta como uma lança e se enfia por entre os panos e começa a escarafunchar. O camundongo pula da cesta e foge lá para o meio dos campos. O camponês corre atrás com quantas pernas tem, pois acredita que ele vai fazer uma bobagem. E vai dizendo consigo:

– Meu Deus! Um bichinho tão bonito! Creio que inda não foi desmamado, pois nasceu há pouco tempo. Posso ver que é bem pequeno. Recomendo-o ao Pai, ao Filho e ao Espírito Santo. Na verdade, creio que a cona tem medo de meu pau. Sim, pelos olhos de Deus! Quando deparou com sua cara toda vermelha e preta, ela ficou com medo. Ai de mim! Cada vez mais percebo que na certa sentiu medo. Se morrer, será uma grande perda. Santa Maria! Se cair na vala, vai se afogar e estará perdida. Molhou toda a barriga, as costas e os lados. Pára aí! Oh, senhor Deus! Pára! O que será de mim se ela morrer?

O camponês retorce as mãos por aquele camundongo que berra e negaceia. Quem o visse fazer beicinho e morder as bochechas olhando o vilão se lembraria da careta zombeteira do macaco.

Inutilmente o vilão grita:

– Cona bonita, cona gentil, voltai depressa! Dou minha palavra de que não mais vos tocarei antes de estarmos em casa e de vos ter entregado à minha mulher. Se pelo menos eu conseguir vos livrar do orvalho! Serei motivo de chacota para todo mundo se souberem que me fugistes. Ai de mim! Acabareis vos afogando nesse orvalho. Vinde, entrai em minha luva, eu vos colocarei aqui em meu peito.

Assim ele se fatiga em vão. Por mais que chame, ela não retorna, e desaparece no capim rasteiro.

O camponês fica triste e pensativo, põe-se a caminho e continua sem parar até chegar à sua casa. Sem uma só palavra, sem explicação, sentou num banco e começou a tirar as roupas. Ficai sabendo que ele não estava nada alegre.

Sua mulher pergunta:

– Caro senhor, o que há? Não ouço uma só palavra. Não estais contente? Não estais bem?

– Eu não, senhora – responde o vilão, que continua a se descalçar e a se despir.

Ela ergue a coberta e abre espaço. O vilão joga-se ao seu lado, deita e vira-lhe as costas. Não fala mais que um monge votado ao silêncio, e permanece assim, estirado. Ela o viu mudo e silencioso e perguntou:

– Senhor, então não trouxestes minha cona?

– Eu... não, senhora, não, senhora... não. Foi uma desgraça ter ido buscá-la, pois lá fora ela me caiu por terra e agora se afogou nos prados.

– Ah! – torna a mulher. – Estais zombando de mim!

– Por certo que não, senhora. Não estou brincando.

Então ela o toma nos braços.

– Senhor – diz ela –, não vos atormenteis. Sem dúvida ela sentiu medo de vós, pois não vos conhecia. Penso que deveis haver feito algo que a desagradou. Se a tivésseis nas mãos neste momento, que faríeis com ela? Dizei-me.

– Eu a foderia, por minha fé! Eu lhe daria uma de furar o olho, por todo o desgosto que me causou.

A mulher responde na mesma hora:

– Senhor, ela agora está aqui, no meio das minhas pernas. Mas, como voltou às vossas mãos tão mansa e docilmente, eu não queria, por Santo Etampes, que ela fosse infeliz.

O vilão estende a mão, agarra-a e diz:

– Está na minha mão!

– Prendei-a bem, com as duas mãos, para que não fuja – diz a mulher. – E não receeis que vos morda. Segurai-a bem para que não vos escape.

– É mesmo – diz ele –, acho que nosso gato, Deus nos livre, certamente a comeria se a encontrasse.

Então ele começa a acariciá-la e sente que está toda molhada.

– Coitada! Está ainda ensopada do orvalho em que caiu. Coninha, hoje me humilhastes muito. Por mim ela nunca será censurada porque se molhou. Podeis dormir e repousar, pois não quero mais vos perturbar. Estais sem fôlego, esgotada.

    Nesta fábula vos ensino:
    Mulher sabe mais que o malino.
    Meus olhos podeis arrancar
    Se a verdade tento ocultar.
    Com o que diz, se lhe dá gana,
    Mais o atordoa e mais o engana
    Do que o homem o mais ladino
    Minha fábula assim termino:
    Não deixeis que vossa querida
    Vos atormente assim a vida.

    Ci fenit de la Sorisete des estopes.

III. Do cavaleiro que recobrou o amor de sua dama[1]

por Pierre d'Alphonse

Sem mais delongas, devo narrar a aventura de um cavaleiro e uma dama, aventura que, segundo a história, aconteceu há não muito tempo na Normandia. Esse cavaleiro queria tornar-se amigo de uma dama e sofria muito por isso, de sorte que ela ficou certa de que ele a amava, pois fazia tudo o que sabia que lhe agradaria. Não quero contar uma narrativa longa. Esse cavaleiro tanto a perseguiu que a mulher lhe dirigiu a palavra. Interroga-o e pergunta com qual direito reclama seu amor, se em toda a vida nunca fez por ela nem ato de cavalaria nem façanha que a agradassem e lhe valessem seu amor. Depois a mulher fala rindo, sem cólera, que não será dono de seu coração antes que ela saiba, sem a menor dúvida, como ele porta o escudo e a lança e se sabe manejá-los bem.

– Minha senhora, não vos preocupeis – diz o cavaleiro. – Permiti porém que eu combine um torneio contra vosso marido, e que seja diante da casa dele, de forma que possais ver tudo. Então, se vos aprouver, sabereis como me assentam a lança e o escudo.

Sem a menor hesitação, a dama dá ao cavaleiro permissão para empreender o torneio. Ele muito agradece.

---

1. *MR* VI, cli, 138.

Imediatamente, sem mais demora, ele vai ajustar o combate. Assim foi feito. Depois, convidaram os cavaleiros mais valentes e rogaram-lhes que viessem. Convidam toda a redondeza e assim vão fazendo até o dia marcado, pois estavam repletos de ardor. Comunicaram o dia e a hora para os cavaleiros, tudo isso sem perder tempo.

Eles chegaram em bando. E eis que o encontro se organiza, grande, magnífico e altaneiro. Vede esses cavaleiros, quando chegou a hora do torneio, vestir lorigas e atar elmos. Cada qual de seu lado logo estava aprestado.

Os dois que haviam decidido o torneio foram os primeiros a tomar lugar, armados, montando velozes corcéis, prontos para romper lanças. Escudos erguidos, eles baixam as lanças, soltam as rédeas e põem-se a galopar. Firmam-se nobremente nos estribos. Quebram em pedaços as lanças, não se poupam em nada. Cada qual golpeia com a espada como melhor pode.

O cavaleiro que solicitara o torneio havia jurado por sua alma ao senhor da mulher que queria justar com ele em primeiro lugar, doa a quem doer. Então deixa a dama e parte, mais veloz que a flecha deixando o arco quando é bem lançada. Com a lança em riste ele ergue no ar o senhor. Nem o peitoral nem a cilha agüentam e o todo cai por terra amontoado.

Quando a senhora viu que acontecera aquela desgraça com seu marido, uma parte dela ficou triste e a outra sentiu grande júbilo por seu amigo ter atuado tão bem.

Por que eu vos contaria uma história mais longa? Todos haviam começado a pelejar quando algo lamentável e penoso os arrasou. Houve um cavaleiro que foi morto. Não sei explicar como nem por quê. Mas todos ficaram tristes e acabrunhados. Então o enterraram sob um olmo. Depois, como era tarde, os cavaleiros se dispersam e cada qual volta para sua morada.

Sem mais demora a mulher manda dois guardas dizerem ao cavaleiro que, se deseja que lhe dê seu amor e o tome agora como amigo, então venha falar-lhe esta noite. O cavaleiro, que rejubila com a mensagem, diz que irá de mui bom grado. Diz que não deixaria de ir, mesmo que tivesse de ser cortado em pedaços. Com isso os guardas vão embora.

Quando a noite chegou, ele ardia por estar lá aonde devia ir. O dia inteiro uma jovem ficara espreitando sua vinda. Ao chegar, ele saudou-a. Com grande medo e custo ela o conduz a um quarto. Diz-lhe que fique ali, de forma que a senhora venha até ele.

Então a jovem vai embora. Anuncia à sua senhora a notícia de que o cavaleiro estava no quarto, onde aguardava.

– O que dizes é verdade?

– Sim, por minh'alma.

– Então – torna a dama –, irei quando meu senhor tiver deitado.

O cavaleiro estava contrariado por ela demorar tanto para vir. Ademais, não conseguiu deixar de adormecer, pois estava exausto por causa das armas que portara naquele dia.

E a senhora, receosa porque havia tardado tanto, vem ter com ele nesse instante. Percebe então que está dormindo, sem a menor dúvida. Não o sacode nem o cutuca, mas retorna prontamente para seu quarto. Em seguida chamou a camareira.

– Vai depressa, sem demora, e em meu nome dize a esse cavaleiro que vá agora mesmo embora.

A jovem perguntou por que e por qual razão.

– Vou dizer-te a razão – responde a dama. – Porque ele está dormindo!

– Pela alma de Deus, creio que estais errada – torna a serva.

– É tudo mentira, minha filha. Não deveria ele ter velado toda a noite por um único beijo de u'a mulher como eu? É por isso que estou zangada, porque sei que, se me amasse, mesmo que lhe dessem cem libras ele não agiria assim. Vai despedi-lo agora mesmo.

Então a serva volta para o cavaleiro que dormia apoiado no braço. Aproxima-se e cutuca-o de leve. De um salto ele fica em pé.

– Ora pois, minha senhora, sede bem-vinda! Demorastes um tempo mui longo.

– Saudastes-me por nada, dom cavaleiro – responde a jovem. – Agora ouvireis outra nova. Minha senhora enviou-me aqui, ela que está deitada ao lado de seu senhor. E assim manda dizer-vos para nunca serdes tão audacioso nem tão ousado de estardes em qualquer local onde ela estiver.

– O quê, senhorita? Por quê? Dizei-me!

– Vou dizer-vos. Porque não devíeis ter dormido aqui, onde ficastes para esperar uma senhora tão nobre, tão bela, tão alva e tão terna e tão valorosa como é a minha senhora.

– Senhorita – torna ele –, por minh'alma, agi mal, é verdade. Porém vos suplico, por toda caridade, que me deis permissão para ir até minha senhora e seu senhor, lá onde estão deitados, pois sabei que nunca tive maior vontade de fazer alguma cousa.

– Tudo isso vos concedo, por minha fé – diz a jovem.

E ele, que ficou feliz com a resposta, no mesmo instante se precipita para o quarto. Aquele não tinha ferida no jarrete.

Naquele quarto havia uma lâmpada e habitualmente ela ficava acesa. O cavaleiro procura o caminho. Foi direto até o leito. Colocou-se um pouco distante e segurou a espada desembainhada. Por causa do brilho o senhor abre os olhos e avista-o. O cavaleiro não se movia.

– Quem sois vós que estais aí? – pergunta ele.

O cavaleiro falou prontamente. Não cuidou de adiar as cousas.

– Sou o cavaleiro que mais cedo esta manhã foi morto – responde. – Deveis estar bem lembrado.

– Sim, bem sei, e o que vos traz aqui?

– Senhor, estou em grande penar, e minh'alma nunca sairá dele, nem um só dia, enquanto esta senhora que está deitada convosco não me tiver perdoado, se lhe aprouver, uma única falta que cometi para com ela quando estava vivo. O Deus dos Céus vos dê honra e júbilo e muito de Seus bens. Rogai que ela me perdoe, pois vos disse a razão e o motivo de minha vinda.

– Senhora, senhora – diz então o senhor. – Se estais irritada, aborrecida ou encolerizada com este cavaleiro, perdoai-o, eu vos peço.

– Não farei nada disso – responde a mulher. – Quebrais a cabeça à toa, pois isso é um fantasma ou um outro bicho que vem nos matar no meio da noite.

– Certamente não é assim, penso eu.

– Não vou fazer nada disso, senhor, é a verdade. Creio no Filho de Deus e em Sua Mãe – diz o cavaleiro.

– Pela fé que deveis ao Santo Pai, dom cavaleiro – torna o senhor –, de onde vem essa ira, essa cólera que minha senhora concebeu contra vós?

– Senhor – responde o cavaleiro –, de maneira nenhuma vos direi, pois, se estou mal, pior ficaria se porventura dissesse uma palavra a respeito.

– Nesse caso, sem dúvida sereis perdoado, dom cavaleiro – diz a mulher. – Não quero mais atormentar-vos.

– A vossa mercê, minha doce amiga, pois é tudo o que vos peço.

Então ele vai embora sem se deter. Porém, se não tivesse agido assim, jamais teria o amor que agora recobrara.

Pierre d'Alphonse, o primeiro a compor este *fabliau*, fê-lo apenas como ensinamento para aqueles que teriam revelado tudo, se encontrassem uma aventura assim. Pois ninguém o escuta sem tirar proveito, se a maldade não levar demasiada vantagem.

IV. Da velha que untou a mão do cavaleiro[1]

Quero contar-vos uma fábula de uma velha para vos divertir. Ela possuía duas vacas. É o que me diz o livro. Um dia, elas tinham ido juntas aonde a velha as punha para comer. E aí o preboste encontrou-as. Mandou que as levassem para sua casa. Quando a mulher soube disso, foi até lá sem mais demora. Roga a ele que devolva as vacas. Suplica muito, mas sem sucesso, pois a esse preboste traidor pouco importa o que ela fale ou cante.

– Por minha fé – diz ele –, minha bela velha, primeiramente pagareis vossa parte com vosso monte de dinheiro que está mofando na panela.

Então a boa mulher volta para casa, triste e infeliz, com ar abatido. Encontra Hersan, sua vizinha, e conta-lhe o que está acontecendo. Hersan menciona um cavaleiro. Que a outra vá falar com esse homem importante, fale bem, seja hábil e prudente. E, se primeiro ela lhe untar a mão, ele fará que recupere suas vacas, totalmente quites e sem outros encargos.

A boa mulher foi buscar toucinho, pois não é nem astuta nem fina. Foi direto até o cavaleiro, que estava diante de sua casa. Por acaso o cavaleiro havia posto as mãos às costas. A mulher chega por trás

---

1. *MR* V, cxxvii, 157.

e passa-lhe o toucinho na palma. Ao sentir a mão engordurada, ele se voltou para a velha.

– Boa mulher, que fazes aqui?

– Senhor, pelo amor de Deus, piedade... Pois bem, disseram-me que venha ter convosco e vos unte a mão e que se faço isso vou ter de volta minhas vacas totalmente quites.

– A que te indicou o que devias fazer queria dizer uma cousa bem diferente. Mas te prometo que nada perderás por isso. Terás tuas vacas e ficarás sossegada e te deixo os prados e o capim.

O que ocorreu nesse provérbio
Digo aos ricos e poderosos,
Que são falsos e falaciosos,
Vendem palavra e sensatez.
A lei com eles não tem vez,
A tirar estão bem afeitos.

Pobre paga por seus direitos.

V. Os quatro desejos de São Martinho[1]

Houve na região da Normandia um camponês sobre o qual é apenas justiça que eu vos conte um *fabliau* maravilhoso e encantador. Ele tinha como amigo diário São Martinho, a quem invocava todos os dias para os trabalhos que fazia. Nunca ficou jubiloso nem triste sem chamar por São Martinho. Uma certa manhã, o camponês foi lavrar como sempre. Não desejando esquecer São Martinho, disse:
– São Martinho, apresentai-vos!
E São Martinho se apresenta:
– Bem sei, vilão, quanto me adoras,
Pois não descansas nem laboras
Sem a mim antes invocar.
Quero tua fé recompensar.
Põe de lado o tormento e o arado,
Vai para casa sossegado,
Pois pretendo, podes saber,
Quatro desejos te atender.
Cada pedido, tem cuidado,
Deverá ser bem formulado.
Nenhum te será devolvido:
Depois de feito está perdido.

---
1. *MR* V, cxxxiii, 201.

O camponês fez uma reverência, virou as costas para o santo e voltou alegremente para casa. Agora ele vai ouvir um sermão. Sua mulher, que é o galo da casa, diz:

– Mau dia para ti, meu camponês! É só o tempo ficar um pouco encoberto e já abandonas teu trabalho por nada? Inda falta muito para vésperas! Voltaste para engordar as bochechas? Acaso receais ter muito para plantar? De bom grado ficais sem trabalhar! É um grande desperdício possuir animais para a lavoura se não os fazeis trabalhar. Labutar nunca foi de vosso agrado. Agora mesmo partistes para o campo. Vosso dia terminou bem depressa!

– Cala-te, irmã, e não fiques inquieta, pois agora seremos felizes. Acabaram-se todas as nossas preocupações e também nosso trabalho. Ficai sabendo que encontrei São Martinho e que ele me concedeu quatro pedidos. Inda não fiz nenhum; antes queria discutir a cousa contigo. Vamos fazer agora os quatro pedidos: terra, riqueza, ouro e prata!

Quando o ouviu, ela o beijou e logo adoçou as palavras:

– Senhor, estais dizendo verdade?
– Sim, e vou te provar.
– Ai, mui doce amigo, em vós coloquei todo meu empenho de vos amar, de vos servir. Deveis compensar-me por isso. Peço, por favor, que me cedais um dos desejos. Ficareis com os outros três para vós e tereis agido bem para comigo.

Ao que ele respondeu:

– Cala-te, minha bela irmã! Não agirei assim, pois as mulheres têm pensamentos loucos. Talvez pedísseis quatro fusos de cânhamo, de lã ou mesmo de linho... São Martinho disse-me para eu pensar bem e pedir cousas de que tenhamos precisão. Tenho receio de ceder-vos um pedido, pois poderíeis desejar algo que piorasse nosso caso. Não conheço vossos gostos. Se disserdes para me tornar um jumento, asno, urso, cabra ou cousa parecida, assim acontecerá e prontamente. Por essa razão não concordo.

Ela porém apressou-se em responder:

– Senhor, pelas minhas duas mãos, prometo que continuareis a ser um vilão. Por minha causa não tereis outra forma. Amo-vos mais que a qualquer outro homem.

Ouvindo isso, ele concordou:

– Pois bem, então vos concedo o pedido, bela irmã. Por Deus, desejai algo de útil, que aproveite a vós e a mim.

– Desejo, em nome de Deus, que fiqueis carregado de paus. Que do olho ao pé não vos reste nem rosto nem braço nem lado que não esteja plantado com paus. E que não caiam moles nem pendentes, mas cada um tenha seu colhão. Que os paus estejam sempre tesos, como se fôsseis um homem cheio de chifres.

Tão logo a mulher terminou de desejar, os paus começaram a crescer sobre ele. Saíam-lhe do nariz, da boca e de todos os lados. Havia paus compridos, paus atarracados, paus curtos, paus grandes, paus pontudos, paus arredondados, paus espessos, paus grossos. O vilão não tinha nenhum osso nem membro de onde não brotasse um pau maravilhoso. Saíam até mesmo dos joelhos. E, pelo amor de Deus, escutai estas maravilhas: brotam-lhe paus das orelhas; um grande pau sai-lhe da testa, para a frente e para o alto. E para baixo, até os pés, o vilão ficou carregado de paus. Ficou vestido de muitos e belos paus, cheio de chifres por todas as partes.

Quando se viu em tal situação, disse o vilão:

– Irmã, que pedido maldoso! Por que me fizeste esse mal? Preferia estar morto a ter tantos paus me cobrindo o corpo. Homem algum nunca viu tantos.

– Senhor – responde ela –, bem vos disse que de nada me servia um único pau, sempre mais mole que um esfregão velho. Mas agora minha cona está rica de paus. Em qualquer lugar onde entrardes, nunca precisareis pagar. Fiz meu pedido com muita sabedoria e deveis estar contente com ele. Vede que belo animal vos tornastes!

Disse o bom homem:

– Que peso horrível! Agora que fizeste teu pedido, vou fazer o meu. Desejo que tenhas conas pelo corpo todo, assim como tenho paus.

E então ela ficou bem enconada[2]: duas conas surgiram-lhe nos olhos, mais quatro fenderam-se em fileira na testa. As conas apareceram de muitas maneiras: conas na frente e conas atrás, conas como uma luva, conas atravessadas, conas torcidas, conas velhas e conas firmes, conas peludas e conas estreitas, conas profundas e conas rasas, conas de cima até os pés. Então o vilão sentiu-se aliviado.

– Senhor – lamenta ela –, o que fizeste? Por que fazer um pedido assim?

E o bom homem respondeu:

– Vou dizer. O que eu faria com uma cona só, quando me foram dados tantos paus? Bela irmã, não vos inquieteis. Nunca vos acontecerá de passar por uma cidade ou rua e não serdes conhecida[3].

– Senhor – torna a mulher –, vamos deixar de brincadeiras. Já perdemos dois pedidos. Que as minhas conas e os vossos paus desapareçam. Ainda nos resta mais um pedido. Com ele poderemos ficar ricos, por Deus!

Então o vilão formulou o seguinte pedido: que ela não tivesse mais cona, nem ele pau. Na mesma hora, a mulher ficou mui perplexa quando não encontrou seu próprio sexo. E o mesmo aconteceu com o bom homem, quando viu que não encontrava mais seu próprio pau. Ela tornou a encolerizar-se:

– Agora – bradou –, é preciso fazer o único pedido que inda restava: que tenhais pau e que eu tenha

---

2. Jogo de palavras intraduzível: *connue* (conhecida) significaria também "enconada" ou "conada", se existisse o termo. (N.T.)

3. Ver nota 2.

cona. E depois disso seremos como éramos antes: não perderemos nada mas nada teremos.

Então o bom homem fez o novo pedido. E assim, nada perdeu e nada ganhou, pois teve seu pau de volta mas desperdiçou seus quatro pedidos.

Por este *fabliau* podeis ver
Que homem que deixa seu querer
Para ao da mulher dar valor
Passa vergonha e dissabor.

Expliciunt les. IIII. Souhais saint Martin.

VI. De Madruga de Compiègne[1]

Quem quiser vir aqui perto de mim ouvirá contar um conto cuja composição me ocupou bastante e por isso coloquei-o em rimas, exatamente como aconteceu. Foi outrora em Compiègne que havia na cidade um burguês que era mui sábio e cortês e rico e de alta condição. Ele era mui zeloso em respeitar tanto os pobres como os ricos, sendo homem que não era avaro nem mesquinho. Ademais, tinha um filho mui belo, que exilou muito dinheiro na juventude. Até em Beauvoisin falavam de sua valentia e de suas façanhas.

Ele tinha um vizinho pobre que possuía uma filha mui graciosa. O jovem cortejou-a e solicitou-a longamente. Esta lhe disse abertamente que mais valeria desistir, se não queria tomá-la por mulher; mas se a quisesse ter por mulher, conforme deveria, ela ficaria mui jubilosa.

– Bela, assim me apraz, e que Deus dê alegria a meu coração – responde o jovem.

Então ele parou de suplicar e foi para casa, onde falou com o pai e lhe contou o caso.

E o pai se opõe vivamente e o repreende e diz:

---

1. Christmann, pp. 20-43.

– Caro filho, deverias silenciar sobre esse projeto. Ela não é de tua classe, nem é digna de te descalçar. Eu gostaria muito de te educar, não importa quanto me custe, pois quero aliar-te às melhores famílias desta região. Fico espantado com tua loucura e contigo que queres desposar uma jovem como essa. Sem dúvida deveriam tonsurar-te se continuares a falar disso.

O pai não leva na mínima conta as palavras do filho e priva-o de seu casamento. Mas o Amor, que o tem sob seu jugo, amiúde abrasa-o e atiça-o. Coloca-lhe uma fagulha no corpo, de sorte que ele só pense na jovem.

Três dias mais tarde, aconteceu que na cidade veio a morrer a mulher de um outro burguês. Mas, antes que acabasse o mês seguinte à sua morte, o marido, que passava bem sem ela, a conselho dos amigos foi falar com o pai da bela e graciosa jovem que o outro escolhera, como contei em minha narrativa.

Isso pesou ao jovem, que pensava no assunto dia e noite. Tudo o que vê o faz penar; foge da companhia dos outros, toma ódio a seu ouro, sua prata e sua grande riqueza e jura que se diminuiu demais por haver um dia acreditado em seu pai. Sua grande riqueza lhe custa demasiado. Ficou longo tempo nesse estado, sem conseguir descobrir um projeto que lhe desse algum consolo.

Ele possuía uma túnica de rico tecido de Stanford, tingida de vermelho alternado com verde, e cada parte se dividia em longos panos. Toda a sobrecota era bordada com pele de esquilos novos. Outrora o jovem era mui gracioso e belo, mas agora tem o semblante alterado e pálido. Um dia, ele sai de casa, joga à cabeça um manto e vai flanando pela cidade alta, até que chega diante da casa de sua amiga. Era a estação em que fazia calor, como em agosto. Por mais que isso o prejudique ou lhe custe, ele precisa descobrir o meio de falar com sua amiga. Reflete bastante, examina tudo, até que dá com os olhos na casa de uma velha costureira. Então atravessa o caminho onde passam as carroças, e eis que sentou sob sua janela. A costureira, que muito sabe de muita artimanha, indaga sobre seu estado, pergunta-lhe o que tem, ele que outrora era tão alegre e entre todos o mais estimado.

A velha tinha por nome Madruga. – *Nunca existiu mulher tão bem amarrada que não a atraíssem com sua própria corda.* – E o jovem sentou ao lado dela e lhe contou tudo, palavra por palavra, como ele amava a burguesa que era sua vizinha tão próxima. Se conseguisse obtê-la, daria à costureira quarenta libras.

A costureira disse:

– O vilão nunca saberá guardá-la tão bem que em breve não a possas ter sob ti. Mas agora vai depressa buscar o dinheiro, e eu ficarei pensando no que tenho de fazer.

Ele vai embora e abre uma arca onde havia muitas moedas que seu pai juntara. Pega-as e não se demora mais. Retorna à casa de dona Madruga e lhe dá quarenta libras. Mas inda não está quite. Inda vai dar a ela sua contribuição:

– Agora entregai-me vossa sobrecota, diretamente – diz a velha.

E ele, que deseja fazer o que ela ordenar, sem nenhuma objeção, faz o que a velha diz. O Amor realmente o tem em seu poder.

E ela dobra a sobrecota bem apertada e coloca-a embaixo do braço. Depois ergue-se do tamborete e vai direto para a casa do burguês de quem já falamos.

A velha havia bem comprovado que o senhor estava no mercado. Tão logo entra, ela diz:

– E que Deus esteja nesta casa! Deus esteja convosco, minha bela senhora, e que tenha piedade da alma da outra que morreu e por quem meu coração muito se desola. Amiúde ela me recebeu bem, aqui.

– Sede bem-vinda, dona Madruga – responde a mulher. – Vinde sentar.

— Minha senhora, venho vos ver, pois quero vos conhecer. Não passei vossa soleira depois que a outra senhora morreu, ela que nunca me recusou nada que eu pedisse. Por certo, mesmo que lhe pedisse para fazer algo mui penoso, ela teria feito, por minha cabeça. Que Deus a absolva! Ela me fez o bem.
— Dona Madruga, estais precisando de algo? Se precisais de algo, dizei-me!
— Sim, senhora, venho a vós. Minha filha tem uma gota no flanco e queria um pouco do vosso vinho branco e um único dos vossos formosos pãezinhos. Mas que seja o menor. Graças a Deus! Estou muito envergonhada com isso, mas minha menina me angustia tanto que tenho de pedir. Nunca soube mendigar, nunca procurei socorro assim, por minh'alma!
— E ireis recebê-lo – responde a mulher que estava sozinha em casa. A que estava bem informada senta ao lado da burguesa. Ela diz:
— Por certo estou mui contente de ouvir falar tanto bem de ti. Como se porta agora teu senhor? Ele te dá bom passadio? A outra tinha tudo o que lhe aprazia. De bom grado eu veria teu leito; assim saberia com toda a certeza se estás tão ricamente deitada como a primeira.

Então a senhora ergueu-se e entrou em seu quarto, e a velha segue-a sem hesitar, sempre discorrendo, e a senhora continua:
— Dona Madruga, vede então com vossos próprios olhos este belo leito bem ornado, e vede que há um belíssimo colchão. De verdade, meu senhor deita aqui deste lado e eu encostada em seu flanco.

O leito era alto, em palha seca. Por cima havia um grande colchão de plumas. E, para que ninguém ficasse emplumado, havia um edredom pespontado. A velha fincara uma agulha e um dedal na sobrecota, que trouxera embaixo do braço. Ela tagarelava muito, de cousas e lousas, e enquanto a dona da casa lhe mostra todos seus haveres, a velha enfia de mansinho a sobrecota embaixo do colchão.

– Por certo – diz ela –, desde Pentecostes nunca vi um leito tão rico. Tens para teu prazer muito mais do que tinha a outra. Eu me lembro bem.

Então elas saem do quarto, a velha discorrendo o tempo todo. Depois de saírem, a senhora lhe dá um jarro cheio de vinho e um pãozinho e um longo pedaço de toucinho e uma grande panelada de ervilhas. A burguesa está sendo bem lograda pela velha, mas não sabe disso.

Prontamente dona Madruga volta para casa a bom passo.

Tenho de falar aqui do burguês que retorna sozinho da cidade para casa e diz que deseja dormir porque está com dor de cabeça. Ele entra no quarto e deita. Tão logo deitou no leito, sentiu a saliência feita pela sobrecota e começa a apoiar-se nela, pois não sabe o que o está atormentando. Então ergue o colchão e puxa para fora a sobrecota. E, se nesse momento alguém lhe enfiasse um punhal no corpo, no flanco, não sairia uma gota de sangue, tão aflito ele ficou.

– Ai de mim! – exclama. – Sou grandemente traído por essa que nunca me amou!

Então foi até a porta e fechou-a. Depois pegou a sobrecota, pois o ciúme, que é pior do que dor de dente, se apossou dele. Examina-a por fora e depois por dentro, de tal forma que parece querer comprá-la. Não há um só membro que não lhe doa, tão tomado ficou de furor e de cólera.

– Ai de mim! Que poderei dizer desta sobrecota? Sei bem, por minh'alma, que pertenceu ao galanteador de minha mulher, a quem ela dava prazer antes de ter sentido meu flanco. Ela muito me desonrou e enganou quando tomou um novo amigo além de mim.

Pega então a sobrecota e vira-a de todos os lados, porém quanto mais a manuseia, mais suas dores aumentam. Assim foi, até que venha a noite e ele veja na rua todas as portas fechadas. Então ele agarra sua mulher. Joga-a pela porta para fora da casa.

A mulher, que não sabe a causa disso, quase perdeu a razão de tristeza. E eis dona Madruga que a espreitava.

– Minha bela jovem, que Deus te guarde, o que fazes aqui? – pergunta à mulher.

– Ah, dona Madruga, piedade! Meu senhor enraiveceu-se comigo, mas não sei dizer por quê. Não sei o que lhe contaram. Sede pois bastante bondosa para vir comigo à casa de meu pai.

– Ei, isso não, por São Pedro! – diz a outra. – Por nada no mundo eu gostaria disso! Queres que teu pai te repreenda? Pensaria que fizeste algum mal a teu senhor ou alguma vilania contigo mesma, para que ele te expulsasse, ou que ele te apanhou em flagrante e te encontrou com teu amante. Ora, talvez o vilão esteja bêbado e amanhã isso terá passado. Por enquanto, com toda a boa-fé te aconselho a vir comigo, pois as ruas estão desertas. Utilizaste melhor do que pensas o pão, o vinho, a carne e as ervilhas. Vou devolver com peso dobrado a boa ação e o serviço. Tudo estará a teu grado, tudo o que quiseres pedir. Basta que ordenes, pois estarás mui bem escondida em meu quarto, abrigada onde ninguém saberá, até que teu senhor tenha saído da embriaguez.

Então a burguesa levanta-se e a velha guia-a até sua casa.

– Bela, poderás ficar aqui dentro uma semana que ninguém saberá – diz ela.

Depois convida-a para comer, mas a burguesa recusou e disse que não prouvesse a Deus que ela comesse antes de saber por que sofreu tal vergonha. Ante essas palavras, dona Madruga parou de a exortar. Conduziu-a até um quarto ao lado para a deitar em bons lençóis, sobre um bom colchão, e também cobriu-a muito bem.

Não deixou o quarto aberto; em vez disso, fechou bem a porta a chave. Saiu da casa de mansinho e mais depressa que a passo vai procurar o jovem, que em vez de dormir se vira e revira em seu leito e teme que a velha esqueça a promessa que fez.

Ele solta do coração fortes suspiros. Salta do leito, totalmente nu, veste-se e vai se reclinar a uma janela. E a velha, que quer merecer seu salário até o fim e servir a contento o jovem, não se desvia nem para a direita nem para a esquerda do caminho. Encontra à janela o jovem, que lhe pergunta quais são as novas.

– Vou dizer-te: belas – responde. – Pois tenho tua amiga em minhas malhas e poderás ter dela teu prazer até amanhã a esta hora.

E o jovem, a quem a velha servira a contento, não se demora mais. Desce de mansinho os degraus e ambos vão juntos.

Parece-me que a burguesa mal havia adormecido. E aquele que desejava sua amiga tira a roupa e os sapatos.

– Dona Madruga – pergunta –, se ela bancar a orgulhosa, se gritar, o que farei? Só quero agir de acordo convosco, pois me devolvestes meus direitos.

– Vou te aconselhar como deve ser – responde a velha. – Deves ir e deitar. E, se ela se amedrontar, se gritar, deves erguer a coberta e entrar embaixo. Quando ela te sentir, a cousa correrá de outra forma. Nesse momento verás que ela se calará e depois farás tudo o que quiseres.

Então, sem mais hesitar, o jovem deitou e começa a apalpá-la e mui de mansinho se encosta a ela. Nesse momento a burguesa desperta e estremece quando o sente. Teria saltado do leito, mas ele prende-a nos braços e diz:

– Senhora, vinde para cá, sou vosso querido amigo a quem fizestes sofrer. Mas, graças a Deus, agi de sorte a vos encontrar totalmente sozinha aqui, fechada neste quarto. Muito vos tenho desejado.

– Por minha fé! – torna ela. – Isso de nada vos valerá, pois gritarei tão alto que todo mundo nesta rua acorrerá prontamente.

– Por minha fé! – retruca ele. – De nada vos valerá. Só vejo nisso vossa desonra, quando grandes e pequenos vos virem toda nua a meu lado. Já é quase meia-noite. Não haverá uma única pessoa que não acredite que fiz de vós toda minha vontade. É muito melhor que isto seja ocultado de todos além de nós, que ninguém afora nós três fique sabendo.

Então ele a puxa suavemente para si e abraça seus flancos, que eram finos e brancos. Beija-lhe a boca e o rosto.

A burguesa não sabe o que fazer. Parece-lhe melhor não resistir, pois poderia atrair uma tal reputação entre os vizinhos e uma tal fama que nada ganharia além de desonra.

Agora a burguesa virou a página. Renuncia ao orgulho, fica mansa e calma. O jovem estreita-a e beija-a e ela lhe faz terna acolhida. Aproximam-se um do outro e depois brincam juntos e fazem tudo o que estão juntos para fazer.

De madrugada, quando surge a aurora, dona Madruga levanta-se por sua vez e prepara-lhes do melhor que pode, carne de porco e capões assados. Então eles sentaram para comer. Nenhum dos dois recusa; ao contrário, beberam e comeram muito. Aceitaram de bom grado o serviço de dona Madruga. E, quando chega a hora de vésperas e o sol baixa, dona Madruga prepara tudo o que sabe que lhes agrada, pois nisso há pouco que seja seu.

Naquela noite eles tiveram muito prazer. Os dois deitaram enlaçados. Não cessaram de velar até que soaram as matinas na abadia de São Cornélio.

Tão logo ouviu o sino, dona Madruga se levanta, pois isso não lhe é penoso, e veio até o leito onde estavam deitados os que se divertiam de todo coração.

– Vamos, de pé, bela jovem – diz ela – e iremos tu e eu a São Cornélio, à igreja. Agora precisas que teu marido se reconcilie contigo.

O rapaz não estava nem um pouco de acordo, mas não ousa contradizê-la e a velha se pôs a dizer:

Deixa-me fazer como quero. Poderás retornar de novo à tua amiga e a teu prazer.

A velha pegou oito velas, cada uma das quais tinha mais de seis pés. A velha e a burguesa saíram juntas da casa. Na igreja, param diante do altar de Nossa Senhora e diante da imagem. E a velha, que era muito astuta, faz a burguesa deitar por terra e proíbe-a de levar a sério suas desventuras, que não valem mais que duas nozes. Com as velas que trazia fez quatro cruzes. Põe fogo numa lâmpada e acende-as uma após outra. Colocou-lhe uma das cruzes perto da cabeça, a outra aos seus pés, a terceira à direita e a quarta ficou à esquerda. Depois aproximou-se da senhora e tranqüiliza-a dizendo:

– Fica tranqüila e vigia, e não importa o que aconteça não te movas antes que eu volte, mas fica aqui durante esse tempo.

– Senhora, de bom grado – responde a outra.

E assim fez.

E dona Madruga prosseguiu seu caminho direto para a casa do burguês, que estava furioso por causa da mulher, de sorte que não sabe o que pensar. E a velha, para o despertar, vem à porta e grita e bate. E ele, que apura o ouvido e escuta, ele que tanto queria ter ouvido cousa com que pudesse rejubilar, prontamente manda que abram a porta.

Assim que entrou, dona Madruga pergunta:

– Onde está ele, o patife, o pérfido, o estouvado?

– Dona Madruga, sede bem-vinda – diz o marido. – O que vos traz a esta hora?

E ela não hesita em responder:

– Vou dizer-te agora mesmo, sem mentir. Esta noite tive um sonho tão penoso, que despertei de medo. Vesti-me e aprontei-me, pois fiquei toda apavorada com o sonho. Fui à igreja na Abadia, exatamente diante do altar de Nossa Senhora. Ali vi tua mulher deitada, estendida na frente do altar. Fiquei realmente mui perturbada, pois não sei o que pode advir disso. Junto aos pés, à cabeça, à direita e à esquerda vi velas ardentes. E no meio jaz tua mulher, de rosto contra o chão, ante o altar em oração. Cometeste um erro mui grande enviando sozinha a essa hora u'a mulher que tem um corpo tão belo. Inda baterás no peito por isso. Pela mão de Deus que formou tudo, sejas abençoada, Madruga! Estou muito abalada, e continuo a achar bem espantoso essa criança velando assim, esse brotinho que nasceu ontem, que deveria estar dormindo a manhã inteira aqui em seu leito, e tu a envias às matinas! Infeliz, pecadora! Que eu seja benzida pela mão do Deus celeste, benzida, abençoada e reabençoada! Queres fazer dela uma devota de mentira? Fogo e chama forte queimem quem envia u'a mulher assim!

Dessa forma a velha desvia suas suspeitas. E se não fosse a sobrecota, ele não pensaria mais nada que não fosse bem.

– Senhora, pelo amor de Deus e pelo Seu nome, estais dizendo verdade?

– Levanta, em pé, e poderás ver se estou mentindo! – retruca a velha.

E ele se ergue depressa; não quer que sua mulher continue deitada lá por mais tempo. Foi prontamente para a igreja, pois não hesitou nem um pouco. E encontra a mulher exatamente como a velha havia contado. Aproxima-se dela mui gentilmente e ergue-a pela mão. Diz-lhe baixinho que agira mal por embriaguez.

Com isso eles voltam para casa, onde se deitam de novo. A burguesa, que estava com vontade de dormir, cobriu a cabeça. Pouco lhe importava o gesto de mau humor que seu senhor tivera, já que ele não ficara sabendo do resto.

O burguês, por sua vez, receia que sua mulher esteja com a cabeça vazia de velar ou de chorar e que doravante pare de orar longamente ante o altar, ou então que chore dia e noite. Assim, ficou deitado ao seu lado até que nasceu o dia.

De manhã, quando o sol se ergue, o burguês também levanta e se calça. Quer ir diretamente à igreja rezar para Jesus nosso pai. Persigna-se na cabeça e no corpo.

Dona Madruga saltou à sua frente e bradou em voz alta:

– Trinta vinténs! Pela verdadeira cruz! Trinta vinténs, miserável sofredora! Agora pouco me importa viver mais! Sou mesmo infeliz demais! Trinta vinténs, pobre sofredora! É mesmo muita desgraça!

E eis o burguês que chega e lhe pergunta o que tem. E ela corre para cá e para lá e não pára de gritar:

– Trinta vinténs! Miserável sofredora! Trinta vinténs, pobre de mim! Trinta vinténs! Agora o preboste virá aqui me tomar esse pouquinho que tenho. É o sonho que sonhei.

– Dizei-me, e que Deus vos ajude – torna o burguês, que está espantado. – Por que vos mostrais tão desolada? Por minha cabeça, hei de saber, quero saber!

– Por minha fé, senhor, vou dizer-vos, pois nunca vos mentirei. Anteontem um jovem veio aqui. Trouxe uma de suas sobrecotas para eu recosturar e consertar, pois havia rasgado num tronco de árvore três ou quatro panos dela, não sei bem. Peguei-a e fui me distrair recosturando toda a sobrecota. Sentia-me um pouco pesada. Então, por desgraça, naquele dia saí com minha costura para fora de casa. Tudo começou a ir mal para o meu capital quando perdi essa sobrecota que me causou tanta desventura. Pobre de mim, não sei aonde fui. Que farei, a não ser fugir? Pois não sei de nenhum outro remédio, a menos que encontre alguém que me ensine um. Se ele me recusar o remédio, farei que o excomunguem domingo em todas as igrejas. Agora não tenho precisão de sofrer uma perda tão ruim. Caro senhor, ouvi agora algo certo. Que Deus me permita ver o Natal, deixei preso meu dedal e com ele minha agulha na sobrecota, com a qual, pobre de mim, nada ganhei, pois tenho de a devolver. E o jovem vem todo dia e me atormenta e me pede trinta vinténs de multa, mas não tenho meios para pagar.

– Ora dizei-me, dona Madruga, estiveste em minha casa há algum tempo?
– Sim, senhor, para ganhar um pouco de sobras, pois minha filha estava com dor de cabeça. Isso foi anteontem, agora me lembro. Encontrei a senhora em seu quarto. Estava se penteando. Lá eu vi, estendido de ponta a ponta, um edredom. Nunca vi com meus olhos outro tão bem feito. Tão bem me deixei cair em cima dele que adormeci sobre o colchão até que a senhora me despertasse. E ela de bom grado me arrumou o que eu pedira, e então retomei meu caminho. Foi isso que me aconteceu naquele dia, mas, pobre miserável de mim, não sei o que foi feito da sobrecota, a não ser, suponho, que a tenha esquecido embaixo do colchão.

Quando o burguês ouviu essas novas, achou-as agradáveis e belas. Agora, se encontrar o dedal, jamais terá alegria igual.

Ele arde por ver a prova. Vai a toda pressa para casa, abre uma arca e retira a sobrecota que ali escondera. E, quando encontra preso o dedal com a agulha, se lhe tivessem dado Apuleio não teria maior alegria.

– Por Deus, meu Senhor – diz ele –, agora tenho certeza de que a velha não está mentindo em nada, pois encontrei a costura.

Com isso o burguês ficou contente com sua aventura e sente-se bem. Leva a sobrecota a dona Madruga e entrega-a. Assim a velha livrou o burguês de seus maus pensamentos, porque depois de se livrar da sobrecota ele nunca mais quis pensar naquilo.

E a velha ganhou suas quarenta libras; ela bem mereceu o salário, pois todos os três foram servidos a contento.

Neste *fabliau* quero dizer
Que é difícil achar mulher

Que ao seu corpo vá mal usar
Sem outra para a encorajar.
Se outra mulher não a desvia,
Essa que sai da boa via
Seria pura, honesta e reta.
Assim Jean seu *fabliau* completa.

Explicit d'Auberée de Compiègne.

VII. Do padre que disse a Paixão[1]

Quero contar u'a maravilha que não tem par, sobre um padre tolo e confuso que na Sexta-Feira Santa começou o Ofício Divino. O povo já havia entrado na igreja. E ele já estava vestido, porém perdeu o marcador de seu livro. Então começou a procurar e a virar todas as folhas. Mas nem até o dia da Ascensão o padre encontrou a Paixão. O povo estava muito apressado e todos juntos gritaram que ele os fazia jejuar demais, pois já seria tempo de jantar se o Serviço estivesse acabado.

Por que fazer-vos uma narração mais longa? Eles tanto vaiaram daqui e dali que então o padre começou. E foi logo dizendo, primeiro muito baixo e depois muito alto:

– *Dixit dominus domino meo*.
Mas não consigo achar em "eo"
Um outro som para rimar
E, como convém, vou falar
O que posso achar de melhor.

Então, o padre leu em tom piedoso aquilo que o acaso lhe oferece: as primeiras vésperas da semana.

---

1. *MR* V, cxviii, 80.

Sabei porém que ele tanto se esforça, que a busca rende dinheiro. Então ele bradou:
– *Barrabás*!
O pregoeiro não teria pregão se gritasse como ele fazia. Todos os que escutavam bateram no peito em contrição e clamaram por misericórdia. Ah! Deus, que nunca mentiu, conserve-os no bom caminho!
E o padre, que mesmo assim seguia o curso de seu saltério, recomeça a gritar bem alto e diz:
– *Crucifige eum*!
Isso para que nós todos, homens e mulheres, o ouvíssemos e rogássemos todos juntos a Deus que nos proteja de tormentos; é o que me parece.
O coroinha, porém, se aborrece fortemente e diz ao padre:
– *Fac finis*!
E o padre responde:
– *Non fac*, amigo, até os *mirabilia*.
Prontamente o coroinha retrucou que uma longa Paixão não é cousa sensata, que não há vantagem em reter por muito tempo o povo depois de ter recebido o dinheiro. Então a Paixão foi encerrada.
Com esse *fabliau*, demonstrei, por São Paulo (que ele rogue por nós!), que tanto pode acontecer de um louco dizer loucuras e injúrias como acontece de um homem sensato falar com bom senso e sem esforço. Louco será quem não me der razão.

VIII. Da louca largueza[1]

Repreendo por suas loucas larguezas todos os que são sujeitos a elas, pois ninguém que queira vencer pode assim viver. Não censuro os que dão, nem os que recompensam os serviços. Mas é preciso agir de forma justa e com bom senso, e portar-se bem. E, assim fazendo, homem pode ter o favor dos bons sem perder seu haver. Para o pródigo não tem importância que seu dinheiro vá para o mal ou para o bem. Quem em sua loucura apreça todo mundo por igual destrói a estima que os outros lhe votam. Muito homem rico se engana assim, e em pouco tempo fica tão decaído que depois de feita a partilha os que receberam não se ocupam mais dele. Por isso dizem em um provérbio: *quanto tens, tanto vales e tanto te amo*.

O homem que é razoável em suas larguezas não é assim. Ao invés, olha quanto dessas riquezas Deus lhe emprestou e depois escuta a prudência e mais ao pobre que ao rico. Pois considero que é tolo e néscio aquele que tem bens e não os partilha generosamente com os pobres.

Mas para o pródigo tanto faz dar alto ou dar baixo. Há no mundo uma raça de pessoas que amiúde

---

1. *MR* VI, cxlvi, 53.

perde o que tem porque não sabe o mal e o tormento que o pobre é obrigado a sofrer para conseguir o necessário. Ninguém sabe o quanto vale o indispensável se não conhecer o trabalho e o esforço dessa caça.

Quero começar um exemplo, um conto de que podereis tomar conhecimento, se quiserdes ouvir.

Quem uma vez sofre miséria sabe depois desfrutar melhor do conforto que tem. Agora, escutai e ninguém me interrompa nem implique comigo. Philippe está começando seu conto.

A quatro léguas do mar, que todo mundo deve amar porque faz bem à alma, vivia um bom homem com sua mulher. O bom homem não fazia outro trabalho além de ir amiúde buscar sal. Tinha feito uma boa jornada quando voltava com a carga ao ombro. Antes de tomar mulher, saía-se bem dessa maneira, pois vendia tão bem seu sal que nunca perdia nada. Era nédio e bem nutrido e bem calçado e bem vestido, tanto que não conhecia sua felicidade.

Quis ter mulher e fez de sorte a ter uma.

Quando as bodas passaram, retomou suas jornadas. Vai até o mar, traz dele o sal e exorta a mulher a vendê-lo e recolher o dinheiro. Esta responde que não a julgue incapaz e vá buscar o sal, pois, se ela puder e se ocasião houver, vai vendê-lo tão sabiamente que ele ganhará o terço.

O bom homem ficou mui contente. Jubiloso, volta a buscar sal, nesse dia e amanhã e todo dia, como quem nunca repousa. De dia caminha para cumprir sua tarefa, porém teme inda mais a noite, por causa dos contratempos que lhe traz. Pois a mulher vai deitando ao seu lado, ela que fica em casa sem nada fazer e que pouco sente do quanto ele se afaina. Ela o desperta e o apalpa, excita-o e atiça-o tanto, com esse seu jeito de incomodar seu bom homem, que ele vela até meia-noite para a servir como ela quer. E quase de dia, quando ele quer dormir, a mulher diz:

— Agora, de pé, bom amigo! Amiúde vos vejo dormir demais. Pela fé que devo ao rei celeste, já deveríeis estar a duas léguas daqui. Nunca voltareis de dia se não vos apressardes.

Então ele tem de levantar depressa. Vai buscar o sal, embora isso seja penoso. E a mulher se diverte em casa, sem parar de cantar. Distribui e canta. Nada faz além disso. Pouco sabe do negócio de sal. As vizinhas e as comadres, que por sua conduta logo viram que poderia ser sujeita a loucas larguezas, visitam-na uma após outra. E a velha que é a mais astuta com muitos rodeios lhe contou seu conto:

— Deus vos guarde, minha vizinha! Onde está o senhor?

— Está a caminho do mar — responde a mulher.

— Em verdade devemos amá-lo muito — torna a que sabe lograr. — Nunca o achei arredio. Bem amiúde, ao voltar, ele de bom grado me dava sal. E vós, que sois boa e bela, podeis ver que em meu cestinho, mesmo transbordando de cheio, não caberia nem um dinheiro de sal. Então vos rogo, dai-me um pouco. Sereis bem recompensada.

E a outra responde:

— Com prazer, tanto quanto precisardes. A meus vizinhos e às vizinhas, às viúvas e servas dizei que venham buscar. Nunca serei tão rigorosa que não lhes dê sal de bom grado. Não quero que tenham precisão. Voltai quando este aqui acabar.

— Senhora, a Deus! Essa fala vos trará felicidade.

Com isso a velha vai embora. Vai contando a todas as vizinhas, uma a uma, a boa acolhida que lhe fez a jovem salineira. As que precisavam de sal ficaram contentes quando ouviram que a salineira era tão cortês.

— Vamos lá agora mesmo e está decidido — disseram Mehaus, Richaus e Hersens. — Mas temos de ser inteligentes. Creio que não seria bom que fôssemos todas juntas. Uma vá amanhã, sem esperar, e a outra depois e então a terceira.

E fizeram como haviam dito. Aplicam-se em solapar seu sal. Badalaram-lhe tantas palavras, sábias poucas e muitas loucas, que seu haver diminuiu.

Um tempo depois, o bom homem que ia buscar sal percebeu que seu sal faltava mais amiúde e por menos dinheiro que outrora. E se lamentou duramente, pois não sabe de onde lhe vem tal perda, até o dia em que viu Berta sair de sua casa. O bom homem dirigiu-lhe a palavra, perguntou o que havia obtido. E ela respondeu:

– Bom amigo, não vim por cousa alguma, mas tãosomente para ver Hermessen, vossa mulher de quem muito gosto, e ela me deu de seu fermento porque tenho de fazer pão – diz essa que sabe mentir bem.

O bom homem escutou-a. Bem sabe que está mentindo para se defender. Abriu-lhe o avental e viu descoberta u'a medida de seu sal. Agora ela não precisa mais esconder. O homem deixa Berta, e ela vai embora muito envergonhada e consternada. E o salineiro não perde tempo, ele que sofre pelo prejuízo. Mas se pergunta como, por qual meio pode dar uma lição em sua mulher, de sorte que ela não seja tão generosa. Revirou o problema por todos os lados. Finalmente decidiu que nada daria de perceber à mulher, mas faria que o acompanhasse ao mar, para compreender por si mesma. Fará que ela carregue por algum tempo nos ombros uma boa carga de sal.

– Amanhã ela ficará sabendo se eu vôo quando trago minha carga à cabeça! Nesse ponto ele pára de refletir. Já chegou a casa. Sua mulher diz:

– Senhor, estamos com falta de sal. Deus me salve, trouxestes pouco quando viestes anteontem. Mas estaremos quites se amanhã quando voltardes trouxerdes mais.

– Senhora – diz ele –, de mui bom grado, mas precisareis ir comigo e trazerdes uma carga. Não é mais que um divertimento. Vereis os campos verdejar e ouvireis a cotovia cantar. Isso vos deixará mais bonitinha.

– Senhor – diz ela –, quero muito. Será mais fácil para vós, acho. Quanto a mim, aborreço-me em nossa casa. Amanhã sairei a caminho quando for dia.

Com isso cessaram a conversa. Após o jantar foram logo deitar. Assim que surgiu a alva, cada qual levanta sem hesitar. Vestiram-se. Vão para o mar. Levaram consigo dois cestos vazios. A mulher diverte-se indo. A falésia ressoa com seu canto. O bom homem não se trai. Pensa que na volta será vingado. Ambos prosseguem o caminho até que chegam ao mar. Pegaram sal e encheram seus cestos até as bordas. Depois vêm de volta. Ouvireis agora como se afadigou a senhora Hermessen.

Quando o fardo começou a pesar, lamentou ter vindo e começou a curvar-se e a ficar para trás. O marido ia adiante e caminhando vigiava-a. Encoraja-a a andar depressa. Ela prontamente responde:

– Senhor, estou dizendo a verdade, inda não é meio-dia. Vamos descansar um bocadinho.

O bom homem responde:

– Vamos, vamos! Estais com muita pressa de descansar. Acho que inda não fizemos a quarta parte do caminho.

A mulher ouve. Está pouco feliz. Em seu coração, não se alegra com esse fardo que vai carregando. Bem depressa se livraria dele, se o marido não estivesse junto. Entretanto, por sua causa não ousa fazer isso. Então esconde seu penar, porque antes tivera o hábito de censurar quando ele dizia que sofria. Assim, agüenta o melhor que pode. *Fazer porque é preciso* é uma boa razão. Sofre tanto com essa penitência que começa a se declarar vencida. Encostou-se num talude para se descarregar um pouco. O marido vê e pára. Tira-lhe o fardo da cabeça.

– Senhora – diz ele –, que pensais disso? Muitas vezes me maltratastes por haver trazido uma carga pequena. Terei doravante vossa permissão para trazer tão pouco quanto quiser? Mediante essa promessa, levarei um pouco de vosso sal junto com o meu.

– Senhor – diz ela –, prometo. Não vos censurarei mais, pois tais cargas são pesadas demais.

A essas palavras, o bom homem descarregou-lhe bem a terça parte ou mais do fardo e colocou-o sobre sua própria carga. Mesmo assim, tomou cuidado de partir depressa, pois quer que ela descanse pouco.

Os dois retomam os fardos e partem. Não andaram nem uma légua e ela está cansada de novo.

– Ora, devo abater aquele orgulho que eu tinha outrora – pensa ela. – Na verdade, fui louca de acreditar em minhas vizinhas. Prouvesse a Deus que tivessem tanta dor na espinha quanto hoje vai doer a minha, com este fardo que tenho de carregar. Não venham mais elas me propor que lhes dê sem razão. Pela fé que devo a Deus que não mente, virão em vão! Miserável que sou! Como tenho o coração fraco! Quando meu marido gemia por seu trabalho, meu coração, que era tão orgulhoso, pouco o entendia. Deus que me ajude, ele se vingou melhor do que se me tivesse batido. Não serei mais lograda. Que ninguém venha à nossa casa buscar meia medida de sal sem me trazer o dinheiro! Há muitos desgraçados que jogam fora loucamente o haver que deveriam usar em seu proveito.

Nesse ponto ela pára. Não consegue mais andar. É obrigada a descansar. Por que continuar e encompridar esta história narrando suas pausas? Ficaríeis entediados de escutar quem contasse todas elas. Descansaram tantas vezes que quando entraram em casa era perto de meia-noite.

Não imagineis que Hermessen ficou triste quando chegou. Deitou completamente nua, pois não agüenta mais ficar de pé.

Isso convinha perfeitamente ao bom homem. Ele jantou, depois foi deitar. Quando viu o dia seguinte clarear, disse à mulher:

– De pé! O dia acabou de nascer. Vamos buscar sal!

– Esta semana não mais!

– Bela irmã, é preciso sofrer para ganhar dinheiro neste mundo, pois amiúde o haver vos faz ter as riquezas, a autoridade e a alegria que a pobreza nunca vos daria. Pobreza ultraja muita alma.

Essa fala pouco agrada à mulher. Ela responde por sua vez:

– Senhor, por minha fé, não posso ir. Lamento muito. Mas, pelo amor de Deus, deixai-me em casa e sabei que venderei vosso sal melhor do que jamais fiz. Eu não conhecia o esforço e o peso de o transportar. Se me dispensardes de ir ao mar, serei sempre cortês convosco. Sofro por ter ido e agora imagino melhor que antes vosso penar e vosso sofrimento. Mas, se aprouver a Deus, neste verão venderei tanto sal, para cima e para baixo, que compraremos um cavalo para transportar vossa carga.

– Senhora – diz ele –, pois que me haveis prometido, não falarei mais disso. Vou ver o que ganhareis.

Então ele parte. Ela fica. Ficou na cama até altas horas do dia. Por volta de meio-dia, quando havia descansado o bastante, levantou. Na casa já esperavam quatro ou cinco que queriam sal. Ela perguntou:

– Quereis sal?

Elas disseram:

– Isso mesmo. Sabemos que ontem fostes buscar e então receberemos sem dificuldade.

E a salineira lhes responde:

– Pela fé que devo ao Rei do mundo, vossas falsas palavras nunca mais me servirão temperos como os que me servistes no passado! Não recebereis nem um quarto nem meio quarto de medida se eu não receber o dinheiro. Sois realmente admiráveis! Imaginais que conseguimos sal a troco de nada quando o vamos buscar no mar. Não é assim! Ontem vi muito bem. Tive de descansar várias vezes. Não é fácil obtê-lo. O corpo todo inda me dói... Quem tiver um dinheiro terá a medida agora mesmo. Quem não tiver um dinheiro deixe um penhor. Por Deus que me fez à Sua imagem, de outra forma nada levareis. Não zombareis mais de mim.

Quando as vizinhas a ouviram, houve algumas que levaram sal. Quem não tinha dinheiro nem penhor não levou um só grão do seu sal. Então foram todas embora. Antes que passassem dois dias ela estava curada de suas loucas larguezas. Vendia tão bem e tão caro tudo o que o marido trazia que antes de passarem dois verões haviam comprado dois cavalos. Assim o bom homem ganhou em estima. Logo teve de assumir a entrega de sal na região. Não se aborreceu com isso, e fez de tal forma que prosperou. Assim corrigiu a mulher e curou-a de sua louca largueza. Depois, trabalharam tanto, sem preguiça, que ficaram ricos abastados e estimados entre os vizinhos.

Por este conto podeis aprender que o pródigo perde seu haver. E muito amiúde tal largueza habita um coração vadio, repleto de preguiça. Pois o coração preguiçoso não quer adquirir e a menor artimanha basta para o abrir.

Diz a Escritura, creio eu, que muita alma que freqüenta os frívolos corre perigo de se extraviar e é conduzida à ruína.

Diz também que devemos adquirir diligentemente como para viver e depois viver como para morrer, pois não sabemos quando deve chegar para cada um a hora de sua morte. Por isso, incito todo mundo a aprender a viver sabiamente e a dar como convém. Agora roguemos a Deus que conceda a todos nós cumprirmos tão honestamente nossa tarefa que, após nossa morte, por Sua graça, possamos ver Seu semblante.

Amém.

Que Deus nos dê Paraíso!

Com isso meu conto está todo dito.

Explicit de Fole Larguece.

IX. Do vilão que conquistou o Paraíso defendendo sua causa[1]

Encontramos na escritura u'a maravilhosa aventura que aconteceu a um vilão. Ele morreu numa sexta-feira pela manhã. Por acaso aconteceu que nem anjo nem diabo apareceu na hora em que ele morreu e a alma deixou o corpo. Ninguém veio lhe pedir nada nem lhe ordenar cousa alguma. Sabei que sua alma ficou mui feliz com isso, pois estava cheia de medo.

A alma do vilão olhou para o céu e viu o arcanjo São Miguel, que jubiloso levava consigo uma outra alma. Então a alma do vilão se pôs a caminho atrás do anjo. Segundo me disseram, seguiu o anjo até a entrada do Paraíso.

São Pedro, que vigiava a porta do Paraíso, recebeu a alma que o anjo trazia. E depois de receber essa alma voltou-se para a porta e lá encontrou a alma do vilão, que chegara sozinha. Perguntou então a ela:

– Quem te conduziu até aqui? Aqui só há alojamento para quem o obtiver por julgamento. E ademais, por Santo Alão, não nos ocupamos de vilãos. Nenhum vilão chega até nós.

Ouvindo isso a alma respondeu:

---

1. MR III, lxxxi, 209.

– Não existe ninguém mais vilão do que vós, meu bom São Pedro! Sempre fostes mais duro que pedra! Pelo Pai Nosso, Deus foi louco quando fez de vós Seu apóstolo. Pois não houve honra alguma quando renegastes o Senhor! Vossa fé foi mui pequena quando O renegastes três vezes. Se sois de Sua companhia, o Paraíso não vos convém nadinha. Vamos, depressa, para fora, infiel! Quanto a mim, sou homem honrado e fiel e é meu direito permanecer aqui!

São Pedro sentiu-se estranhamente envergonhado. Fez meia-volta e deparou com São Tomé. Sem nada omitir, contou-lhe toda sua má aventura, seu desprazer e dissabor. São Tomé disse:

– Vou falar com o vilão. Deus jamais consentirá que ele permaneça aqui.

Então o apóstolo São Tomé foi ter com o vilão e falou-lhe assim:

– Ei, vilão, este solar pertence apenas a nós, aos mártires e aos confessados. Em qual lugar te penitenciaste, para creres que deves viver aqui dentro? Não podes ficar, pois este é o abrigo dos fiéis.

Ao que o vilão respondeu:

– Tomé, Tomé, estás indo muito depressa! Demasiado falais de leis! Não fostes vós que respondestes aos apóstolos que tinham visto o Senhor? Isso é mais que sabido. Depois da Ressurreição fizestes bem vosso sermão, dizendo que só acreditaríeis quando tocásseis em Suas chagas. Naquela hora fostes falso e descrente.

Ao ouvir tais palavras, São Tomé hesitou. Baixou a cabeça, sem responder, e foi ter com São Paulo e contou-lhe seu dissabor.

– Por minha cabeça – replicou São Paulo –, vou até lá. Verei se essa alma vai querer me responder.

E atravessou o Paraíso inteiro, disposto a confundir a alma.

– Alma – perguntou –, quem te trouxe aqui? Onde fizeste as tuas boas obras, aquelas para as quais a porta se abre? Sai já do Paraíso, vilão falso!

E a alma respondeu:

– Por quê, Dom Paulo esquentado? Sois tão atormentador quanto fostes horrível tirano? Nunca haverá outro tão cruel. Santo Estêvão pagou caro por isso, ele a quem mandastes apedrejar. Sei contar a história de vossa vida. Muito homem honrado foi morto por vós. Em sonhos, Deus recompensou-vos com um tapa de Sua mão pesada. Então não bebestes o vinho dessa mão que selou o acordo? Ahá! Que santo e que divino! Acaso pensais que não vos conheço?

São Paulo ficou em grande aflição. Mais que depressa, voltou sobre seus passos. Encontrou São Tomé, que estava falando com São Pedro. Em segredo, contou-lhe como o vilão o derrotara. E acrescentou:

– De minha parte, ele conquistou o Paraíso, e assim lhe concedo.

E os três vão juntos consultar Deus. Pedro contou tudo honestamente, contou como o vilão o insultara. Terminou falando assim:

– Ele nos venceu com suas palavras. Eu mesmo estou tão confuso que nunca mais falarei a respeito.

Disse Nosso Senhor:

– Quanto a mim, vou até lá, pois quero ouvir essa nova.

Então Deus foi ter com a alma. Chama-a e pergunta como adveio que entrasse sem autorização:

– Sem licença nunca entra aqui alma nenhuma, nem de homem nem de mulher. Blasfemaste e aviltaste e desdenhaste meus apóstolos e ainda acreditas que vais ficar aqui?

– Senhor – responde a alma –, se justiça me for feita, devo morar aqui, como fazem eles. Nunca Vos reneguei nem jamais duvidei de Vós. Não matei ninguém. Eles porém fizeram tudo isso outrora e estão no Paraíso agora. Enquanto permaneceu no mundo, meu corpo levou vida limpa e honesta. Dei pão aos pobres, alberguei-os de noite e de dia. Aqueci-os em meu fogo, abriguei-os até morrerem e depois levei-os à igreja. Não deixei faltar-lhes calçado nem camisa. Agora já não sei se isso foi sensato. Confessei-me como é devido, recebi Teu corpo dignamente. Segundo nos pregam, quem assim morre, Deus perdoa todos seus pecados. Sabeis muito bem se estou dizendo verdade. Entrei aqui sem objeção. Já que aqui estou, por que ir embora? Quereis negar a Palavra? Em verdade haveis prometido que quem entrar aqui não será expulso. E não mentireis por minha causa.

– Vilão – respondeu Deus –, concedo-te o que queres. Apresentaste uma tal defesa que ganhaste o Paraíso. Estiveste em boa escola. Sabes usar bem da palavra, sabes fazer valer teu verbo.

O vilão diz em seu provérbio que muito homem ataca o erro quando seria melhor defender a causa. A arte falseou o que é direito. Os falsos venceram a natureza. Torto vai direito e direito vai de lado.

Menos vale a força que a habilidade.

X. Os calções do franciscano[1]

Quero aplicar minha arte e meus cuidados em fazer a narração de uma aventura que ocorreu na cidade de Orleans. Quem me deu o tema é testemunha de sua veracidade. Segundo o que ouvi dizer, adveio que um letrado amava uma burguesa que era prudente e cortês. Ela sabia muito sobre esperteza e estratagemas. A mulher que leva essa vida e que deseja amar alhures tem de conhecer voltas e contravoltas e artifícios para escapar do perigo. Precisa saber mentir para encobrir sua desonra. É assim mesmo.

A burguesa de que vos falo era bem instruída nesse mister, como mulher que o amor prendeu e enlaçou bem. Gostou das carícias de um letrado e as desejou muito. E muito lhe teria agradado que ele deitasse todo nu entre seus braços e ela com ele, num belo leito, para ter prazer com isso.

O marido, que nada sabia da intenção de sua mulher, disse-lhe uma noite, após a refeição, que ao romper do dia o acordasse, sem hesitar nem esquecer; que ela não dormisse demais, se prezava um pouco seu lucro. Ele precisava levantar com o dia para ir a Meung-sur-Loire, onde havia feira e mercado.

A burguesa rejubilou intensamente quando ouviu

---

1. *MR* III, lxxxviii, 275.

o que seu senhor pedia. Prontamente mandou dizer ao letrado que naquela noite ficasse bem desperto e pronto para entrar assim que fosse avisado, quando o senhor tivesse partido antes de surgir o dia.

Por que vos farei esperar mais?

Então o burguês vai se deitar e sua mulher ficou à espreita e tomou grande cuidado em despertar o bom homem em seu primeiro sono.

Ele dormiu e ela velou, e quando o senhor despertou ela disse:

– De pé, caro senhor! Na verdade estou muito aborrecida por termos dormido tão longamente. Tenho certeza de que tardastes demasiado. Agora tereis dificuldade em chegar hoje na hora ao mercado de Meung.

Então o burguês saiu do leito. Logo estava vestido e pronto e partiu de casa. A burguesa acompanha-o até a porta que dá para o caminho, não mais longe. Na saída ele lhe diz:

– Recomendo-vos a Jesus Cristo, para que tome conta de vós.

Depois o burguês partiu, pois precisava pôr-se a caminho. Não tinha ido longe quando o letrado atravessou a soleira, ele que à força de esperar não havia fechado o olho durante a noite, como bem podeis compreender. Quando o senhor partiu, o letrado foi mais abraçado e quatro vezes mais beijado do que o burguês jamais fora, ele que nesse momento vai para seus negócios.

Mas por que vos farei esperar mais?

Agora, digo-vos que a burguesa e o letrado, que nada lamenta, se deleitavam. Foram nem demorados nem lentos para tirar as roupas. O letrado deita totalmente nu com a mulher do burguês que vai a caminho. Deitaram abraçados no leito. A burguesa gostou daquela batalha cerrada e fez do letrado o que lhe agradou.

E o burguês, que levantara cedo demais, como ouvistes, foi chamar seu vizinho, que devia ir com ele. Disse-lhe:

– De pé, bom companheiro. Por todos os santos, dormimos tanto que podemos nos considerar loucos. Antes de conseguirmos chegar a Meung será quase meio-dia.

E o outro respondeu:

– Companheiro, perdestes o siso? Não sois nem um pouco sensato querendo tomar caminho a tal hora. Caro amigo, que Deus me socorra e me guarde de todo mal, inda não é meia-noite!

– Companheiro – torna o outro, que se espantou –, estais dizendo a verdade?

– Estou dizendo a verdade, por São Ricardo!

– Então vou embora me deitar – responde ele.

Saiu de lá e foi para casa, onde chega à porta e chama.

– Deus, que terrível nova, caro amigo gentil! – diz a mulher. – Meu senhor está na porta, por minh'alma! Estamos mui malparados. Foram os diabos que o trouxeram de volta tão depressa. Que eles lhe quebrem o pescoço!

E o que está lá fora não pára de gritar:

– Ei, de pé, levantai, depressa!

O letrado escondeu-se e pegou tudo ali que era seu, exceto os calções[2], que esqueceu, com o que todos os três tiveram muitos aborrecimentos depois.

O senhor chamou à porta até entrar. Vai se deitar, e a mulher finge de adormecida. Ele a chamou e ela se fez de surda, como quem entende bem de artimanhas. O burguês deita e ela, que banca a feroz para lograr seu vilão, salta do leito sem dizer uma palavra, como louca furiosa. E brada bem alto:

– Santa Maria, socorro, socorro! Estou traída e mal servida se não tiverdes piedade de mim!

E depois ela disse:

– Quem é este aqui que deitou em minha cama? Nunca nenhum homem além de meu marido terá de mim nem prazer nem gozo!

---

2. *Braies*, aqui traduzido por *calções*, era uma espécie de culote amplo e fofo, preso no meio da perna por cordões. (N.T.)

Então o senhor receou que sua mulher perdesse o juízo. Disse-lhe tão suavemente quanto pôde:

– Bela, meiga, cara amiga, pelo amor de Deus, não vos transtorneis! Sou vosso legítimo esposo, que me tinha deitado ao vosso lado.

Ela porém nega:

– Estais mentindo – retruca. – Meu senhor está fora da cidade. Ide embora, ou então, por Santo Egídio, agora mesmo gritarei tão alto que nossos vizinhos acorrerão todos. Isto aqui não é um bordel!

Aquela senhora representou a puta simplória, e soube fazer isso muito bem.

– Meu senhor está cuidando de seus negócios – continua. – Ide embora! Saí! Estais louco e fora de siso, vós que pensais em aviltar-me.

– Senhora – diz ele –, com vossa licença, sois mulher honesta e fiel. É que levantei cedo demais. Inda não passa de meia-noite. Assim, quero que não fiqueis contrariada porque voltei. Deitei-me nu ao vosso lado, como quem fez isso muita vez, que Deus e a Santa Cruz me ajudem. Amo-vos mais do que nunca amei.

– Senhor – torna ela –, agora me espanto de não vos ter reconhecido antes. Causei-vos muito sofrer e me considero bem louca. Agora vos reconheço pela fala. Por certo, estou muito espantada.

Com essas palavras, ela vai e se aperta contra ele.

– Caro senhor, pelo amor de Deus, poupai-me vossa cólera! Juro sobre o prazer que possa ter tido de vós que não vos estava reconhecendo. E sabei que se vos tivesse reconhecido nunca teria levantado do leito. Mas temia que fosse algum outro e tive grande pavor. Não vos deveis espantar por isso. Não precisais mais velar. Dormi. Fareis bem em dormir.

E ele, que muito queria isso, dormiu até o romper do dia. De manhã, sem mais tardar, vestiu-se e se aprestou; e a burguesa, que estava acordada, recomendou a Deus seu senhor.

Mas ela não sabe a desonra e a grande desgraça que lhe aconteceram nesse dia, pois seu marido enganou-se, de sorte que pegou os calções do letrado, e ele mesmo não sabe disso.

Então o letrado veio depressa ter com a mulher e lhe disse:

– Cara amiga, Deus me ajude, agora tenho de partir. Quem ama deve ocultar seu amor, e por isso quero ir embora de manhãzinha, para que os vizinhos não me vejam sair de vossa casa.

– Caro amigo, o que dizeis é sensato, assim me parece – respondeu a mulher.

Ela beijou-lhe a boca e o rosto e ele fez o mesmo, e depois jogam entre si o jogo para o qual estão juntos, e depois que o fizeram recomendam-se mutuamente a Deus.

Então o letrado pegou os outros calções, e logo disse:

– Não são os meus! São os calções do vilão!

A mulher fora fisgada no anzol. Ao ouvir essa fala, ficou mui triste e perturbada. Colocou sua túnica nos ombros e saiu do leito. Dá ao letrado outros calções, que são bons e finos. Depois pede e suplica, pelo amor que tem a ela, que diga todos os objetos que pendiam de sua cintura, e ele assim fez sem recusar. Disse-os mui docemente, acho que demasiado longamente. Depois falou que ela nada temesse. Ela saberá fazer que tudo termine bem. Então beijam-se de novo e ele vai embora.

A mulher era muito esperta, como Renart[3]. Era hábil em todas as artimanhas. Quando chegaram as altas horas do dia, para mudar em honra sua vergonha ela foi ter com um frade menor e lhe disse e confessou tudo o que ouvistes. Depois roga-lhe que a ajude, pelo amor de Jesus Cristo.

E ele pergunta:

---

3. Renart: personagem principal do *Roman de Renart* (séc. XII-XIII), cuja principal característica é a astúcia. (N.T.)

– Eu, senhora? Como?

– Apenas dizei a meu senhor, quando ele vier, ele que me condenará, que tomei emprestados vossos calções e coloquei-os sob meu colchão para conceber um filho ou uma filha, pois havia sonhado, de verdade, que naquela noite conceberia um filho se tivesse em meu leito os calções de um frade menor. Senhor, dizei a meu marido que sonhei isso.

– Ficai sabendo que assim farei de bom grado e de boa vontade.

Então a mulher, que ficou mui jubilosa, foi embora.

Agora é bom que vos fale do burguês, que chegou em jejum ao mercado de Meung, e com ele não sei quantos mais. O burguês, como fazem os mercadores, foi comer com os outros. Quando quis pagar sua parte, julgou estar pegando seu dinheiro, como testemunham muitas pessoas, mas encontrou um estojo onde estavam o canivete do letrado e seu pergaminho e sua pena. Quando não encontrou sua bolsa, o burguês só faltou perder o siso. Então chamou sua mulher de puta provada, segundo me confessaram alguns dos que lá estiveram. Que mais vos posso dizer?

Ficou muito agitado e confuso com o que lhe acontecera. Nesse mesmo dia voltou para casa. Ao ver sua mulher, disse-lhe:

– Por minha cabeça, senhora, agora sei como andam as cousas! Haveis agravado vosso caso.

E a senhora, cheia de audácia, que não ficou espantada, diz-lhe ousadamente:

– Caro senhor, não vos encolerizeis tanto. Sei muito bem o que tendes. Não conheceis a verdade sobre o que haveis descoberto. Tereis boa prova de que em nada devo ser censurada, não importa o que encontrastes. Agora, em que vos pese, vinde comigo até meu quarto.

E ele vai, e lhe é lembrado tudo o que vos narrei. E ele retira os calções do letrado que está usando e coloca os seus. Nisso a mulher ergue-lhe os panos da túnica, como mulher que o engana e lhe prega uma peça. Pendurou-lhe na cintura os calções do letrado e fez que andasse com eles pelas ruas, até que ele chegou ao monastério onde ficavam os franciscanos.

Em breve o burguês ouvirá outras novas que não lhe serão muito boas.

Tão logo entrou, ele disse:

– Há alguém aqui dentro que me indique um certo franciscano?

E aquele que devia livrar a burguesa dessa desonra que ouvistes contar levantou-se e começa a rir. Prontamente chama-o de lado e lhe diz tudo, discretamente repete-lhe ao ouvido o que a burguesa lhe disse.

– Senhor – fala o burguês –, Deus me ajude, enchestes de júbilo meu coração. Pouco faltou para que eu matasse minha mulher, para meu pecado e muito injustamente. Senhor, trago vossos calções. Aqui estão.

E o outro pegou-os e colocou-os num armário.

Depois diz a ela, para que o burguês ouça, que Deus lhe permita haver concebido com prazer aquilo que sonhou.

– Amém – responde ele.

Então o burguês se despede do frade menor.

Ele voltou para casa. Abraça e beija sua mulher e depois diz:

– Senhora, não vos aborreçais se vos fiz sofrer um pouco. Pela fé que devo a Santa Maria, vou me redimir de modo que jamais me suspeitareis de ciúme.

Agora a mulher está bem à vontade para fazer o que quer com o letrado, que por seu amor se empenha e gasta com abundância. A burguesa soube recolocar a carga nos ombros do seu burguês. Agora o outro poderá ir e vir por todos os cantos e recantos e o cornudo nunca na vida ousará mencionar o fato.

A burguesa saiu-se bem.

E agora terminei meu *fabliau*.

Explicit des Braies au Cordelier.

XI. De Morena, a vaca do padre[1]

Vou contar a respeito de um vilão e sua mulher, que num dia de festa de Nossa Senhora iam rezar na igreja. Antes do serviço, o padre veio pregar seu sermão diante da nave. E disse que era certo dar pelo amor de Deus, que compreendia a justiça, pois Deus devolvia o dobro a quem dava de bom coração.

– Cara irmã, escuta o que nosso padre está prometendo – diz o vilão. – Quem pelo amor de Deus dá de bom grado, Deus lhe devolve multiplicado. Então, pelo amor de Deus, não podemos utilizar melhor nossa vaca do que dando-a ao padre, se te parecer bem. De qualquer maneira, ela dá pouco leite.

– Senhor, diante de tal promessa quero mesmo que o padre fique com ela – responde a mulher.

Então eles voltaram para casa e não falaram mais do assunto. O vilão entra no estábulo. Pega sua vaca pela corda e vai apresentá-la ao deão. O padre é esperto e atilado.

– Caro senhor – diz o vilão, unindo as mãos. – Entrego-vos Malhada pelo amor de Deus.

E colocou a corda na mão do outro.

– Amigo, isso é a própria sabedoria – torna o padre dom Constante, que sempre sonha só em tomar.

---
1. Nardin, IV, p. 95.

– Agora vai, fizeste o que devias. E se todos meus paroquianos fossem tão sensatos como vós, eu teria animais em profusão.

O vilão deixa o padre.

Na mesma hora o padre ordenou que, para prendê-la, amarrem Malhada com Morena, a grande vaca dele. O coroinha leva-a para o jardim. Encontra a vaca deles, parece-me. Andreus prende-as juntas e depois vai embora e deixa-as.

A vaca do padre abaixa-se porque desejava pastar, porém Malhada não admite isso e puxa a corda com tanta força que a arrasta para fora do jardim. Tanto Malhada levou Morena por atalhos selvagens, por prados e campos de cânhamo, que acabou voltando para casa, puxando a vaca do padre, que muito lhe pesava.

O vilão olha e vê. Sente grande júbilo no coração.

– Ah, cara irmã! – diz o vilão. – Deus é realmente um bom duplicador, pois nos devolve duas Malhadas. Ela vem trazendo uma grande vaca marrom. Agora temos duas por uma. Nosso estábulo será pequeno.

O exemplo neste *fabliau* prega o seguinte:

É louco quem não se entregar.
Temos bens se Deus quiser dar.
É inútil calar, ocultar.
Nenhum homem vai prosperar
Se não arriscar o que tem.
Duas vacas ao vilão vêm
E o padre ficou sem a sua.
Quem pensa que avança recua.

Explicit de Brunain la vache au prêtre.

XII. De Guilherme e o falcão[1]

Quem faz de aventuras ofício não deve deixar de lado nenhuma que seja boa para contar. Por isso quero falar-vos de uma. Havia outrora um mancebo mui gracioso e belo que se chamava Guilherme. Seria preciso procurar em vinte reinos antes de encontrar outro tão cortês. Era de muito boa família. Inda não era cavaleiro, mas há sete anos inteiros vinha servindo como valete de um castelão. Inda não o haviam recompensado por esse serviço que fazia, serviço para receber as armas.

Ora, o jovem não tinha o menor desejo de as receber logo e vou dizer-vos por quê: o Amor atormentava-o. Ele amava a mulher do castelão e sua figura muito lhe agradava. Amava-a de tal maneira que não podia renunciar a ela. Esta não sabia que ele a amava tão intensamente. Se soubesse, a dama teria evitado falar-lhe, qualquer que fosse a razão.

Sobre essa mulher sem princípios em nada vos mentirei.

Quando a mulher sabe com certeza que um homem a ama, não deseja falar com ele, mesmo que assim o enlouqueça. Antes iria freqüentar um poltrão que todos desprezam do que falaria com seu amigo.

---

1. *MR* II, xxxv, 92.

E, se ela o amar, por menos que seja, está agindo mal, valha-me Deus. Deus amaldiçoe a mulher que tiver tal conduta, pois comete grande pecado mantendo seu homem assim atado ao mal do qual é difícil escapar. Ela não deve ser tão vil a ponto de não lhe dar o menor socorro, pois ele não pode socorrer-se alhures.

Porém desejo retomar minha história. Guilherme devotou à dama todos seus cuidados e seu amor. O Amor tomou-o sob sua jurisdição. Ele devia sofrer um grande martírio.

Quero agora falar-vos um pouquinho sobre a beleza dessa senhora.

A florzinha que nasce no prado, rosa de maio ou lírio, não é, em minha opinião, tão rica em beleza quanto essa mulher altiva. Quem percorresse a terra inteira não encontraria jovem mais bela daqui até o reino de Castela, onde elas todas são tão belas que não têm par em lugar nenhum.

Agora quero fazer-vos com arte uma descrição de sua beleza.

A dama era mui sedutora. Quando adornada e vestida, era mais vistosa e elegante que o falcão após a muda, ou gavião ou papagaio. O vestido era de púrpura e o manto cravejado de ouro, com forro de espesso arminho. O manto fechado no pescoço[2] era de zibelina preta e branca e não era largo nem apertado. E, se eu pudesse detalhar a beleza que Ele quis colocar em corpo e em rosto de mulher, que eu possa falar de coração. Não mentirei em uma única palavra. Quando ela desatava os cabelos, quem os visse pensaria que eram de ouro cintilante, tanto eram amarelos e brilhantes. Tinha a fronte lisa e fina, como se fosse feita à mão. Sobrancelhas castanhas, olhos espaçados e bem postos na cabeça, claros e risonhos, cambiantes, profundos. Tinha o nariz reto e

---

2. *Manteau au col coulé*: manto de vestir pela cabeça. (N.T.)

longo. E o rubor sobre o branco do rosto assentava melhor do que o rubi vivo sobre a prata, espalhado e mui formoso entre o queixo e a orelha. A boca era tão rubra que parecia uma rosa trepadeira, tanto era vermelha e cativante. Tinha um queixo tão bem feito que não posso descrever-lhe a forma. O pescoço longo era claro e brilhante como gelo ou cristal. E no colo sedutor apareciam os dois seios, iguais a dois pomozinhos. E como dizer-vos o que vem a seguir? Para roubar às gentes o coração e a mente, Deus fez nela mais que maravilha. Homem nunca viu mulher igual. A Natureza que assim a fez perdeu depois a receita: pôs nisso tanto talento que durante muito tempo ficou sem nenhum.

Porém não desejo mais falar de sua beleza.

Um dia o senhor havia partido para o torneio, a fim de aumentar sua honra e renome. Foi para uma região longínqua e lá permaneceu longo tempo, pois era mui rico e poderoso. Levou consigo grande número de cavaleiros e de homens a pé. Não havia no grupo um único que não fosse um seleto cavaleiro. O mais covarde era audacioso.

Guilherme ficou aterrorizado. Não quer ir ao torneio, prefere permanecer. Assim, deixou-se ficar no solar. O deus do Amor escravizou-o de tal modo que ele não sabe o que fazer nem qual caminho escolher, por causa do mal que o atormenta. Lamenta-se consigo mesmo:

– Ai de mim! Desventurado! Sou tão infeliz! Coloquei meu amor de tal forma que nunca verei o dia em que farei minha vontade. É verdade que por tempo demais lhe escondi meu coração, ou pelo menos assim me parece. É loucura estar definhando por ela, que não sabe disso. É justo que lhe fale. Sei que seria louco se não falasse logo. Dessa forma eu poderia amar todas as mulheres de além-mar. Vais dizer-lhe... O que vais lhe dizer? Nunca terás coragem bastante para ousar dizer-lhe que é por ela que sofres o martírio. Por minha cabeça, vou dizer-lhe...

mas é difícil começar... Então vou dizer-lhe que a amo... Não! Nunca farei nada!...

E prosseguiu:

– Não sei o que fazer. Pensava desistir quando era preciso começar. O Amor aquece-me, o Amor acende-me.

Então Guilherme tomou-se de coragem. De mui bom grado, não contra a vontade, foi até o quarto. Suavemente, sem fazer grande barulho, bate à porta. Entra no cômodo. Quis o acaso que a dama estivesse sozinha. As jovens tinham ido todas juntas para um outro quarto, é o que me parece. Estavam cosendo em um tecido de seda algum leãozinho ou leopardo, a insígnia do cavaleiro. Divertiam-se juntas.

Guilherme não quer adiar mais. A senhora estava sentada num leito. Jamais homem nascido de mãe viu mulher mais bela. Guilherme ficou mui preocupado. Agora que vê a oportunidade, arde por agir. Lança-lhe um doce olhar, depois saúda-a. Ela não ficou perturbada. Deu-lhe um belo sorriso e saudou-o rindo.

– Guilherme – diz ela –, então, entrai.

Este responde suspirando:

– De mui bom grado, senhora.

– Sentai-vos aqui, caro amigo gentil.

Quando o chamou de caro amigo, a dama não tinha a menor suspeita da intenção de Guilherme. Se soubesse, nada teria dito.

Guilherme sentou no leito, ao lado da senhora de rosto franco. Ri e fala e graceja com ela, e a senhora faz o mesmo. Falam longamente de muitas cousas.

Guilherme solta um grande suspiro.

– Agora, senhora – diz ele –, escutai-me com toda a boa-fé e aconselhai-me sobre o que vos direi.

– Assim farei – responde ela. – Falai.

– Se um letrado ou cavaleiro, ou que seja burguês ou valete, ou mesmo escudeiro... dizei-me o que vos parece... Se ele amar dama, damizela, rainha, condessa ou donzela, de qualquer origem que ela seja, de alta posição ou baixa origem... ele a tem amado por sete anos e todo esse tempo escondeu o amor, e ainda nem ousa dizer-lhe que por ela está em tal martírio, e poderia mui bem falar se tivesse um pouco de ousadia, e o meio e o vagar para revelar seu desejo... Agora dizei-me vosso pensamento. Pois que escondeu sua paixão, eu queria saber agora se ele era louco ou prudente.

– Guilherme – responde a senhora –, de minha parte vou dizer-vos exatamente minha opinião. Não considero sensato esse que esconde seu pensamento, uma vez que pode falar. Ela deveria apiedar-se; e se não o quisesse amar, por certo ele faria grande loucura continuando nesse caminho. Mas, desde que o Amor o tem preso nas garras, ele não pode renunciar. Por isso vou aconselhar que fale de amor abertamente, que o solicite com audácia. Apresento-vos um julgamento honesto. O homem a quem amor conquistou não deve ficar amedrontado. Quanto a mim, se estivesse enamorada eu o diria claramente, juro por minha fé a Santa Denise. Aconselho que ele faça o mesmo. Se ela o quiser amar, que ame.

Guilherme gemeu e suspirando respondeu:

– Senhora, aqui o vedes, esse que por amor de vós tão longamente arrastou sua dor. Senhora, não ousava dizer-vos nem o penar nem o martírio que sofri por tanto tempo. Com grande custo o revelei. Meiga senhora, entrego-me a vós e a vossas ordens. Submeto-me a vosso poder. Senhora, curai minha chaga tão grande. Na verdade não existe um só homem vivo que possa devolver-me a saúde. Por isso posso me gabar: sou vosso, vosso fui e serei. Homem nenhum pode viver com mais dor. Senhora, peço-vos, dai-me vosso amor que tanto me perturba.

A dama ouve o que ele diz mas aprecia muito pouco o discurso. Por isso responde-lhe que isso que ele acaba de dizer não vale o dom de um único dinheiro. E começa a falar:

— Guilherme — diz ela —, isto é uma brincadeira? Se eu não gostasse de vós, zombaríeis de alguma outra? Por minha cabeça, ninguém nunca zombou de mim como acabais de fazer. Se voltardes a falar do que dissestes aqui, valha-me Deus, não terei outro recurso senão denunciar-vos. Não sei de onde vem esse amor, nem o que desejais de mim. Caro senhor, ide embora! Fugi daqui! Ide! Fora! Nunca mais ouseis vir onde eu estiver. Meu senhor certamente vai rejubilar quando souber disso. Seguramente, tão logo ele chegue vou contar-lhe essas palavras que são a causa de minhas recriminações. Considero-vos ingênuo e tolo. Desgraça caia na cabeça de quem vos trouxe aqui, senhor. Belo amigo, retirai-vos!

Sabei que, quando ouviu isso, Guilherme ficou muito aflito. Lamentou o que havia dito. Nada respondeu, de tão surpreso e magoado que estava.

— Ai de mim! — disse ele. — Estou traído. Lembro-me disto: *Quem traz má notícia sempre chega depressa demais*.

O amor ordena e exorta que vá mais uma vez falar com ela. Não deve abandonar assim sua causa.

— Senhora — diz ele —, é penoso para mim não receber de vós outra graça. Cometeis um grande pecado por me haver cativado e atado e agora desejais causar-me inda mais mal. Matai-me, se assim desejais. Requestei vosso amor. Assim vos suplico que o concedais: não vou mais comer, até a hora em que tiver recebido o dom de vosso amor, que tanto desejo.

Disse a senhora:

— Por santo Omer, realmente mereceis jejuar, se recusais comer antes de ter minha amizade. Em minha opinião, isso só acontecerá quando ceifarem trigo verde.

Guilherme saiu do quarto. Não pediu licença para se retirar. Mandou preparar um leito. Depois foi deitar nele. Mas quando deitou no leito pouco descansou.

Permaneceu na cama três dias inteiros. Não comeu nem bebeu e estava pronto para começar o quarto dia da mesma forma. A senhora estava tão altiva para com ele que não se dignou dar-lhe um olhar. Guilherme soube jejuar, pois nada comeu. O mal que sente não o abandona: tanto o acossa dia e noite que ele perdeu todas as cores. Não é de admirar que esteja emagrecendo, pois não dorme e nada come.

Guilherme está em grande tormento. Quando desfalece um pouco, parece-lhe que sente nos braços, no leito, a mulher supremamente bela e que dela desfruta como quer. Enquanto isso dura ele é feliz, pois a enlaça e beija. E quando a visão não vem ele suspira e estremece. Estende os braços e não a encontra. É louco quem persegue sua loucura. Ele procura sua senhora por todo o leito. Quando não a encontra, bate no rosto e no peito. O Amor invade-o. O Amor enlaça-o. O Amor mantém-no em grande tormento. Ele gostaria que essa visão permanecesse. O deus do Amor convidou-o novamente a arrepiar-se e a tremer.

Quero agora falar do castelão que retorna do torneio, acompanhado de sua gente em grande número.

Eis que um escudeiro veio anunciar à dama que seu senhor está voltando. O senhor traz consigo quinze prisioneiros, ricos e poderosos cavaleiros. O restante da pilhagem é muito grande.

A senhora recebeu a notícia. Achou-a venturosa e bela. Ficou muito alegre e jubilosa.

Prontamente o salão é arrumado e grande número de serviçais preparam a comida. A senhora fez belos preparativos para acolher o marido.

Guilherme ficou muito abalado. A senhora decidiu dizer-lhe que seu senhor está retornando do torneio e que vai querer perguntar por que ele perdeu a razão a ponto de não mais comer. Foi ter diretamente com ele. Ficou um longo momento diante do leito, antes que Guilherme a visse. Para isso, chamou-o pelo nome. Ele não disse nem sim nem não, pois estava totalmente em outro mundo. Ela cutuca-o com o dedo e chama um pouco mais alto. Quando a ouve, ele dá um salto. Quando a sente, transpira. Quando a vê, saúda:

– Senhora, sede bem-vinda aqui, vós que sois minha saúde e meu socorro. Senhora, pelo amor de Deus, suplico, tende piedade de mim!

Então a senhora respondeu:

– Guilherme, pela fé que vos devo, jamais obtereis minha piedade, não importa o que disserdes. Recompensastes mal meu senhor por seu serviço, requestando assim sua mulher. É com esse amor que o amais? Nunca vereis o dia em que me tenhais sob vossa tutela. Entretanto, Guilherme, estais fazendo grande loucura em não comer. Se vos sacrificardes assim, vossa alma também perecerá, e nem por isso vos concederei o dom que pedis. Sede razoável e levantai, pois meu senhor está voltando do torneio.

– Por esta fé que vos devo, não temo a hora em que ele chegará.

– Que Deus me sustente! – torna a senhora. – Ele ficará sabendo por que estais deitado. Não escapareis disso, asseguro.

– Senhora – responde ele –, podeis arrancar-me todos os membros e inda assim não comerei. Tenho sobre os ombros um peso tão grande que não o posso retirar nem alijar. Não posso defender-me contra vós. Jejuar ou morrer. Senhora, dizei o que vos apraz.

Então a dama deixou Guilherme sem se tornar sua amiga. Voltou ao salão, que estava ricamente decorado, as mesas baixas arrumadas, as alvas toalhas estendidas, as iguarias postas e o pão e o vinho e os assados prontos.

Então todos os cavaleiros chegaram e sentaram para comer, e foram mais bem servidos do que seria possível contar aqui. O senhor da senhora comeu e olhou pelo salão para ver se Guilherme não aparecia para o servir à mesa. Muito se admirou de que Guilherme não viesse ter com ele.

– Senhora – disse –, com toda a boa-fé, saberíeis dizer por que Guilherme não veio me servir?

– Ele se tornou delicado demais – respondeu a senhora. – Vou contar-vos e não mentirei numa única palavra. Está doente de uma doença tal que não haverá remédio algum, de maneira nenhuma, em minha opinião.

– Senhora – diz ele –, por Santa Denise, inquieta-me que ele não esteja bem.

Porém, se ele soubesse realmente a razão pela qual Guilherme permanecia deitado, este não teria mais deixado o leito. Mas ele inda não sabe que há uma traição. Acredito que em breve saberá, pois sua senhora lhe dirá as palavras que custarão a cabeça a Guilherme, se ele não comer.

Então os cavaleiros partiram; a senhora não quer tardar mais. Puxa o marido pelo manto e diz:

– Senhor, muito me espanto por não irdes ver Guilherme. Deveríeis saber qual é esse mal que o tomou, embora de minha parte acredite que está fingindo.

Então os dois foram até lá. Encontraram Guilherme perdido em seus pensamentos. O senhor e a senhora chegam diante de Guilherme, que não teme a morte que terá de sofrer, pois não quer mais suportar um tal penar nem um tal martírio. Deseja a morte que se aproxima.

O senhor ajoelhou-se perto de seu peito. Trata-o como homem livre. Suavemente começou a falar-lhe:

– Guilherme, caro amigo, dizei-me que mal vos tomou assim. Dizei-me como vai isso.

– Senhor – responde ele –, vai mal. Domina-me uma grande dor, uma gota que vai e vem por meus membros e minha cabeça. Creio que não me recuperarei mais.

– Não poderíeis beber ou comer?

– Não poderei receber nada de tudo o que Deus fez.

A senhora não podia mais calar-se, ela que gostaria de o esfolar vivo.

– Senhor, por Deus, isso de nada adianta. Guilherme fala-vos o que quer falar. Mas bem conheço a verdade sobre esse mal que o domina, e de onde ele provém. Não é um mal sensato, e sim um mal que faz suar e amiúde tremer aqueles que o têm.

Depois a senhora disse a Guilherme:

– Senhor, que Deus tenha parte em minh'alma, Guilherme, se não comerdes agora, aproxima-se o tempo em que nunca mais comereis.

– Senhora – responde ele –, não posso agir de outra forma. Podeis dizer o que vos aprouver. Sois minha senhora e ele é meu senhor, mas eu não poderia comer, mesmo que todos meus membros estivessem para ser arrancados.

– Senhor – diz ela –, agora vede como Guilherme está visivelmente louco. Tão logo partistes para o torneio, Guilherme, que aqui jaz doente, foi ter comigo em meu quarto.

– Ele foi até lá, senhora? E por quê? O que vos pediu quando entrou em vosso quarto?

– Senhor, vou dizer... Guilherme, não comeis nada? ... Agora vou contar a meu senhor toda a vergonha e a desonra.

Disse Guilherme:

– Nunca, por minha fé, nunca mais comerei! Assim prometo!

Então o senhor disse a sua senhora:

– Julgais-me louco, por minh'alma? Ou um tolo, ou nada? Sinto-me tentado a vos esbordoar as costas.

– Ai, senhor! – diz ela. – Parai e vos direi tudo, por minha cabeça. Guilherme, estou me levantando. Ides comer? Vou falar.

Então Guilherme suspirou e respondeu lastimosamente, como alguém que sente uma grande angústia:

– Não comerei, por preço nenhum, se o mal que me fala ao coração não for saciado primeiro.

Então a senhora teve compaixão dele e respondeu ao marido:

– Senhor, Guilherme, que aqui vedes, solicitou-me vosso falcão, e não o quero dar. E vou dizer-vos por quê. Porque, no que diz respeito a vossas aves, nada tenho a fazer.

Disse o senhor:

– Isso não está certo! Eu preferia que todos meus pássaros, falcões, açores, gaviões, estivessem mortos, em vez de Guilherme permanecer acamado um único dia.

A senhora ficou bem decepcionada.

– Então, senhor – diz ela –, dai-lhe o falcão, já que assim quereis. Por minha causa é que ele não o perderá. Guilherme, pela fé que vos devo, como meu senhor assim concede, eu vos estaria fazendo um grande mal se por minha causa o perdêsseis.

Quando ouviu esse julgamento, Guilherme ficou jubiloso e alegre, mais do que alguém pode dizer. Ele se prepara depressa e se levanta. O mal que sentia não o atormenta mais. Depois de se calçar e vestir, foi direto para o salão. Quando a senhora o viu chegar, um suspiro escapou-lhe. O Amor lhe havia lançado uma flecha. Ela deve receber sua parte. Sente frio, sente calor. Amiúde muda de cor.

O senhor diz a Guilherme:

– Há em vós um jovem bem louco para vos terdes enamorado assim de meu falcão. Isso me deixou mui pensativo. Não conheço ninguém, nem louco nem sábio, nem príncipe nem conde de boa família, a quem eu o desse, por qualquer razão que fosse, nem como recompensa nem por me haverem rogado.

Então ele diz a um mancebo:

– Ide buscar meu pássaro.

Este o trouxe em seguida. O senhor pega-o pelas correias e assim o entrega a Guilherme, e este lhe agradeceu muito.

Diz a senhora:

– O falcão é vosso.

Dois besantes valem um mangão[3]. Assim foi dito, duas palavras em uma, que Guilherme teria dois por

---

[3]. Besante: moeda de ouro de Bizâncio. Mangão: escudo de ouro, correspondente a dois besantes. (N.T.)

um. E antes do amanhecer ele recebeu o falcão pelo qual tinha muita fome e o prazer da senhora a quem ama acima de qualquer outra mulher.

Ao contar este *fabliau*, mostrei um exemplo novo aos valetes e aos mancebos que tratam de Amor em suas conversas: que, quando eles tiverem dado o coração a uma senhora de grande beleza, devem mais que depressa requestá-la com grande ousadia. Se primeiro ela se recusar, não devem desistir, e sim abrandar em forma de súplica sua solicitação. E exatamente assim agiu Guilherme, que nisso colocou coração e corpo e tudo, e portanto foi bem-sucedido, conforme ouvistes aqui. Que Deus também propicie o prazer, sem tardança nem falha, a todos os que por amor sofrem penar e dor. Assim farei, se eles tiverem ânimo bastante. Meu conto está encerrado.

Explicit de Guillaume au faucon.

XIII. Da mulher que deu três voltas em torno da igreja[1]

Quem quer mulher surpreender
Eu lhe farei compreender
Que é mais fácil vencer o Demo,
O Diabo, em combate supremo.
Quem mulher pretende domar
Todo dia a pode quebrar;
No dia seguinte a vê pronta
Para enfrentar mais uma afronta.
Mas quando ela tem louco amor,
Que seu pensar gira ao redor,
Ela inventa tanta lorota
Diz tanta mentira e chacota,
Que à força o faz acreditar
Que amanhã o sol não vai brilhar.
É assim que ela ganha a querela.

Estou vos dizendo isso a propósito de uma dama da pequena nobreza que era esposa de um escudeiro de Charente ou Berry. Essa mulher era amiga de um padre. Essa é a verdade. Ele a amava muito, e ela também o amava e por nada no mundo recusaria fazer-lhe a vontade, mesmo que seu coração sofresse com isso.

---

1. *MR* III, lxxix, 192.

Um dia, ao sair da igreja depois do serviço, o padre deixou suas vestes para dobrar e foi rogar à dama que naquela noite se dirigisse a um bosquezinho. Quer lhe falar de uma tarefa – mas creio que ganharia pouco mencionando-a para vós.

A mulher respondeu ao padre:

– Senhor, aqui me tendes totalmente pronta. É o momento certo, pois o outro não está em casa.

Pois bem, nessa história acontecia, e não me engano, que as casas não ficavam a apenas quatro passos uma da outra. Em vez disso havia um terço de légua francesa, o que lhes era bem penoso. Cada casa era cercada por uma sebe de espinhos, como essas casas da região de Gâtinais. Mas o bosquezinho de que vos falo era do valente sujeito que deve um círio a santo Arnulfo.

À noite, quando já havia muita estrela visível no céu, parece-me, o padre sai a passos rápidos de sua casa e vem sentar no bosquezinho para que não o possam ver.

Mas adveio à mulher a desventura que o senhor Arnulfo, seu marido, voltou todo gelado e molhado de chuva. Não sei aonde ele tinha ido, mas foi por isso que a mulher teve de ficar. Ela lembrou de seu padre. Então apressou-se em tudo preparar, pois não quer fazê-lo velar. Foi por isso que não houve nem três pratos nem quatro. Após a refeição ela não deixou o marido em paz, posso garantir-vos. Ficava repetindo:

– Caro, meigo senhor, fareis bem em ir deitar. Nada é pior do que ficar acordado para quem está fatigado. Muito cavalgastes hoje.

Ela tanto lhe repisa seu ide-vos-deitar que, mal o último pedaço estava na boca, envia-o para a cama, tão grande era sua vontade de escapulir.

O bom escudeiro foi para o leito e chamou sua senhora, porque a estimava e a amava muito.

– Senhor – responde ela –, preciso de trama para uma tela que estou fazendo, e preciso mesmo de mais um grande novelo e não sei como me arranjar e não o encontro nem para vender. Meu Deus! Não sei o que fazer!

– Ao Diabo com vossa fiação! – diz o escudeiro. – Pela fé que devo a São Paulo, gostaria que ela estivesse dentro do Sena!

Então ele deita e se persigna e a mulher sai do quarto.

Ela não deixou as pernas descansarem até chegar onde o outro está à espera. Ambos se estendem os braços. Lá tiveram seu prazer até que foi perto de meia-noite.

O marido desperta do primeiro sono e fica muito espantado quando não sente a mulher a seu lado.

– Camareira, onde está vossa senhora?

– Está fora, na aldeia, em casa da vizinha, fiando.

Quando ouviu que a mulher estava fora, ele fez muito má cara. Vestiu novamente a sobrecota e se levantou para ir buscá-la. Perguntou por ela em casa da vizinha, mas ninguém soube dizer nada, pois a mulher não estivera lá.

E eis que ele se enfurece. Ficou caminhando a esmo ao longo do bosquezinho onde os outros estavam escondidos. Os dois não se mexeram, e quando ele partiu:

– Senhor, agora basta. Tenho de ir embora.

– Certamente haverá cenas e discussões – diz o padre. – Abate-me que vos batam.

– Não penseis em mim, dom padre, ocupai-vos de vós mesmo – responde rindo a mulher.

Mas por que continuar compondo? Cada qual voltou para sua casa.

O marido, deitado, não pode se calar:

– Mulher ordinária, puta provada, agora estais desmascarada! – diz o escudeiro. – De onde vindes? Bem vejo que me julgais um pateta!

Ela permanece calada e ele se agita:

– Pelo sangue de Deus e por Seu fígado! Por Suas entranhas e por Sua cabeça! Ela acaba de estar com nosso padre!

O marido topou em cheio com a verdade; entretanto não sabia disso. Ela fica quieta e não diz uma palavra. Ao perceber que a mulher não se defende, pouco faltou para que ele estoure de fúria, pois acredita ter dito a verdade por puro acaso. O despeito o queima e atiça. Pegou a mulher pelos cabelos e puxa da faca para cortá-los.

– Senhor – diz ela –, pelo amor de Deus! Então é preciso que vos conte.

Agora ides ouvir uma enorme esperteza:

– Eu preferia estar morta e enterrada. A verdade é que estou grávida de vós e disseram-me para ir dar a volta na igreja três vezes, sem falar, e dizer três painossos em honra de Deus e de Seus apóstolos. Eu devia fazer uma cova com o calcanhar e voltar lá durante três dias. Se no terceiro dia encontrasse a cova aberta, é que eu ia ter um filho, e se estivesse coberta era uma menina. Agora o que fiz não vale um figo! Mas, por São Tiago, farei tudo de novo, mesmo que tenhais de matar-me!

Dessa maneira o outro é desviado do rumo que seguia e mudou a forma de falar:

– Senhora – diz ele –, que sabia eu da peregrinação ou de vosso caminho? Se tivesse sabido dessa cousa pela qual vos censuro e acuso injustamente, seria o primeiro a não dizer uma palavra a respeito, possa eu viver até amanhã!

Então ambos se calaram e fizeram as pazes. Não importa o que a mulher faça, ele nada deve dizer nem dar ouvidos a boatos ou recriminações.

Diz Rutebeuf neste *fabliau*:
Mulher quando ama com loucura
De seu gozo nunca descura.

Explicit de la Dame
qui fit III tors entor le moustier.

XIV. De Estormi[1]

por Hugue Piaucele

Como gosto muito de vós, quero começar o *fabliau* de uma aventura que aconteceu. Trata-se de um bom homem que ficou pobre, ele mais sua mulher. Ele se chamava Jehan e ela, Yfame. Tinham sido ricos e depois caíram na pobreza, mas não sei por quê, pois nunca me contaram e é por isso que não sei.

Três padres de maus pensamentos cobiçaram dona Yfame. Vendo a pobreza que a oprimia, supunham que já a tinham na mão. Mas pensar assim era loucura, pois eles passaram pela morte, como ouvireis contar se me quiserdes escutar. É o que diz a história, que narra o acordo entre a mulher e os três prelados.

Cada um dos três queria desfrutar de dona Yfame. Para isso lhe prometeram, creio eu, mais de oitenta libras. O livro dá esse testemunho e a história narra a forma como foram conduzidos a um duro castigo, por desventura, ou melhor, foram submetidos a ele por perfídia de ancas e de lombo. Ouvireis isso no final do conto, ficai sabendo para vos dar vontade de esperar.

Dona Yfame, porém, não quis escutar nem seus discursos nem suas razões. Em vez disso contou ao marido todo o caso. Jehan respondeu:

---

1. *MR* I, XIX, 198.

– O quê? Cara irmã, estás dizendo a verdade? Eles te prometem tanto dinheiro como estás me contando agora?

– Sim, caro irmão, e mais que isso, contanto que eu queira fazer o que desejam.

– Desgraçado aquele que se mete nisso! Prefiro estar morto e enterrado num caixão em vez de eles desfrutarem de vós enquanto eu estiver vivo!

– Senhor, não vos apavoreis – disse Yfame, que era mui sensata. – Esta cruel pobreza tem judiado muito de nós. Assim, faremos bem se agarrarmos esse meio para escapar dela. Os padres são ricamente dotados de rendas. Têm bastante do que temos pouco. Se quiserdes seguir meu conselho, vou tirar-vos desta pobreza e cobrir de vergonha aqueles que contam seduzir-me.

– Pois seja, prepara teu afazer, minha bela, gentil irmã – responde Jehan. – Mas por nenhum preço eu queria que eles levassem a melhor sobre vós.

– Calai-vos! Subireis em silêncio lá em cima, ao celeiro. De vossa parte velareis por minha honra e pela vossa e por minha pessoa. Poremos os padres para fora e o dinheiro ficará conosco. A cousa acontecerá assim, se assim quiserdes.

– Ide logo, minha bela, gentil amiga – torna Jehan. – Mas, pelo amor de Deus, não vos demoreis.

Yfame, que era mulher muito excelente, foi para a igreja. Antes que a missa fosse cantada, aqueles que procuravam sua desgraça vieram depressa persuadi-la. Um após outro, Yfame pegou-os a sós e marcou encontro com cada um, em casa dela, de sorte que os outros nada ficaram sabendo. Para começar, quanto ao primeiro padre, a boa senhora marcou que viesse no lusco-fusco e trouxesse todos os seus dinheiros.

– Senhora, de mui bom grado – responde esse que está bem próximo da agonia. E vai embora alegremente.

E eis que veio o segundo, que queria pernil; tinha a anca superaquecida. Abaixou-se diante de dona Yfame e lhe revelou sua intenção.

E ela, que muito refletira sobre sua triste sorte, combinou secretamente que ele viesse ao soar do sino.

– Senhora, por santo Amando, nunca haverá obstáculo tão grande que eu não chegue na hora dita, pois faz um bom tempo que vos cobiço – torna o padre.

– Levai-me então a coleta que deveis trazer.

– De bom grado, vou contá-la – responde esse que estremece de júbilo.

E chega também o outro padre, que pergunta por sua vez:

– Senhora, conseguirei o que vos solicitei?

E a mulher que estava atormentada por sua grande miséria e desventura responde:

– Caro senhor, não será de outra forma. Vossa fala tocou-me, ela mais a pobreza que me tem sob seu jugo. As duas cousas me fazem conceder o que desejais. Assim, tão logo caia a noite, vinde direto à minha porta, e não venhais com as mãos vazias. Não deveis esquecer de trazer o que me prometestes.

– Que nunca mais eu possa cantar a missa, senhora, se não tiverdes vossa oferenda. Vou tirar do cofre os dinheiros e a bolsa.

Então esse que está mui feliz com o consentimento se põe a caminho. Pois bem, que eles tomem muito cuidado com seu Rei, pois para grande vergonha estão correndo para o fim e para a morte.

Esqueci de dizer uma cousa. É que Yfame astuciosamente deu a entender a cada padre, no fim da entrevista, que Jehan não estaria na fazenda. Cada um por seu lado muito rejubila com isso.

Dona Yfame voltou depressa para casa. Conta ao marido o afazer. Jehan ouviu e ficou mui contente. Mandou sua sobrinha pequena acender o fogo e pôr a mesa. Esta, que não quis deixar de fazer o que ele pedira, prontamente pôs a mesa, pois conhecia bem seus hábitos.

Depois Yfame, que era mui prudente, disse:

– Senhor, a noite vem chegando. Sei que agora deveis vos esconder, pois está na hora.

E Jehan, que tinha dois gibões, havia vestido o melhor. Era um belo homem e muito forte. Pegou na mão seu machado de cortar lenha, empunhou uma clava que era bem grossa, uma clava feita de macieira.

E eis que chega o primeiro, todo carregado com os dinheiros que traz. Bate de mansinho na porta, pois não quer que todo mundo fique sabendo que está ali. E dona Yfame puxa o ferrolho e abre-lhe a porta. Ao ver dona Yfame ele acredita que a seduziu.

E Jehan, que segurava a maça de cabeça grossa, golpeia o padre traiçoeiramente, de sorte que ele nada ficou sabendo. Em silêncio total, sem dizer palavra, Jehan desce a escada. E o outro, que conta obter da mulher seu prazer, veio a ela com um ruído terrível, faz que dê uma volta e derruba-a no meio do cômodo. E Jehan, que se atira sobre eles em silêncio e sem esforço, segurando o machado com as duas mãos, golpeia-o tão forte, bate-lhe tão duro na cabeça que sangue e miolos voam longe. O outro tomba morto e perde a fala.

Yfame ficou apavorada. Jehan jura por Santa Maria que se a mulher fizer barulho vai acertá-la também com sua maça. Ela se cala e ele toma nos braços o que jaz morto por terra. Leva-o depressa para o jardim. Em pouco tempo encostou-o na parede do curral e depois entra novamente. Reconforta dona Yfame.

E o outro padre bateu à porta, também procurando sua desgraça e desonra. E Jehan torna a ir para cima e dona Yfame abre a porta. Ela estava com o coração pesado, mas era forçada a agir assim. E o outro passa a entrada com sua carga. Põe no chão os dinheiros que trazia. E Jehan, que estava no alto, espia pela grade da janela, range os dentes de furor e desce em silêncio total. E o outro apressa-se em cingir a mulher para ter dela seu prazer e joga-a sobre um belo leito. Jehan viu isso. Ficou atormentado. Com a maça pesada assesta-lhe um belo golpe no cocoruto. Não foi apenas para levantar um calo. Ele esmigalha tudo o que toca. O outro foi morto, seu rosto empalideceu, entrou em agonia de morte.

E o senhor Jehan pega-o também e vai colocá-lo com o primeiro e lhe diz:

– Pois bem, eis mais um! Não sei se é vosso parente, mas um companheiro vale mais que nenhum.

Depois de fazer isso ele voltou. Seu afazer começou bem; pôs os dinheiros na arca. E eis que o terceiro bate mui discretamente, bem de mansinho.

E Yfame volta a pegar a chave e abre depressa a porta, e aquele que a amava até a loucura entrou na casa, todo carregado.

E o senhor Jehan está escondido, enfiado embaixo da escada. E o outro, que crê ter da mulher o quanto deseja, agarrou-a e deitou-a num belo leito. Jehan viu aquilo e muito se encoleriza; ergue a maça que segurava. Aplica-lhe tal golpe ao longo da têmpora que sua boca se enche de sangue e miolo juntos. O outro cai morto, seu corpo se agita, pois agoniza no amplexo da morte. O senhor Jehan segura-o. Depois leva esse padre também, mas desta vez encostou-o ao lado da porta. Depois de assim fazer, retornou.

Agora bem sei que tenho de dizer por que Jehan, que naquela noite teve muito trabalho, colocou os dois clérigos juntos. Se não vos dissesse, parece-me que o *fabliau* estaria estragado. Jehan estaria em péssima situação sem um de seus sobrinhos, Estormi[2], que nesse caso foi para ele um bom amigo, conforme ouvireis neste *fabliau*.

Yfame não ficou nada contente com o caso. Na verdade, ficou aflita.

---

2. O termo medieval *estorme, estormie* (e verbos correspondentes) provinha do germânico *sturm*, tempestade, e significava: grande ruído, tumulto; choque, luta; agitação e confusão da batalha. (N.T.)

— Se eu soubesse quais lugares meu sobrinho freqüenta, iria procurá-lo — diz Jehan. — Ele me ajudaria a nos livrarmos deste fardo. Imagino que deve estar no bordel.

— Não está lá, caro senhor — fala sua sobrinha. — Inda não faz muito tempo que o vi na taverna, diante da casa de dona Hodierna.

— Ah! — exclama Jehan. — Pelo amor de São Gregório, vai perguntar se ele inda está lá.

A sobrinha parte prontamente. Para melhor dar sua corrida, arregaçou a saia. Chega e escuta para saber se seu irmão está lá dentro. Quando o ouviu, subiu os degraus. Aproximou-se do irmão, que estava lançando os dados mas não tinha sorte na mão, pois perdeu. Pouco faltou para que rachasse toda a mesa com seu punho, isso é verdade, é um fato verdadeiro. Quem não acreditar em mim pergunte a outros, pois quem se dedica ao jogo de dados tem amiúde grandes desgostos.

Mas não quero prosseguir com esse assunto. Prefiro falar da jovem que puxa o braço do irmão, que não lhe prestava a menor atenção. Finalmente Estormi olha para a irmã, depois lhe pergunta de onde está vindo.

— Meu irmão — responde ela —, é melhor falar comigo lá embaixo.

— Palavra que não irei para baixo, pois neste momento devo cinco vinténs aqui!

— Calai-vos, eles serão pagos. Caro anfitrião, dizei-me quanto ao todo meu irmão deve aqui.

— Cinco vinténs.

— Eis uma garantia. Vou deixar-vos minha sobrecota. Isso paga o que ele deve?

— Sim, o que dissestes é razoável.

Então ambos saíram da casa. O jovem chama-se Estormi. Pôs-se a caminho e pergunta à irmã se é seu tio que o manda chamar.

— Sim, caro irmão, ele tem grande precisão de vós.

A casa não era longe. Ambos chegaram à porta, entraram, e ao avistar o sobrinho Jehan recebe-o bem.

– Dizei-me quem vos prejudicou, pelo cu de Deus! – brada Estormi.

– Vou te contar a verdade, caro amigo – responde o senhor Jehan. – Um padre teve a má idéia de vir seduzir dona Yfame. E pensei em maltratá-lo um pouco, mas o matei. Isso me inquieta. Se os outros ao meu redor ficarem sabendo, logo serei morto.

– Nunca me mandastes chamar quando éreis rico – torna Estormi. – Mas, agora que estou aqui, não vos deixarei antes de ficardes livre, pelo cu de Deus!

E sem demora o senhor Jehan lhe traz um saco. Leva o sobrinho ao outro lado, até o padre que pusera encostado no curral, ao lado da porta. Ambos tiveram muito trabalho até conseguir colocá-lo às costas de Estormi. Este jura por São Paulo que jamais carregou fardo tão pesado. O tio entrega-lhe um enxadão e uma pá para o cobrir. O outro parte, após mandar abrir a porta, e não pediu lanterna.

Estormi passa por trás, por uma portinha, com sua carga às costas. Não deseja passar pelo portão.

E quando chegou ao campo jogou por terra o padre. Fez a cova no fundo de um fosso. Enterrou esse que tem a pança grande e depois cobriu-o com terra. Pega novamente a picareta e a pá e o saco e volta.

E Jehan havia feito as cousas de tal sorte que recolocara o outro padre no mesmo lugar e da mesma forma que o primeiro que fora pego e levado para enterrar. Este fora posto bem fundo na terra.

Então Estormi chegou à porta, que é aberta para ele.

– Dom Prelado está bem enterrado e coberto – diz Estormi.

– Caro sobrinho, doravante posso me chamar desgraçado – responde Jehan –, pois ele voltou. Nunca impedirão que eu seja apanhado e morto.

– Então o padre tem o diabo no corpo? Foram

eles que o trouxeram de volta para cá? Mesmo que houvesse mais duzentos iguais, eu os enterraria antes do dia!

Com essas palavras Estormi se virou, pegou a picareta, o saco e a pá e depois disse:

– Nunca no mundo inteiro aconteceu uma história assim. Juro, Deus me confunda se não vou voltar para o enterrar. Eu seria um traidor, um covarde, se deixasse matarem meu tio.

Com isso, vai até o padre, que era mui feio e medonho. E Estormi, que não era medroso, não mais do que se fosse de ferro, diz:

– Só podeis ter voltado por todos os do Inferno! Deveis ser bem conhecido por lá, para vos terem trazido de volta.

Então se aproximou do padre e o carrega e vai com ele às carreiras pela vereda do jardim. Não deseja colocá-lo no saco. Olha-o amiúde por cima do ombro e injuria-o.

– Será que voltastes tão depressa por causa da mulher? Não há pavor que me impeça de vos enterrar.

Aproxima-se então da cerca e nela apóia seu fardo. Várias vezes olha se o outro não está fugindo. Faz a cova bem profunda, pega o padre e coloca-o no fundo. Deita-o bem esticado e cobre-lhe com terra os olhos, a boca e todo o corpo. Depois jura pelos santos da Inglaterra, da França e da Bretanha que se o padre voltar será uma verdadeira maquinação.

– Doravante esse aí me deixará em paz, pois não poderá voltar.

Agora ele que caminhe para o terceiro, que encontrará prontinho. Terá de começar tudo de novo, pois estão zombando dele.

Agora é justo que eu vos fale de Jehan, que – esta é a verdade – colocou o último padre no lugar onde foram apanhados os outros dois, aqueles que agora tinham ido embora da cerca, enterrados por seu malfeito.

Assim que terminou, Estormi voltou a casa.

– Olá! Como estou exausto e como sinto calor! Como esse padre que enterrei era gordo e grande! Cavei muito para o colocar bem fundo. Se os diabos não fizerem que volte de novo, nunca mais voltará.

Mas Jehan diz que ninguém veria a hora em que ele estaria livre.

– Serei entregue à morte antes das vésperas de amanhã.

Estormi perguntou:

– Como sereis conduzido a tal infâmia?

– Ah, caro, gentil sobrinho! Dizer que estou em grande perigo não é contar histórias. O padre que levastes voltou ao nosso jardim.

– O que acabais de dizer é mentira, pois agora mesmo vistes com vossos próprios olhos que o levei no ombro. Meu tio, nem por São Paulo eu acreditaria que estais dizendo verdade.

– Ah, caro, gentil sobrinho, vinde ver o padre que voltou!

– Por minha fé, a terceira vez será para valer! Esta noite eles não me deixarão comer! Por minha palavra! Esse diabo que o traz de volta imagina que está se vingando bem, mas não me queixo de nada. Suas grandes maravilhas não valem dois ovos.

Foi até o padre, agarrou-o pelas orelhas e depois pela garganta e depois jurou pelo traseiro de Deus que tornaria a enterrar o padre e que isso não deixaria de acontecer, mesmo que ele tivesse diabos na barriga.

Com isso, Estormi volta com muita dificuldade e coloca o padre nas costas. Vai maldizendo sua carga. Não pode ser de outra forma, pois ela é muito pesada.

– Bom Deus! Este fardo está me arrebentando! – exclama Estormi. – Vou me desembaraçar dele.

Nesse ponto coloca-o por terra, pois não o carregou mais longe. Encostou a um salgueiro o padre, que era gordo e grande. Antes de fazer a cova já estava molhado de suor. Quando finalmente acabou, vai até o padre e pega-o nos braços. O padre era grande e Estormi escorrega. Ambos caem dentro da cova.

— Por minha fé! Agora estou bem arranjado! — exclama Estormi, que deu consigo por baixo. — Miserável, agora vou morrer aqui sozinho, pois estou bem apertado!

Nesse momento a mão do padre endireita-se e escorrega da beira da cova e lhe dá tal golpe no queixo que por pouco não lhe esmigalha os dentes.

— Ora essa! Pelo cu de santa Maria, estou derrotado de vez! — diz Estormi. — Esse padre ressuscitou. Que tapona acaba de me dar! Na certa não conto escapar dele, pois está me esmagando. Está acabando comigo!

Então Estormi agarra-o pela goela, vira-o e o padre cai.

— Por minha fé! Caístes de mau jeito, agora que estou por cima. Ficareis mal-arranjado!

Então ele se precipitou para sua pá e deu tal golpe no padre que lhe esmaga a cabeça como se fosse u'a maçã podre. Depois saiu da cova. Cobriu de terra aquele que era gordo e nadegudo. Muito dançou e lutou para deitar terra por cima. E depois jura pelo corpo de São Ricardo que não sabe o que pode acontecer se o padre voltar para a casa. Ele é que não o enterrará mais, pois já o fez sofrer muito. Diz isso e depois vai embora.

Mal tinha avançado quando viu caminhando à frente um padre que, para sua desgraça, vinha de cantar as matinas. O padre passou diante da fachada de uma casa. Estormi, que estava mui fatigado, olhou esse homem com um grande pluvial.

— Ora essa! — exclama. — Esse padre está fugindo de mim, cu de Deus! Está indo embora de novo! Que quer dizer isso, senhor padre? Quereis me atormentar inda mais? Obrigastes-me a velar por longo tempo, mas por certo que isso nada vos vale!

Então ele ergue a picareta e atinge o padre ao lado da orelha, tão forte que seria um milagre o outro sobreviver, pois foi golpeado de tal sorte que seu miolo caiu por terra.

– Ah, traidor, perjuro, quanto mal me fizestes esta noite! – brada Estormi.

Mas por que encompridar a história? Mais uma vez Estormi leva o padre por uma abertura ao lado da porta. Depois enterra-o em u'a mina de marga. Estormi fez tudo da maneira como contei, e depois de recobrir o padre voltou para casa. No retorno ele se apressa, pois o dia está nascendo.

Dentro da casa, Jehan estava encostado à parede.

– Deus! – diz ele. – Quando meu sobrinho voltará? Estou mui desejoso de o ver.

E eis que chega pela estrada aquele que teve tanto trabalho. Vem à porta, e o outro abre-a depressa, abraça-o e depois diz:

– Estou desolado pelo trabalho que tivestes por mim. Esta noite fostes um amigo mui bom, pela fé que devo a Santo Amando. Agora podes fazer o que quiseres de minha pessoa e de meus bens.

Estormi responde:

– Nunca ouvi cousa parecida. Não me preocupo com dinheiro nem com haveres. Porém, caro tio, dizei-me em verdade se o padre voltou.

– Nada disso, fui bem socorrido. Nunca suspeitarão de mim.

– Ah, caro tio, vou contar-vos uma grande desgraça. Quando eu tinha coberto de terra o padre, escutai o que me aconteceu. Quando eu estava chegando de volta, o padre reapareceu à minha frente. Imaginou que com sua esperteza escaparia de mim, e então lhe bati com a picareta, tão forte que espalhei seus miolos por terra. Prontamente o segurei; retomei o caminho pela portinha de baixo e depois o joguei ao pé do morro. Meti-o numa lagoa.

Depois que escutou a narrativa que lhe fez seu sobrinho, Jehan disse:

– Soubestes vingar-vos bem dele.

Depois disse baixinho:

– Por minha fé, as cousas pioraram, pois esse outro nada me havia feito. Ademais, alguém que não mereceu a morte paga pelo crime.

O padre que Estormi matou perdeu a vida sem motivo. O diabo tem um grande poder de enganar e de arrastar as pessoas.

Com esses padres quero ensinar-vos que é loucura cobiçar ou freqüentar a mulher de outro. A lição é bem evidente. Imaginais que uma mulher honesta deixe de lado seu dever por causa de alguma pobreza que sofra? Nada disso! Prefere deixar que lhe cortem a garganta com uma navalha a fazer por dinheiro algo cujo opróbrio seu senhor carregaria. Aqueles que pretendiam desonrar Yfame não foram embalsamados para o enterro.

Este *fabliau* instrui de maneira direta, que ensina cada padre a evitar beber na mesma taça em que beberam os que foram mortos por sua estupidez e má vida. Ouvistes bem como eles foram enterrados.

Estormi sentou-se à mesa. Comeu e bebeu quanto quis. Após a refeição, Jehan, o tio, repartiu com ele seu haver, mas não sei quanto tempo ambos ficaram juntos após esse dia.

Parece-me que ninguém deve jamais desprezar seu parente humilde, por mais pobre que ele seja, contanto que não seja traidor nem ladrão. Pois, mesmo que seja frívolo ou jogador, no fim das contas se recupera. Ouvistes muitas vezes neste *fabliau* que Jehan teria sido morto se não tivesse seu sobrinho Estormi e sua serva.

Hugue Piaucele fez este *fabliau*.

Explicit d'Estormi.

XV. Da burguesa de Orleans[1]

Gostaríeis de ouvir a aventura mui cortês de uma senhora burguesa? Ela nasceu e cresceu em Orleans e seu senhor era de Amiens, desmedidamente rico e próspero. Ele conhecia todas as manhas e artimanhas do comércio e da usura. Tudo o que tinha nas mãos era mui ricamente mantido.

Quatro letrados, estudantes normandos, tinham vindo da Normandia, trazendo às costas suas mochilas com livros e roupas. Os letrados eram nédios e gordos, bem cantantes, amantes do prazer e estimados na rua onde moravam.

Houve um deles, muito apreciado, que cantava bastante em casa do burguês e por isso era considerado extremamente cortês. Na verdade, sua companhia muito agradava à burguesa de quem já vos falei. Tudo o que ele lhe dizia conseguia agradar. O letrado entrava e saía tão amiúde que o burguês atinou, pelas aparências e pelos discursos, que o outro atrairia a mulher para sua escola, se conseguisse chegar a vê-la sozinha.

O burguês mantinha na casa uma sobrinha, que estava com ele há longo tempo. Chama-a de lado e lhe promete um vestido se espionar o letrado e lhe relatar a verdade. Ela concorda.

---

1. Rohlfs, p. 18.

O letrado, por sua vez, tanto suplicou que a burguesa seguiu o caminho dele. E a jovem vê tudo, escuta e ouve como ambos traçaram seu plano. Veio prontamente procurar o burguês e contou-lhe o projeto dos dois, como disseram que a senhora mandaria buscar o letrado quando o burguês não estivesse, quando tivesse ido fazer suas compras fora da cidade. Nesse momento o letrado, sem hesitar, viria bater direto à porta que ela lhe mostrara, que dava para o jardim, onde tudo era bonito e agradável. A burguesa garantiu-lhe que lá estaria esperando.

O burguês escuta essas palavras e desata num riso mau quando ouve que ao cair da noite o letrado virá sem falta.

Tão logo pode, vai ao encontro da mulher.

– Senhora – diz então –, sou mercador. Tenho de ir cuidar dos meus negócios. Ficai em casa, minha doce amiga, como deve fazer mulher honesta, pois nada sei de meu retorno.

– Senhor – responde ela –, de boa vontade.

Ele prepara seus carroceiros e diz que para adiantar a jornada irá se alojar a três léguas da cidade.

A mulher não percebeu o ardil. Mais que depressa comunicou a cousa ao letrado.

O que planeja enganá-la retornou sem tardança. Abrigou seus carroceiros bem perto dali e disse-lhes em voz baixa que tem de ir na frente, que deseja falar com um homem rico. Eles concordam, sem suspeitar do retorno que o burguês está maquinando. E ele se dirige para casa. Demorou-se até vésperas; e, quando viu que a noite caía e se misturava com o dia, foi direto ao vergel, em segredo, bater à porta que sabia. Bateu de leve. A que ignorava o ardil veio até a porta e abriu-a. Acolheu nos braços o homem que pensou ser o amigo. Mas sua expectativa é frustrada. Saúda o marido rapidamente e lhe diz mui docemente:

– Amigo, sede bem-vindo.

E ele se conteve para não falar alto e respondeu baixinho à saudação. Prontamente a mulher conduz o marido por um corredor e direto para o quarto. Quando não entende por que ele não diz uma só palavra – ele que deu tantas demonstrações de amor mas agora mantém o rosto baixado –, ela se inclina um pouco e espia por baixo do capuz. Desconfia de uma traição, e vê muito bem e compreende. É seu marido que a está enganando! Quando percebe isso, decide enganá-lo por sua vez. As mulheres têm a mente mui viva. Já enganaram muitos homens, e esta aqui enganará seu vilão. Fará que ele passe um mau pedaço e lhe pregará uma bela peça.

– Amigo – diz ela –, estou encantada por abraçar-vos e vos ter aqui. Vou dar-vos de meus bens, dos quais podereis tirar vossa paga se souberdes calar sobre este afazer. Vireis comigo às escondidas. Vou colocar-vos secretamente num cubículo de pedra para mercadorias, do qual tenho a chave. Nele ficareis me esperando, em silêncio, até que nossa gente tenha comido. E, quando todos estiverem deitados, então vos colocarei em meu leito. Ninguém jamais saberá do segredo.

– Senhora – responde ele –, dissestes bem.

Deus! Como esse aí nada suspeita do que sua mulher propõe! Pois ele pensava uma cousa e ela pensava outra mui diferente. Hoje ele estará malparado, porque depois que o trancou no cubículo, do qual não podia sair, sua senhora retornou à porta do vergel. Pegou seu amigo que ali encontrou e o estreita e abraça e beija. Agora o segundo está muito melhor que o primeiro.

Depois de atravessar o vergel, foram direto para o quarto, onde os lençóis estavam estendidos. A mulher levou para lá seu amigo e colocou-o sob o dossel. Ele prontamente entregou-se ao jogo que o amor lhe ordena, pois não teria apreciado qualquer outro jogo mais que a uma amêndoa, e ela tampouco lhe seria grata. Depois que ambos tiveram o bastante de seu prazer, depois que se abraçaram e beijaram...

– Amigo – diz ela –, agora escutai. Ficareis esperando aqui um pouco e vou mandar nossos criados cearem.

– Senhora, estou às vossas ordens.

Ela sai lepidamente. Entra na sala, onde distraiu sua gente como pôde. Quando a refeição ficou pronta, eles comeram e beberam muito. E depois que comeram tudo, antes que se dispersassem, a senhora chamou seu séquito. Fala graciosamente aos dois sobrinhos do senhor. E muitos outros são gente sua. Havia um grande bretão que trazia água para a casa, e até três camareiras e a sobrinha do burguês e dois criados e um andarilho.

– Senhores – diz ela –, que Deus me salve, ouvi minhas palavras. Amiúde vistes vir a esta casa um letrado que não me deixa em paz. Por longo tempo me assediou. Por longo tempo recusei. Por fim, quando vi que não podia escapar, concordei que faria tudo o que ele quisesse quando meu senhor tivesse partido para longe, buscar mercadoria. Então ele partiu, que Deus o conduza! Esse falso letrado que tanto me requestou, que tanto me convidou à loucura, soube que meu senhor saiu da cidade. Acorreu para cá esta noite e tranquei-o lá em cima naquele cubículo. Darei a vós uma boa medida do melhor vinho que temos, contanto que eu seja bem vingada. Ide lá para cima com bons porretes. Batei nele por mim, em pé e deitado, e dai-lhe tantos golpes que ele nunca mais se interesse por mulher honesta que tenha um pouco de virtude.

Quando sua gente ouve o que deve fazer, erguem-se prontamente. Um pega um bastão, outro uma clava, outro um pilão, pois nada mais restava. E a senhora entrega-lhes a chave.

Eu consideraria um bom contador aquele que tivesse conseguido marcar todos os golpes. Sem permitir que ele saia, atacam-no lá em cima, no cubículo.

– Por Deus, estudantinho! Estais sem defesa. Agora vamos disciplinar-vos!

Um jogou-o para o outro e esse agarrou-o pelo capuz. Apertam-lhe a garganta de tal forma que ele não pode emitir uma palavra. Começam a espancá-lo. Não se privam de bater, como se ele lhes tivesse dado cem moedas de prata. Mui ferozmente os dois sobrinhos malham duro o tio, primeiro embaixo, depois em cima, e a senhora grita alto:

– Isso, boa gente, vamos lá! Batei forte nesse falso letrado, nesse renegado que me assediou em sua loucura! Que nunca mais ele tenha a ousadia de arrebatar a honra de uma senhora! Mas tomai cuidado, não o mateis. Quando tiverdes batido bastante, jogai-o lá fora, ao vento. Que não volte aqui!

O burguês bem vê que está ferido e ouve as palavras de sua mulher vingando-se do letrado. Isso reconforta-o. Não ousa dizer uma só palavra. Em vez disso, sofreu tudo o que lhes aprouve, e eles fizeram o que bem queriam.

Quando cansaram de bater, a burguesa grita-lhes:

– Já é o bastante, minha nobre gente. Não quero que ele morra. Poderia prejudicar a todos nós.

Ao ouvirem sua senhora, agarram-no sem hesitar. Cada qual segura-o bem. Arrastam-no para fora como a um cão e jogaram-no sobre um monte de estrume. Depois voltaram e fecharam bem as portas. Então beberam à vontade vinho branco e vinho de Auxerres, como se cada um fosse um rei. E a senhora, por seu lado, teve tortas e vinho e uma branca toalha de linho e um grosso círio de cera. Ela fez companhia a seu amigo.

Quando sua gente deitou, depois de estancarem a sede, aquele que jazia no esterco e que eles haviam atormentado gravemente arrastou-se o melhor que pôde até onde deixara sua equipagem. Quando o viram assim batido, seus homens muito se espantaram. Perguntam-lhe como se sente.

– Mal – reponde ele. – Estive em grande perigo, porém não vos posso dizer mais. Colocai-me em minha carroça e levai-me de volta para casa assim que nascer o dia. Agora não me pergunteis mais nada.

Eles passam a noite até nascer o dia e depois aprestam as cousas. Colocaram-no na carroça e tomaram o caminho para casa.

Quanto à burguesa, a contragosto deixa seu amigo. Quando viu o dia clarear, fez que saísse pelo vergel e pediu-lhe que voltasse quando o mandasse buscar, e ele disse: "De mui bom grado." Então o letrado partiu e a burguesa retorna direto para seu quarto, onde se deita.

E eis o burguês deitado, ele que entregou o ânimo às dores. Porém muito o reconforta sentir que sua mulher é tão leal, não lhe conhecer nenhuma falta. E pensa que se conseguir sarar pretende realmente ser-lhe afeiçoado para sempre.

Vai direto para casa e a mulher recebe-o graciosamente. Prepara-lhe um banho com boas ervas e prontamente cuidou de seus ferimentos. Pergunta como aconteceu aquilo.

– Senhora – diz ele –, tive de passar por um rigoroso perigo, onde acabei por quebrar os ossos.

A gente da casa contou-lhe a história do letrado e como o agarraram e o que a senhora lhe serviu.

Por minha cabeça, ela se defendeu como u'a mulher cortês e sensata. Depois disso o marido não teve a menor suspeita contra ela, pelo resto da vida.

Assim a burguesa venceu
Quem enganá-la pretendeu.

Ele mesmo fez e comeu.

XVI. O sonho do monge[1]

Como posso contar bem uma aventura que conheço, vou dizer-vos então como aconteceu, inda não faz trinta anos, nem mesmo vinte, que um monge cavalgava com grande ruído em seu palafrém pelas ruas de Nesle e viu muitas jovens belas, sentadas às portas e às janelas. Graças a elas as casas lhe pareciam mais belas. E seu homenzinho espevitado, que deseja a peluda mais do que cachorro deseja carne ou osso tenro, começa a retesar-se tão forte que pouco falta para lhe saltar do corpo.

– Ai de mim! – diz o monge. – Estou morto!
Que farei, pobre pecador?
O que me pede este amador?
Mal o consigo controlar.
Já começou a farejar
Ante um tão santo santuário.

Em seguida, não tardou a pensar novamente em sua loucura, tanto que se distraiu e o cavalo entrou numa torrente, de maneira que o monge fica todo coberto de lama. Preferia estar em Acre.

---

1. *Le Rêve du Moine*, *Romania*, 44 (1914-1915) p. 559, ed. Arthur Langfors. Extraído do ms. 2800 da Biblioteca do Barão James de Rothschild.

Seu cavalinho baio ergueu-se a custo e o monge tornou a montar, ele que não estava bem enxuto e sim infernalmente molhado. Preferia ser castrado a que lhe acontecesse tal desgraça.

Mas por que vos narrar um conto mais longo? Uma desgraça nunca vem só.

No albergue de um burguês muito indolente, o monge teve naquela noite o que lhe agradou. E não lhe desagradou que tirassem suas vestes e depois o enxugassem e vestissem novamente. Lá ele teve boa acolhida, bom fogo e bons pratos. E então foi se deitar. Ao lado do grande leito alguém armara um feixe de espinhos. O leito em que o monge deita era bonito e belamente feito, com lençóis alvos e um bom colchão.

Mas, antes de adormecer, o que acontecera naquele dia voltou-lhe de súbito à mente:

"Comportei-me como um louco. Mas, pelo que sei, não existe homem a quem mulher não possa iludir. Vou mostrar-vos com a razão que, se ela tiver traição no coração, também a terá nos olhos e no rosto. Pois apenas com um riso leviano ou com um pedacinho de um belo semblante ela rouba facilmente o coração. Aquele que recebe seu olhar prontamente percebe que está sem coração e sem amiga. Por isso ela não o ama nem um pouco se lhe roubou o coração. Hoje, quando olhava aquelas donzelas que eram tão agradáveis e belas, bem me pareceu que todo meu coração se levantou e que até mesmo este aqui que me pende entre as pernas se ergueu. Arrependo-me da loucura que hoje me adveio. Entretanto, encararia com graça essa decepção se tivesse nos braços a mais gorda e mais macia, neste leito e nestes alvos lençóis com um cheiro tão suave de limpeza."

Com esse pensamento e com esse desejo o monge adormece e prontamente começa a sonhar, um sonho sobre o qual sei a verdade. Parecia-lhe que tinha chegado a uma feira. Onde, não sabia. Não havia barracas e não vendiam linho nem lã. Em vez disso, toda a feira estava cheia e o mercado completamente atapetado de balcões e de conas fendidas. Não restava mais uma única na região, tão grande era o acúmulo ali. Nem mulheres nem alto clero vieram à feira. Poderíeis ver ali uma grande multidão, pois todos se precipitam para comprar. Todo o mercado estava cheio de monges e de capelães que compravam as mais belas conas e se apressavam em pegá-las antes que fossem todas vendidas.

O monge aproximou-se de um odre. O que era seu proprietário pareceu-lhe um homem muito honesto. O mercador jura imediatamente, por todas as santas conas de Roma, que lhe venderá uma cona sem pêlo. E mostra-lhe uma. Nunca vistes um monstro tão feio, tão descarnado, tão pavoroso. Tinha os dois lábios magros e mais negros do que ferro. Parecia ser o buraco do Inferno. Então o monge encheu-se de cólera. Pôs-se a dizer ao mercador:

– Amigo, se as outras são iguais a essa, jamais tirareis proveito delas. Se desejais vender, mostrai-me, sem despeito, todo o melhor que tendes, pela fé que me deveis e se quereis meu respeito.

O mercador tira do odre outra cona, que tem o couro encarquilhado, os ossos pontudos e a pele seca. Estava toda torta de velhice, e com isso o monge ficou furioso. Disse ao mercador:

– Amigo, cometeis pelo menos uma vilania quando me colocais nas mãos esta... cousa sem utilidade. Em minha opinião, ela ficou cem anos guardada num aparador. Nem sequer deve ser olhada. Conas assim ressecadas existem tantas no mercado que por um único dinheiro quem as quiser pode comprar um cesto cheio. Não tenho o que fazer de cousas assim. Quero a cona de uma donzela. Que seja limpa e sublime, tão branca quanto arminho, com pele macia, hálito suave, pêlo sedoso como lã, alta no monte e longa depois.

E o homem honrado olha dentro de seu odre. Remexeu em todos os cantos até encontrar uma cona inglesa, que era de uma jovem inglesa. Jamais Deus fez outra tão bela. Jamais Deus fez outra melhor. A entrada era doce como o mel e estava num tal estado que a penugem despontava. Com efeito, tinha um bonito monte-de-vênus e uma bela boca.

O monge dá-lhe uma palmada e olha ao redor. Colocou u'a mão no colo e a outra sobre a cona.

– Senhor – disse ele –, vendei-me esta. Dizei quanto devo dar por ela.

– Senhor monge – responde o mercador –, pela minha cabeça, por ela receberei cento e cinqüenta vinténs, ou não haverá venda.

– Por São Ricardo – torna o monge –, vendeis vossa cona caro demais pelo curso do câmbio atual. Quereis ter o dinheiro?

– Sim! – responde o outro.

– Aceitai isto pela cona! Deus me dê prazer com ela. Não ficareis desolado de aceitar cem vinténs em dinheiro. Com o negócio assim feito acompanham-vos minhas mercês, minhas preces e meus salmos.

O monge estende o braço para bater na palma da mão do mercador. Dormindo, ele dá um salto e abraça o grande feixe de espinhos cortantes, com tal violência que sangue vivo lhe jorra de mais de trinta lugares.

O monge grita e sobressalta-se. O galo canta. Amanheceu. Todos os que não eram surdos ouviram-no berrar. A casa desperta e maravilha-se com a aventura que ocorrera ao monge e com a angústia que o fez suar.

Seu criado preparou o cavalo. Prontamente o monge montou e partiu para sua abadia.

Aqui termina meu conto.

Explicit du moigne.

XVII. O desejo reprimido[1]

Vou contar-vos sucintamente o essencial de uma aventura que conheço, que ouvi narrarem em Douai e que aconteceu a uma mulher e um homem. Não sei o nome deles; ela era mulher de bem e ele homem de bem. Mas posso assegurar-vos, pelo menos, que se amavam muito.

Um dia o homem bom teve afazeres fora da região. Em seus negócios demorou bem três meses para adquirir as mercadorias.

O trabalho correu tão bem que ele retornou a Douai feliz e regozijando-se, numa quinta-feira à noite. Não penseis que sua mulher ficou pesarosa de o ver. Fez-lhe a acolhida que deve ser feita a um senhor. Ela nunca sentiu alegria maior.

Depois de o abraçar e beijar, prepara-lhe um assento baixo e confortável para que ele fique à vontade. Quanto à refeição, estava pronta e eles comeram quando lhes conveio, num coxim perto do fogo, que ardia vivo e sem fumaça. Houve muita claridade e luz. Tiveram dois pratos, carne e peixe, e vinhos de Auxerre e de Soissons. "Mesa bem posta, comida boa."

A mulher afainou-se em servir seu senhor. Dava-lhe o melhor, e vinho a cada bocado para que ele

---

1. Nardin, V, p. 99.

sentisse mais prazer. A senhora tinha um grande desejo de fazer tudo o que ele queria, pois igualmente esperava dele sua maneira própria de a acolher. Porém agiu sem sensatez, incentivado-o tanto a beber que o vinho o dominou. E, quando ele finalmente foi para a cama, esqueceu o outro prazer. Mas sua mulher, que veio deitar ao lado, lembrou-o muito bem. Não esperou que ele se excitasse. Estava toda pronta para o trabalho. E ele não se ocupou da mulher, que inda esperou mais um pouco pelo serão e pela brincadeira.

Não penseis que a mulher ficou contente quando vê o marido adormecido.

– Ah! – exclama. – Eis que ele se mostra um sujo vilão fedorento! Deveria velar e dorme! Isso realmente me faz sofrer muito. Há dois meses que não deito com ele, nem ele comigo. Agora os diabos fizeram-no adormecer. Entrego-o a eles sem hesitar!

Ela não diz tudo o que pensa, mas reflete e refuta esse pensamento, porque a excita. Entretanto, não o desperta nem o incentiva, de medo que depois ele a considere gulosa. Por tal razão afastou aquele pensamento, aquele desejo que sentia dele. Então adormece por despeito e aborrecimento.

Em seu sono, digo-vos sem mentir, a mulher sonhou um sonho; sonhou que estava numa feira anual. Nunca ouvistes falar de outra igual. Não havia balcão nem vara de medir, nem loja, nem barraca, nem câmbio, nem mesa, nem tenda onde vendessem peles, petigris ou peliça, nem tecido de linho, nem panos de lã, nem mordente, nem campeche, nem cochonila, nem outra mercadoria. Havia somente colhões e paus. Isso porém havia em quantidade. As lojas estavam repletas deles, mais os cômodos e o celeiro, e diariamente carregadores carregados de paus vinham de todos os lados em carroças e em carros. Embora viessem muitos, não era em vão, pois cada qual vendia bem sua carga. Por trinta vinténs era possível obter um bom e por vinte um bonito, de porte altaneiro. E havia até mesmo paus para os pobres. Levavam um pequeno por dez, nove ou oito vinténs. Vendiam no varejo; vendiam por atacado. Os mais grossos eram os melhores, mais caros e mais bem guardados.

A mulher olhou por toda parte. Afanou-se e penou até que chegou a um balcão onde viu um grosso e comprido. Então se aproximou. Era grosso por trás e grosso por inteiro. O focinho era enorme e desmedido. Se pretendo dizer-vos a verdade, seria possível jogar-lhe no olho uma cereja em pleno vôo que ela não pararia antes de chegar ao saco do colhão, que era como a chapa de uma pá. Pois nenhum homem nunca viu outro igual.

A dama negociou o pau. Perguntou o preço.

– Ora, mesmo que fôsseis minha irmã não daríeis menos de dois marcos por ele. O pau não é nem pobre nem irrisório. Ao contrário, é o melhor da região de Lorraine e tem os colhões Lorraine, que este ano tiveram boa penetração no mercado. Levai-o enquanto vos é oferecido. Fareis bem – diz o mercador.

– Amigo, por que discutir muito tempo? Se quereis vossos vinténs, tereis cinqüenta. Nunca em parte alguma recebereis tanto. Ademais, darei a moeda de Deus, para que Deus me dê gozo garantido.

– É um presente que vos faço – responde ele –, mas convosco não consigo me conter, e possa acontecer-me em breve que deis notícias sobre o teste. Creio que inda direis por mim orações e muitos salmos.

Assim ele a pôs em situação tão difícil que, pensando que está lhe batendo na mão, ela bate em seu senhor e lhe assesta uma tal bofetada na face que nela ficam desenhados os cinco dedos.

O golpe sacode-o e lhe arde do queixo até a orelha e ele se assusta e acorda em sobressalto.

E a mulher desperta e salta, ela que de bom grado dormiria mais, pois seu gozo se transforma em desgosto, o gozo que o despertar afasta, o gozo do qual era dona em sonhos. Eis por que gostaria de dormir mais.

– Irmã – pergunta o marido –, dizei-me o que estáveis sonhando no momento em que me destes um tapa assim. Estáveis dormindo ou acordada?

– Senhor – torna ela –, não bati em vós, não faleis tal cousa.

– Por amor de mim e sem discussão, pela fidelidade que me deveis, dizei-me o que vos pareceu então. Não deveis omitir nada.

Agora, ficai sabendo disto, a senhora começou seu conto e com muito gosto – com muito gosto ou a contragosto – lhe conta como sonhou com os paus, como havia bons e maus, como ela comprou o seu, o mais grosso, o mais completo, por cinqüenta vinténs e um dinheiro.

– Senhor – diz ela –, aconteceu assim. Foi no momento do tapa na feira. Quando pensava estar lhe batendo na mão, bati em cheio em vosso rosto. Fiz isso enquanto mulher adormecida. Pelo amor de Deus, não vos zangueis, pois de fato fiz uma loucura e sou culpada, confesso. Porém vos suplico, tende piedade no coração!

– Por minha fé, bela irmã, eu vos perdôo, e que Deus faça o mesmo.

Depois ele a estreita e abraça e lhe beija a boca macia e seu pau começa a retesar-se, pois ela o aquece e encanta. Coloca-lhe na mão esse pau e, quando ele estava mais ou menos no ponto...

– Irmã – pergunta –, pela fé que me deveis, e que Deus vos cumule de honra, o que valeria na festa este que estais segurando na mão?

– Senhor, possa eu ver o amanhã, quem tivesse uma arca repleta de paus como este não encontraria ninguém para lhe fazer uma oferta nem para lhe dar o menor vintém. Mesmo os paus dos pobres eram tais que um único deles valeria largamente dois como este. E, depois, nem de perto nem de longe alguém jamais teria a idéia de o olhar nem de o querer.

– Irmã – torna o marido –, isso não me preocupa. É melhor pegares este e deixares todos os outros, até que possas fazer melhor.

E ela assim fez, parece-me.

Naquela noite os dois ficaram muito bem juntos, mas considero-o um fanfarrão, pois no dia seguinte contou o caso por toda parte, até que Jean Bodel, um rimador de *fabliaux*, ficou sabendo. E, como lhe pareceu bom, juntou-o aos seus.

E, porque a mulher não lhe acrescentou nada, aqui ela termina seu conto.

Ci fenist li sohaiz.

XVIII. De irmão Denise[1]
por Rutebeuf

O hábito não faz o eremita. Mesmo que um homem more em um eremitério e esteja vestido com pano pobre, eu não daria dois vinténs por seu hábito nem por sua vestimenta se ele não levar vida tão pura como tal vestuário mostra. Mas muitas pessoas fazem grande ostentação e assumem u'a maravilhosa aparência de merecer nossa estima. Elas se parecem com essas árvores desnudas, que foram demasiado belas na floração. Pessoas assim deveriam morrer mal e em grã desonra.

Diz um provérbio que *nem tudo que reluz é ouro*. Por isso, antes de morrer devo fazer um *fabliau* sobre a história da mais bela criatura que um homem poderia encontrar, de Paris até a Inglaterra. Vou dizer-vos como aconteceu.

Mais de vinte homens corteses haviam-na requestado para esposa, mas ela não queria de forma alguma estabelecer-se no casamento; muito ao contrário, pois devotara sua virgindade a Deus e a Nossa Senhora. A donzela era de uma família nobre. Seu pai fora cavaleiro; tinha ainda mãe, mas nem irmã nem irmão. A jovem e sua mãe amavam-se muito, parece-me.

---

1. *MR* III, lxxxviii, 263.

Todos os Irmãos Menores que por lá passavam iam amiúde à casa delas. Aconteceu então que um deles, que as freqüentava, encantou a jovem, e vos direi de qual maneira.

A jovem rogou-lhe que pedisse à sua mãe para deixá-la professar os votos, e ele disse:

– Minha doce amiga, se quisésseis levar a vida de São Francisco, como nós fazemos, a única cousa lógica que poderá ocorrer é vos tornardes santa.

E essa que já foi atingida, conquistada, vencida, dominada, assim que ouviu as palavras do Irmão Menor respondeu:

– Que Deus me dê honra, nada me poderia causar maior júbilo do que sentiria se pudesse ser de vossa ordem. Se puder pertencer a ela, Deus me terá feito nascer sob uma boa estrela.

Quando ouviu o discurso da jovem, o frade respondeu:

– Nobre donzela, Deus me conceda Seu amor, se eu pudesse saber com certeza que queríeis entrar em nossa ordem e que poderíeis, sem falha, guardar vossa virgindade, sabei como verdade que eu vos colocaria sob nossa proteção.

E a jovem prometeu-lhe que guardaria sua virgindade todos os dias da vida e ele prontamente aceitou-a. Com sua arte enganou aquela que nada entendia de ardis. Proibiu-a, por sua alma, de revelar qualquer cousa de tal projeto. E disse-lhe que cortasse, em segredo, suas belas tranças louras, de forma que ninguém ficasse sabendo, e que se penteasse e vestisse como conviria a um rapaz, e assim vestida fosse diretamente para um lugar de onde ele era guardião.

Então esse que era mais traidor do que Herodes combina o encontro e vai embora, e ela chorou muitas lágrimas quando o viu partir.

Esse que devia fazer a glosa de sua lição mergulhou-a na dúvida. Que u'a morte má o atinja e mate!

A jovem considerou como profecia tudo o que o frade pregara e deu seu coração a Deus; ele, por sua vez, fez do seu um dom que lhe renderá muitos frutos. Sua forma de pensar é contrária à que a jovem segue. Os pensamentos dos dois são muito opostos, pois ela pensa em retirar e afastar o coração do orgulho do mundo; ele, que sobeja em pecados, que arde por toda parte com os fogos da luxúria, dedicou mente e corpo a acompanhar a jovem ao lugar onde ele quer saciar-se, onde se inflamará, se Deus não intervir, pois ela não lhe impedirá nada, nem saberá jamais contradizer qualquer cousa que ele resolva dizer.

O frade segue caminho pensando naquilo. Seu companheiro, com quem cruzou, espanta-se porque ele nada fala, e pergunta:

– Em que pensais, irmão Simão?

– Penso num sermão, o melhor que jamais me veio à mente – responde.

– Então, continuai pensando.

Irmão Simão não pode se impedir de em seu íntimo pensar na jovem que o espera.

E ela anseia pela hora em que será cingida com a corda. Recorda em seu coração a lição que o frade lhe deu. No terceiro dia, fugiu da casa de sua mãe que a carregou e que muito se afligiu com isso.

A mãe ficou infeliz, que não sabia onde estava sua filha. Arrasta uma grande dor no coração. Todos os dias da semana ela se lamenta, chorando a filha, mas esta não se preocupa nem um pouquinho e só pensa em se afastar da mãe.

A jovem untou sua linda cabeleira. Penteou-se como um rapaz, calçou belas perneiras e vestiu uma roupa de homem, fendida na frente, com uma ponta na frente e outra atrás. Assim trajada, foi para onde o outro marcara encontro. O frade, que o diabo impele, excita e apressa, muito jubilou com sua chegada. Fez que ela fosse recebida na ordem; conseguiu enganar muito bem seus irmãos. Deram-lhe o hábito da ordem e fizeram-lhe uma grande tonsura. Depois ele a mandou ir ao monastério. Ela soube portar-se corretamente no claustro e na igreja, e soube todo seu saltério. Ensinaram-na a cantar corretamente e ela cantou como devia, mui cortesmente, com os irmãos, na igreja. Comportou-se com grande correção. Assim, a senhorita Denise teve tudo como queria. Nem sequer mudaram seu nome: chamaram-na de irmão Denise.

Mas por que continuar? Irmão Simão tornou-se tão íntimo que realizou com ela todos seus caprichos e ensinou-lhe seus novos jogos. E agiu de tal forma que ninguém percebeu. Sua conduta enganou a todos os irmãos.

Irmão Denise era cortês e amável; todos os frades que lá estavam amavam-na muito, porém irmão Simão amava-a mais. Amiúde estava à beira de seu leito, como quem não seria expulso. Com efeito, ele bem sabia arranjar-lhe as cobertas. Levava uma vida de celerado e tinha abandonado a vida de apóstolo. E ensinou *seu* paternoster a ela, que o recebia de bom grado. Levava-a consigo nas viagens, não cogitando de outro companheiro, até o dia em que, por acaso, ambos chegaram à casa de um cavaleiro que tinha bons vinhos na adega e de bom grado os serviu.

E a dama quedou-se a contemplar irmão Denise; analisou-lhe o rosto e o jeito e percebeu que irmão Denise era mulher. Quer saber se é verdade ou não.

Quando se ergueram da mesa, a senhora, que era polida, tomou irmão Denise pela mão. Pôs-se a sorrir para o marido e sorrindo lhe disse: – Caro senhor, ide lá fora divertir-vos e façamos de nós quatro dois pares. Levai convosco irmão Simão. Irmão Denise está encarregado de me ouvir em confissão.

Então os franciscanos não têm vontade de se divertir. Gostariam de estar em Pontoise. Pesa-lhes que a senhora fale assim. Tais palavras não lhes agradam, pois têm medo do que virá a seguir. Irmão Simão vai até ela e quando chega perto diz:

– Senhora, confessareis comigo, pois este outro irmão não tem o direito de vos determinar penitência.

E a senhora responde:

— Caro senhor, é a ele que quero dizer meus pecados e falar em confissão.

Então levou-o para seu quarto, depois puxa a porta e fecha-a bem, trancando consigo irmão Denise. Depois lhe disse:

— Minha meiga amiga, quem vos aconselhou a loucura de entrar em tal religião? Que Deus me dê a confissão quando a alma partir de meu corpo, não ficareis em situação pior se me disserdes a verdade sobre este assunto. Que o Espírito Santo me ajude, podeis confiar em mim.

E a outra, que estava muito abalada, tentou safar-se o melhor que pôde; mas a senhora confundiu-a com os argumentos que soube usar, de forma que ela não conseguiu mais se defender.

De joelhos, implora-lhe piedade; mãos postas, roga e suplica que não lhe cause a desonra. Conta-lhe o caso de ponta a ponta, como ele a tirou da casa de sua mãe, depois conta quem era, de forma que nada lhe escondeu.

A senhora chamou o frade e então, diante de seu senhor, cobriu-o de vergonha, mais do que nenhum homem jamais sentiu:

— Falso santarrão, falso hipócrita, leváveis uma vida falsa e ignóbil. Quem vos enforcasse com vossa corda cheia de nós ganharia bem o dia. Pessoas assim, que por fora parecem boas mas por dentro são podres, aviltam este mundo. A ama que vos criou produziu um fruto muito mau, que levásteis tão bela criatura a uma desonra tão grande. Uma ordem assim não é boa, nem bela, nem nobre, por Santa Denise! Proibis aos jovens danças e farândolas, violas, tambores e cítaras e todos os divertimentos dos menestréis. Pois então dizei-me, Senhor Tonsurado, acaso São Francisco levava uma vida assim? Bem merecestes vossa vergonha como o falso traidor que sois, e encontrastes exatamente a que vos dará o que mereceis.

Então ela abriu uma grande arca para colocar o frade dentro, mas irmão Simão atira-se de bruços, crucifica-se aos pés da senhora. E o cavaleiro, que em sua bondade tinha coração terno, abrandou-se quando o viu prostrado em cruz. Ergueu-o pela mão direita.

– Irmão – diz –, quereis ficar livre deste assunto? Ide arranjar quatrocentas libras para casar a jovem.

Quando o frade ouviu a nova, nunca em toda a vida sentiu tanto júbilo. Deu ao cavaleiro sua palavra de que traria o dinheiro. Vai trazê-lo sem nada penhorar. Sabe mais ou menos onde o conseguirá. E então parte, depois de pedir licença.

A dama, em sua grande bondade, reteve a senhorita Denise e não a alarmou nem um pouco; ao contrário, pediu-lhe mui delicadamente que tivesse confiança, pois nenhuma criatura ficará sabendo de seu segredo, nem que esteve com um homem. E será muito bem casada. Que escolha em toda a região aquele que quiser, contanto que seja de sua posição. A mulher fez tanto por Denise que a reencaminhou para bons pensamentos. Não lhe serviu palavras vãs; trouxe até o leito um de seus mais belos vestidos e reconfortou-a o melhor que pôde, como quem não está fingindo, e disse:

– Minha doce amiga, amanhã vestireis isto.

E com suas próprias mãos vestiu-a antes que se deitasse. Não admitiu que ninguém mais a tocasse, pois queria agir com discrição e cortesia, porque era uma senhora sensata e cortês.

Em segredo, enviou um de seus mensageiros buscar a mãe de Denise. Esta sentiu o coração mui jubiloso quando viu a filha que acreditava ter perdido. E na verdade a senhora a fez acreditar que sua filha estivera com as Filhas de Deus, e que ela a havia tirado de uma outra que ali a trouxera, pois estava quase louca.

Mas por que continuaria eu a dizer ou a contar suas conversas? Seria inútil falar à toa.

Denise permaneceu em casa deles até que o dinheiro fosse entregue. Depois, não tiveram de esperar muito e ela foi concedida segundo sua vontade. Foi dada a um cavaleiro que outrora a requestara. Passou então a chamar-se senhora Denise e foi mais digna de honra do que o era enquanto Irmão Menor.

Explicit de Frère Denise.

XIX. Do padre que espiava[1]

Em seguida quero aqui vos contar, se me quiserdes escutar, um pequeno *fablel* cortês, exatamente como Garin o diz, de um vilão que havia tomado u'a esposa inteligente, cortês e bem-educada. Ela era bela e de boa família. O vilão amava-a muito e servia-a bem, mas a mulher amava o padre. Dera-lhe todo seu coração.

O padre estava tão enamorado que um dia se decidiu a lhe falar. Rumou para a casa dela, mas, antes que lá chegasse, o vilão, segundo me disseram, sentou à mesa com a mulher. Os dois estavam sozinhos.

Então o padre não espera mais: vai a toda pressa até a porta. Esta porém estava fechada e com a tranca passada. Quando chegou, parou pertinho diante da porta e olhou bem. Espia por um buraquinho e assim vê que o vilão está comendo e bebendo e sua mulher está sentada ao lado. De bom grado ela contaria ao padre a vida que leva com o marido, que não tem prazer em mulheres.

Depois que olhou tudo, o padre disse:

– Que estais fazendo, boa gente?

Replicou o vilão:

– Por minha fé, senhor, estamos comendo. Vinde e vos daremos também.

---

1. *MR* III, lxi, 54.

— Estais comendo? Mentis! A mim me parece que estais fodendo!
— Calai-vos, senhor, eu disse a verdade. Estamos comendo, bem podeis ver.

Tornou o padre:
— Não é nada disso. Estais fodendo, pois bem vos estou vendo. Quereis fazer-me passar por cego. Vinde aqui fora comigo e irei sentar aí dentro. Então podereis ver se eu disse a verdade ou menti.

Então o vilão levantou-se, foi até a porta e puxou a tranca. Nisso o padre entrou, fechou a porta e trancou-a. Assim, não se preocupou mais com o vilão. Vai direto até a mulher, sem hesitar. Agora, segura-a pela cabeça e derruba-a sob si. Ergueu seu vestido e lhe fez essa cousa de que a mulher gosta acima de tudo. Tanto malhou e empurrou que ela não pôde impedir que ele fizesse o que tentava fazer.

E o vilão espreitava à porta e viu tudo: o cu de sua mulher descoberto e o padre por cima. Perguntou:
— Que Deus vos socorra, isto é uma brincadeira?

E o padre responde prontamente:
— Que vos parece? Não estais vendo? Estou sentado para comer, aqui nesta mesa.

— Pelo coração de Deus, parece-me que mentis — diz o vilão. — Jamais acreditaria nisso se não tivesse acabado de vos ouvir dizer que não estais fodendo minha mulher.

— De maneira nenhuma, senhor, calai-vos, por minh'alma! O mesmo me pareceu inda há pouco.

Disse o vilão:
— Acredito em vós.

Assim o vilão foi enganado, traído e mistificado tanto pelo padre como por seus sentidos, sem que nisso houvesse nenhum mal nem desgosto. E, porque essa porta foi fendida, dizem ainda: *maint fol paist duis*[2].

Ci define li Fabliaus du Prestre.
Explicit. Amen.

---
2. A tradução da moral é obscura.

XX. O cavaleiro da túnica vermelha[1]

No condado de Dom Martinho, por volta do dia de São Martinho, estação quente em que se aproxima a caça, chegou um cavaleiro que vivera sem reproche a vida toda na região. Os que o conheciam consideravam-n' mui sensato. Ele requestou uma senhora e solicitou seu amor, uma senhora fina e graciosa, mulher de um rico vavassalo, e isso até que ela se tornou sua amiga.

Havia cerca de duas léguas e meia entre as duas moradias.

O amigo da senhora era afeito a percorrer toda a terra para conquistar honra e renome, tanto que todos o achavam valente.

O vavassalo, no que dizia respeito à sua honra, comportava-se de outra maneira. Tinha a língua hábil para falar bem e sensatamente. E sabia arbitrar um julgamento. Isso era tudo o que ele amava. Certa manhã, preparou-se para ir em viagem à audiência de São Lis. E a senhora, mais que depressa, enviou ao amigo um homem prudente que soube falar ber sua mensagem.

Quando o outro ouviu a notícia, vestiu uma túnica nova, de escarlate e arminho novo. Encaminhou-

---

1. Rohlfs VI, 34.

se como um jovem a quem o amor atormenta. Ei-lo montado em seu palafrém, esporas de ouro nas botas. Mas, como fazia calor, estava sem meias longas. Pegou seu gavião, que mudara a plumagem e que ele mesmo ensinara, e levou dois cachorrinhos que eram bem treinados em levantar a cotovia nos campos. Havia se preparado como quer e aconselha o *"fin'amors"*[2].

Ele parte e continua até chegar ao local onde pensou encontrar a senhora. Mas não encontrou nem homem nem mulher que lhe dirigisse uma só palavra.

Então amarra o palafrém pelas rédeas e depõe o gavião. Corre olhar no quarto onde pensava encontrar sua amiga. Ela não estava dormindo, e sim deitada toda nua. Assim esperava a vinda do amigo. E ele veio direto para o leito, onde a achou. Então a viu, bela, nédia e tenra. Sem hesitar nem esperar ele queria se deitar, imediatamente, todo vestido. Mas a mulher, que o amava muito, protestou docemente. Disse-lhe com delicadeza:

– Amigo, sede bem-vindo. Deitareis todo nu a meu lado, para que o prazer seja mais deleitoso.

Ele colocou todas as roupas externas sobre uma arca ao pé do leito e tirou também os calções e a camisa. Depois tirou as esporas. Depois entrou no leito. Ela o tomou nos braços.

Não quero mencionar outros deleites nem outros prazeres, pois os que me ouvem devem saber de que se trata. Por isso não procuro criar outro conto. Então ambos se entregaram jubilosos aos divertimentos a que se entregam os amantes. Deitaram juntos.

A audiência do vavassalo foi anulada, parece-me. Assim, antes de despontar o dia ele estava de volta a casa.

---

2. *Fin'amors*: moral amorosa copiada dos trovadores. Ela ensina um amor (quase sempre adúltero) que transforma a mulher em objeto de um culto cavaleiresco, idealizando a elevação moral, o serviço, a sensualidade.

– De onde veio este palafrém? – pergunta ele. – De quem é este gavião?

Em tal momento, aquele que estava fechado no quarto gostaria de estar em Poitiers. Deslizou entre o leito e a parede, mas foi pego tão de surpresa que de suas roupas pegou apenas os calções e a camisa.

A senhora colocou sobre ele uma quantidade de roupas, mantos e peliças.

O senhor tremia por causa do palafrém que contempla. Sentiu no coração uma cólera inda maior quando entrou em seu quarto. Quando vê a túnica, todos seus membros fremem de cólera e furor. Então agarrou a mulher, segurou-a apertado e perguntou:

– Senhora, quem está aqui? Há um palafrém no pátio. De quem é ele? De onde vem esta túnica?

E a senhora, que bem sabe enganá-lo, responde:

– Pela fé que deveis ao Santo Pai, não encontrastes meu irmão, que acaba de partir agora mesmo? Deixou vossa quota de presentes, parece-me. Pois mal eu lhe disse que uma túnica como esta vos iria bem, e nada mais disse, prontamente despiu esta bela túnica elegante e recolocou a que usa para cavalgar. Ele vos manda seu palafrém do qual gostava e seu pássaro e seus cãezinhos e estas belas esporas bem-feitas e recém-douradas. Por pouco não fiquei louca, e protestei firmemente, mas nem juramentos nem qualquer cousa que eu pudesse dizer conseguiram por nada no mundo mudar sua vontade. Isso não vos diz nada? Aceitai pois! Ele terá sua recompensa, que Deus vos dê vida longa!

E o cavaleiro, que desejava o belo presente, respondeu:

– Senhora, o que dizeis é verdade. O palafrém muito me agrada, e os cachorrinhos e também a ave. Mas estivestes um pouco errada aceitando a túnica, pois isso me parece cobiça.

– Não é, senhor, e sim uma grande franqueza, porque, por São Remígio, um homem deve aceitar

111

um belo presente de seu amigo, pois quem não tem a coragem de receber é igualmente covarde no dar.

Nesse ponto deixam de lado os discursos, pois a senhora apresenta-lhe tão belas razões que seu senhor não encontra meio de as contradizer. E ela diz ao marido:

— Senhor, levantastes cedo esta manhã, pela fé que deveis a São Martinho! Vinde deitar ao meu lado e repousar em paz. Estão preparando a comida.

Ele não fez objeção. Prontamente deslizou para dentro do leito e asseguro-vos que foi abraçado e beijado duas vezes mais que de costume. A senhora põe-se a acariciá-lo tão suavemente que ele adormeceu. Então ela deu de leve um pontapé em seu amigo, e ele prontamente levanta e vai até a arca onde colocara a túnica. Não se atardou apresentando suas homenagens à senhora: prepara-se tão rápido quanto pode e parte.

Pega o palafrém e monta. Não quero fazer uma longa narrativa disso, mas ele parte com todo seu equipamento e deixa dormindo o vavassalo, que dormiu até meio-dia.

Quando despertou, posso dizer-vos que isso não contrariou a senhora. O vavassalo, que estava de bom humor por causa do suntuoso presente, disse que lhe trouxessem para vestir a túnica vermelha. Um escudeiro apresenta uma túnica verde que já lhe pertencia, e quando a vê o vavassalo diz com brusquidão:

— Não quero esta túnica. Quero experimentar a outra, que meu cunhado, a quem muito estimo, soube generosamente dar-me de presente.

Então o valete ficou embaraçado, ele que nada sabia de tudo aquilo, que estivera o dia inteiro nos campos para vigiar os ceifeiros.

E a senhora pôs-se a olhar seu senhor e disse:

— Caro senhor, que Deus vos ajude, dizei-me agora o que desejais. Qual túnica pedis? Comprastes então uma túnica, ou a trouxestes de onde estivestes? Que túnica é essa? Está aqui?

– Senhora, quero minha cara túnica que estava pela manhã sobre esta arca, a túnica que vosso irmão me deu. Ele me fez dom de sua amizade, pois quer que eu esteja adornado com o que lhe pertence. E gosto dele inda mais porque apenas de ver vossos olhos se despojou de suas vestimentas, que deixou para mim.

– Por certo vos rebaixais muito, pelo que me parece – torna a mulher. – O cavaleiro que pretende agir como um menestrel deve ser bem vil. Mais valeria que tivésseis raspado sem água a cabeça e o pescoço e que neles não restasse um fio de cabelo. É próprio desses jograis e desses honrados violinistazinhos aceitar as túnicas dos cavaleiros, pois está em seu ofício; a vós porém não convém ter uma vestimenta que não seja nova. Deveis então aceitar uma vestimenta que não tenha sido cortada nem costurada nem feita à vossa medida? Digo-vos o que é certo e sensato. Acreditai em mim e assim fareis o que convém.

Então ele não consegue compreender o que aconteceu com a túnica, mas acredita que realmente a viu sobre a arca quando chegou. Nesse momento, chama seus escudeiros. Mas estes haviam aprendido tão bem a lição que o senhor nunca extrairá deles nada que aproveite, nem mesmo o preço de uma pêra. Entretanto imagina, acredita que ouvirá informações verdadeiras. Porém por eles nunca saberá de nada. Antes será ludibriado. Foi assim que os preparou a senhora, que os traz a todos na ponta de sua corda. Acima de tudo, todos estão de acordo com ela.

Então o senhor sai do quarto e diz:

– Senhora, não vos lembrais? Quando cheguei ontem cedo, aqui foi encontrado um palafrém mais um gavião e dois cães e dissestes que era tudo para mim, presente de vosso irmão.

– Senhor, pela fé que devo a meu pai, há bem dois meses e meio ou mais que não vejo meu irmão. E, se ele tivesse estado aqui há pouco, não desejaria de maneira alguma que a túnica que estivesse usando fosse cair em vossas costas. Um louco ou um bêbado deve ter dito isso. As grandes rendas que tendes e a terra que possuís, tudo isso vale mais de quatrocentas libras. Procurai uma túnica a vosso grado e um palafrém belo e rápido e que ande a bom passo. Sobre vós não posso dizer nada razoável, pois estais em tal estado que tendes os olhos mui turvos. Receio que tenhais tido um mau encontro esta manhã, com um fantasma ou com um mau vento. Mudais de cor tão amiúde que estou mui consternada. Digo-vos com certeza, tendes a mente desarranjada e sonhastes um sonho mau. Implorai piedade ao Senhor e a Monsenhor Orri, que ele vos proteja a memória. Por vosso olhar podemos ver que estais mal-assombrado. Pelo que mais amais, neste momento realmente acreditais ter a túnica e o cavalo?

– Sim, senhora, que Deus me salve.

– Que Deus vos salve mesmo – responde a senhora –, e vos abençoe com Sua mão direita. Apegai-vos a um bom santo e ide levar-lhe vossa oferenda, que Deus vos devolva a memória.

– Senhora, apego-me ao Senhor e a São Lobo, e irei até o barão saint James[3].

– Sim, senhor – responde a mulher. – E é uma grande peregrinação! Deus, que vos dá tal vontade, possa vos levar e conduzir. Voltai pela Estúria. Os bons pecadores vão por lá, e nessa região seria bom procurardes Monsenhor Santo Arnulfo. Já no verão passado devíeis ter ido ao monastério[4] com um círio de vossa altura. Como nunca fostes, prometei-lhe, senhor, fazer o que é certo.

– Minha senhora, doravante realmente pretendo tomar esse caminho, se aprouver a Deus.

---

3. Segundo a nota da tradutora francesa no *fabliau* XXIII, trata-se de fazer uma peregrinação a Santiago de Compostela. (N.T.)

4. Santo Arnulfo terminou seus dias perto de um monastério em Remiremont, nos Vosges. (N.T.)

Assim a mulher manda-o partir, ela que transformou a verdade em mentira e em sonho tudo o que ele viu com seus próprios olhos. Mas aquela que o tornou peregrino contra a vontade fez melhor ainda: tanto se aplica e tanto se empenha que o faz partir três dias depois, como uma senhora que odeia seu senhor.

Este conto avisa ao marido:
É louco quem não vê o sentido
Do que seu olho enxerga e nota.
Quem o santo caminho adota
Deve crer sem contraditar
Em tudo o que a mulher falar.

Explicit.

XXI. Da velhota ou da velha andarilha[1]

De fábulas fazem *fabliaux*
E de notas fazem sons novos
E de matérias as canções
E de panos calças, calções.
Por isso gosto de narrar.
Um *fabelet* quero contar
De certa fábula que ouvi
E com a qual me diverti.
Por minha conta a fiz rimar
Sem mal e sem vos enganar.

Não quero mais escondê-lo de vós. Vou falar de um jovem[2] que cavalgava por uma floresta, onde amiúde pegava lenha, esse de quem vos falo. Para um filho de rei ou de conde, sua beleza teria sido excessiva. Sem linhagem, esse cavaleiro ultrapassava a medida, pois era demasiado belo. E este *fabliau* não vos mente. Ele era belo, cortês e sensato. Era o mensageiro de um cavaleiro da região, e tão instruído, tão cortês, tão sábio e de palavras tão categóricas que ninguém podia mostrar-se mais fino. Por

---
1. *MR* V, cxxix, 171.
2. Em francês, *bachelier*, que pode significar: bacharel; escudeiro ou aspirante a cavaleiro (francês arcaico); jovem, donzel. (N.T.)

pouco que quisesse afiar a língua, não temeria dois advogados. Mas em breve estará quebrantado, tão humilhado e tão perturbado que não saberá distinguir o preto do branco.

Estava cavalgando por uma charneca e encontrou diante de uma casa uma velha andarilha[3] que se aquecia ao sol perto de u'a moita. Ela recosturava suas peles, seu pobre manto e as roupas que não eram nada novas mas tinham visto muito ano novo. O primeiro tecido era o mais extraordinário, pois ela não podia ter nas mãos um pano, um retalho nem um farrapo sem prontamente ali o colocar e coser. Nem em quinhentos dados há tantos pontos quantos havia naquelas vestimentas costuradas muitas vezes.

Ela se aquece e rejubila. Tem seu jarro de beber, sua escudela, sua sacolinha e seu bordão. Com paciência[4], mercúrio e velha gordura de porco fizera um ungüento e espalhara-o no rosto e nas mãos, para que o sol não os queimasse. Porém não era de forma alguma a bela Alda[5]. Ao contrário, era feia e malfeita, mas persiste em se embelezar e se enfeitar para inda fingir-se mundana.

Quando viu chegando o jovem, tão belo, belo à maravilha, ela prontamente enamorou-se dele, que jamais Brancaflor[6], nem Isolda, a Loura[7], nem mulher alguma deste mundo amou alguém tão inteiramente como ela o amou naquele instante.

– Deus vos salve, boa mulher – diz ele. – Vistes passar viv'alma hoje?

---

3. Em francês, *truande*. Na Idade Média *truand* era o andarilho, o mendigo profissional (N.T.)

4. Em francês, *patience*, planta da família das poligonáceas, de raízes tônicas; labaça. O jogo de palavras é evidente. (N.T.)

5. *Aude*, a noiva de Roland, na *Chanson de Roland*. (N.T.)

6. *Blanchefleur*, esposa de Perceval em *Perceval ou o Romance de Graal*. (N.T.)

7. *Isolde, la Blonde*, heroína de *Tristão e Isolda*; esposa do rei Marc da Cornualha e amante de Tristão. (N.T.)

– Nem um fiapo, por certo, meu lindo menino. Prouvesse a Deus que estivéssemos deitados ambos abraçados e que tivéssemos nosso prazer!

– Nosso prazer! – torna ele. – Pelos santos de Deus, inda conseguiríeis sofrer meu jogo?

– Na verdade não sei – responde ela –, mas tentemos ver agora. Se eu não puder agüentar, perco!

– O diabo vos queime – diz ele – antes que eu jogue tal jogo. Não tenho o que fazer de vossos prazeres!

– Não? – torna ela. – Minha doce vida, sou mais prazenteira e mais flexível do que pareço e tenho um corpo tão saboroso, e minha doce boca é agradável, e estou tão sozinha aqui! E estamos num lugar tão belo! Por Deus, meigo amigo, apeai e vinde beijar-me! Abraçai-me e fazei mais, se quiserdes.

– Beijar-vos? Velha fedorenta! Então quereis que vos beije? Que os cem diabos dêem começo!

Quando o vê tão obstinado que não o pode enternecer nem com oferecimentos nem com promessas, ela diz que o seguirá sem nunca mais voltar para ali.

Então ela pegou sua escudela e a jarra, a sacolinha e o bastão. Pega a coberta, volta-se e começa a correr atrás dele. Persegue-o, caça-o, segue de tal modo seu rastro que o alcança e encontra-o no local onde ele havia feito o cavalo andar de novo a passo para atravessar um riacho. A velha, desvairada de amor, chega correndo.

– Agora – diz ela – não ireis embora, pela morte de Deus, não atravessareis se não me carregardes para o outro lado da água!

– O diabo vos carregue, velha fedorenta, e vos traga de volta, porque não vos carregarei.

– Filho – disse ela –, carreguei-te em meu flanco nove meses inteiros e de bom grado te alimentei. És meu filho! Pela piedade de Deus, não me deixes sozinha aqui!

– Vosso filho?! Velha estéril! Que o rio vos leve, pois jamais minha mãe foi assim malfeita, nem tão manca nem tão disforme. Minha mãe é uma grande burguesa.

– Filho – torna ela –, quanto me pesa ver que vos enganais assim! Sou vossa mãe, bem sabeis. Sois meu filho, isso é certo. Apesar do que todo mundo diz.

– Ora! – responde ele –, pela goela de Deus! Perco a honra neste belo jogo quando esta velha tola, à força, se faz de minha mãe. Estou perto de arrancar-lhe os miolos!

Então ele se volta para a sela, onde pensava montar. Mas a velha derruba-o de volta no chão e o leva puxando-arrastando.

Enquanto o jovem sofre seu martírio e ela o segura bem firme, um nobre está retornando da corte em grande companhia. Vem vindo rapidamente e depara com a confusão.

– Alguma cousa não vai bem, bom amigo? – pergunta o castelão. – Não sejais desonesto nem vil. Dai-lhe seu dinheiro, pois ela fez o que desejáveis.

– Ora, estou bem servido! – responde o outro. – Preferia estar enforcado a ter feito tal vilania.

Então a andarilha brada:

– Senhor, pelo amor de Deus, chamai à razão meu filho, que me quer deixar aqui, neste lugar, nesta passagem. Dizei-lhe, senhor, que me leve para o outro lado da água, através deste lamaçal. Ele é meu filho. Eu o carreguei!

– Ah! meu bom amigo, quem vos pôs na cabeça deixar vossa mãe aqui? – pergunta o senhor. – Levai-a pois para o outro lado, caro irmão.

– Senhor – responde ele –, estais enganado, vós que me tornais certa a morte. Que Deus me deixe voltar sem dano para minha casa, que eu não seja desmembrado nem queimado nem enforcado nem arrastado! Em toda minha vida nunca a vi, nunca lhe falei, e não sei o que me está pedindo. É uma velha andarilha. Nunca a vi antes. Senhor, pelo amor de Deus, deixai-me em paz!

Diz o senhor:

– Por São Vicente, agora tenho certeza de que a andarilha mentiu-me e não é vossa parente. Então tendes de fodê-la. E agora creio ter dito minha última palavra.

Quando a andarilha ouve o nobre:

– Senhor, por São Pedro de Roma, ele não é meu parente, nem eu dele. Não o conhecia antes de hoje, quando jurou pelos santos que me desposaria.

– Ai! – exclama ele. – Velha feiticeira, que o rio vos derrube neste instante!

– Então – torna o senhor –, não há outro meio. Pela fé que devo ao Santo Salvador, pois que ela nada é de vós, deveis fodê-la agora mesmo.

Então o rapaz ficou muito encolerizado e não soube o que fazer nem o que dizer.

– Senhor, pela piedade de Deus, por fim tereis me desonrado. E eu seria bem desleal, senhor, se fodesse minha mãe.

O senhor ouve-o e começa a rir.

– Pela fé que devo a São Dionísio, nunca vi pessoas desse jeito. Jovem, estais dizendo a verdade ou mentindo?

– Senhor – responde o outro –, ela é minha mãe.

– Ora, só há um meio, caro irmão. Ou a carregareis para além da água ou a fodereis diante de todo mundo.

– Senhor, em verdade a carregarei, pois é igualmente verdade que nunca a foderia.

Então ele pegou a velha nos braços e carregou-a rapidamente. Com ela à frente sobre o arção, atravessou a corrente. Por fim, a velha atormentou-o tanto, segundo me contam, que antes de conseguir escapar o jovem teve de lhe dar sua capa, e ela o beijou contra sua vontade. Depois que a velha havia feito tudo o que queria, as pessoas riram muito dele.

– Pois bem, tu a beijaste e abraçaste, bom amigo –, diz o castelão.

E muito alquebrado vai embora o jovem, a quem a velha tanto atormentou que o deixa ir todo desalinhado.

É por isso que assim termino:
Tal crê ter coração mui fino,
Sem mentira e muito avisado,
Mas pouco entende do riscado.

Explicit de la Viellete.

XXII. Das III mulheres que encontraram um pau[1]

Enquanto estou na mocidade
Ponho trabalho e habilidade
Em contar um *fabliau* em rimas,
Sem efeitos, sem leoninas[2].
Porém se assonâncias tiver
Que me critique quem quiser
Pois nem todos darão ouvido
A belas rimas sem sentido.
Ouvi-as pois, como elas são.

Três mulheres dirigiam-se para o Monte, mas não sei de qual região. Parece-me, pelo que me disseram, que elas encontraram um pau mui grosso, mais dois colhões sem nenhum osso.

A senhora que vai à frente pega-o e prontamente o esconde, pois sabia bem o que era aquilo. Porém a outra, que vem atrás, diz que gostaria muito de ter sua parte.

– Sem dúvida – responde a primeira –, falastes tarde demais. Nada tereis.

– Pois sim! – torna a outra. – Eu não disse que ti-

---

1. *MR* V, cxii, 32.
2. Rima muito rica, com duas ou três sílabas.

nha direito a uma parte? Além disso, nesta vida somos boas amigas e companheiras.

– Pouco me importa que te queixes. Não o tereis, nem grande nem pequeno.

A outra não está gostando desse jogo e jura por sua cabeça que terá tanto quanto um juiz lhe der.

– Por certo – diz ela – essa é minha opinião. Mas agora devemos decidir quem fará o julgamento.

– Por minha fé, estou vendo bem ali à frente uma casa de freiras, mulheres santas e capelães, que durante o dia lá estão para servir.

– Assim sendo, vamos resolver isso.

Elas prosseguiram caminho e chegaram, assim me parece, à entrada das ruas onde a abadessa comandava. Caminharam para a direita, para a esquerda, até que por fim entraram no pátio. Prontamente vão pedir notícia da abadessa. Dizem-lhes que ela estava ouvindo missa e que se quiserem falar-lhe terão de aguardar um pouco. As duas respondem que vão esperar.

Então sentaram no parlatório, perto da escada. Porém ficaram ali pouco tempo, pois logo viram chegar a abadessa, tendo ao lado a prioresa mais a irmã ecônoma. Aquela que era a primeira levantou-se e saudou-as.

– Senhoras, sede bem-vindas – respondeu prontamente a abadessa.

A essas palavras, elas sentaram. A mulher que ia atrás foi a primeira a usar da palavra. E disse:

– Senhora, eu e minha companheira vínhamos de nossas casas, rezando e orando. Porém é justo que me queixe, pois ela encontrou uma cousa que não me quis dar. Por isso a estou pedindo.

– Ora – diz a abadessa –, ordeno-lhe que a mostre, para que a vejamos. Depois então julgaremos.

– Por minha fé – responde a outra –, concordo!

A que havia encontrado o pau retirou-o de onde o escondera e colocou-o diante da freirinha. Esta olha-o com grande ternura (estou falando da abadessa), olha-o de mui bom grado, solta três suspiros longos e compridos e depois diz:

– Que argumentação! Pretendeis receber a posse de algo que nos pertence. Senhora, não há dúvida, ele não será vosso, nem da que o trouxe. Isto é o ferrolho de nossa porta, que há alguns dias se extraviou. Ordeno que seja bem guardado, como um patrimônio nosso. Ide, dona Antônia (a que estava com a ecônoma), recolocai-o, como deve ser, no lugar de onde foi pego e tirado. Que agora mesmo seja recolocado.

E ficai sabendo, essa dona Antônia pega-o mais que depressa e enfiou-o dentro da manga, que era delicada e alva. Então elas vão embora, desaparecem.

As outras duas voltam para casa. Perderam. Não pedem licença para partir. Dona Abadessa julgou muito bem este caso. Agiu como uma trapaceira infame, que privou as outras por causa da cobiça. Esse vento soprou rápido nela, como sopra em outras pessoas. Muitos juízes fazem o mesmo. Têm inveja, bem sei. Deles o pobre homem que não tiver bens nunca na vida receberá justiça. Digo que ela cometeu uma loucura, que por cobiça perdeu.

Assim, senhores, com este exemplo vos ensino, mostro e provo que, se um de vós encontrar algum bem, se tiver colega ou companheiro não espereis que este reclame; antes disso entregai toda a parte que lhe cabe. Digo: *Demasiado tarde se arrepende quem se arrepende depois de perder seu bem*. Ele esperou demasiado, digo eu. Faço questão que compreendais: *Perde quem espera demais*.

E para terminar de vez digo-vos este verso:

Quem tudo cobiça, tudo perde.

Explicit.

XXIII. Do preboste com capuz[1]

Conto este *fabliau* sobre um cavaleiro que por seu porte valia um conde. Era homem rico e possuía terras. Tinha u'a mulher, da qual tinha filhos, segundo o costume e o uso. Esse cavaleiro viveu vinte anos e mais sem guerra nem contenda. Era muito amado na região, tanto por seus homens como por outras pessoas. Tudo ia assim, até que o invadiu a vontade de visitar o Barão São Tiago[2]. Recomendou a guarda da terra a um preboste que tinha.

Este era desonesto, vil, um celerado. Mas ficara rico e sua reputação aumentara, como acontece a muito homem mau. O preboste chamava-se Gervásio, filho de Erambaut Rouba-Comida[3]. Possuía um capote de grosso pano marrom, bem forrado contra o frio. Tinha cabeça grande e quadrada. Era mui vil e de ignóbil linhagem.

O cavaleiro mandou arrumarem seus pertences como devia, e então, um dia, partiu de casa para fazer a peregrinação. Vai pela planície e pelos bosques, até que chegou ao Barão São Tiago. Lá fez oferenda de mais de vinte dinheiros.

---

1. *MR* I, vii, 112.
2. Trata-se de uma peregrinação a Santiago de Compostela.
3. Rouba-Comida é uma tradução aproximada para *Brache-Huche*. (N.T.)

Depois tomou o caminho de volta. Não quis fazer o menor desvio. Assim, foi e voltou até que chegou perto de sua casa, a um dia de distância. Na manhã seguinte, antes de vésperas, mandou dizer à mulher e aos amigos, por um dos escudeiros, que viessem a seu encontro, pois estava jubiloso e sem cuidados. Pediu também que preparassem na casa muito para comer: carne e peixe sem falta, e que houvesse abundância de vinho, para que todos tivessem à saciedade. O escudeiro apressou-se em chegar ao castelo. Foi recebido com muita alegria por aqueles e aquelas que o amavam. Na manhã seguinte os amigos montaram nos cavalos. Vão ao encontro do cavaleiro.

Acompanharam-no de volta com grande alegria, e a refeição foi preparada.

Gervásio, o preboste, não perdeu tempo. Antes que alguém chegasse, já estava lá. Faz grandes ares de estar jubiloso.

O cavaleiro foi bem hábil. De todos os lados, toma conta de sua gente e obriga Gervásio, seu preboste, a sentar com um rico cavaleiro, diante do filho de Micleart.

Como primeira iguaria, têm ervilha com toucinho. O pedaço na escudela era muito grande. O preboste ficou encantado com esse prato, pois viu o toucinho gordo e espesso que soltava gordura. Depois pensou consigo mesmo que, se pudesse furtar um pedaço, este duraria um bom tempo a quem o soubesse economizar.

O cavaleiro que devia comer com ele não se ocupava nem um pouco nisso. Falava com um dos companheiros que comia ao lado. Enquanto isso, o preboste abaixou-se atrás do cavaleiro, como para assoar o nariz. Ele curva a cabeça, depois esconde o pedaço de toucinho sob o capuz, que era mui profundo e amplo. Em seguida puxou-o de novo sobre a cabeça, como antes.

Um valete traz uma acha de lenha ao fogo, que começou a arder. Gervásio procura recuar, o que não podia fazer facilmente, pois, não quero mentir, estava sentado num canto da parede, de forma que nada conseguiu, nem para a frente nem para trás.

Então ele começou a esquentar, e o toucinho que estava sob o capuz pôs-se a pingar, de maneira que a gordura lhe escorria dentro dos olhos e ao longo do rosto, como se fosse gorda carne de vaca.

Um valete servia à sua frente. O preboste estava irritado, aquele capuz forrado incomodava-o muito. De um golpe ele baixou novamente o capuz e o toucinho cai sobre o manto do cavaleiro que está ao lado.

Escutai o que fez então o preboste. Dá um salto pelo fogo e ruma com todas as forças para a porta. Mas os escudeiros que serviam, que haviam visto a cousa, deram-lhe tão bons golpes que o derrubaram por terra. Bateram-lhe na cabeça e na espinha. Os cozinheiros saíram da cozinha. Não perguntaram de que se tratava: tiraram do fogo os tições e se atiraram embolados sobre o preboste. Bateram-lhe tanto, e acima e abaixo, que o desancaram. Com os bastões causaram-lhe mais de trinta feridas nos pés e nas mãos e o fizeram cagar no culote. E para fim de tudo trataram-no tão mal que o arrastaram pela porta, para fora, até uma vala onde estava um cachorro morto. Aquele pedaço de toucinho causou-lhe uma vergonha bem grande.

Este *fabliau* conclui do caso que os que roubam adquirem haver. Mas Deus que foi crucificado envia-lhes tanta desgraça que os pobres se atêm à verdade.

Explicit du Provost à l'Aumunche.

XXIV. Do esquilo[1]

Quero contar-vos aqui a história de uma senhora mui rica. Ela era de Rouen, segundo dizem. Contam-nos que tinha uma filha que era bela, uma jovem mui graciosa, mui sedutora e bem-feita, pois a natureza a modelara com grande aplicação, colocara todos os seus cuidados em formar uma tal jovem. Ela era desmesuradamente bela. O pai e a mãe amavam-na e adoravam-na tanto quanto podiam, mais que a todos os outros filhos. A donzelinha tinha quinze anos.

Sua mãe instruiu-a severamente, dizendo:

– Minha filha, não sejais nem tagarela nem muito amiga de contar. Não tenhais por demais o hábito de falar, pois pode ficar mal para u'a mulher quando a ouvem falar mais do que deve. É por isso que todas deveriam evitar falar excessivamente. E vos proíbo uma cousa acima de qualquer outra: jamais mencionar aquela cousa que os homens trazem pendente.

E a filha, que já tinha escutado tanto que mal agüentava, responde quando não pode mais se calar:

– Mãe, dizei-me o que é e como se chama aquilo.

– Cala-te, minha filha, não ouso dizer.

– É a cousa pendurada entre as pernas de meu pai, senhora?

---

1. *MR* V, cxxi, 101.

— Quieta, minha filha! Mulher nenhuma, a menos que seja de maus costumes, deve jamais falar desse equipamento de pesca que balança entre as pernas dos homens.

— E o que há de espantoso em mencionar isso? É aquilo com que se pesca[2]?

— Quieta, minha filha, estais louca! Não faleis essa palavra! Esse equipamento não tem nome. Nós mulheres não o devemos mencionar de forma nenhuma, nem abertamente nem em segredo.

— Então esse diabo de penduricalho, minha boa mãe, é um gobião, ou é um mergulhão que sabe mergulhar e nadar no lago ou na fonte de meu pai?

— Não, não, minha filha – torna a mãe.

— O que é então? Dizei-me!

— Minha bela filha, vou dizer. Sim, pela fé que me deveis, e embora seja proibido e essa proibição seja razoável e certa, te digo que é um pau!

Ao ouvir isso, a jovem riu e se alegrou:

— Pau[3]! Graças a Deus, pau! Pau! direi de dia e de noite! Pau! Minha pobre! Pau! diz meu pai. Pau! diz minha irmã. Pau! diz meu irmão. E pau! diz nossa camareira. E pau na frente e pau atrás! Que todos falem à vontade! Vós mesma, minha mãe, em verdade dizeis "pau"! E eu, mui cansada, que fiz para não ter o direito de dizer "pau"? Que Deus me dê pau para que eu também o mencione!

Quando a mãe entende que está se atormentando em vão e que tudo o que diz nada resolve, vai embora chorando.

Prontamente, eis que acorre um jovem. Chama-se Robin. Era alto e belo de ver, pois era sobrinho de

---

2. Trocadilho intraduzível entre *pêche* (peca, v. pecar) e *pêche* (pesca, v. pescar), que se pronunciam da mesma forma. (N.T.)

3. Segue-se uma série de trocadilhos intraduzíveis: em francês o termo vulgar *vit*, aqui traduzido como *pau*, é foneticamente idêntico a *vie* (vida) e *vit* (vive). (N.T.)

um prior. Por longo tempo vivera de migalhas[4] e morava na aldeia. Conhecia muitas manhas e artimanhas. De um lugar secreto onde estava, ouviu tudo o que a mulher de bem dissera à jovem e tudo o que a mocinha respondera à mãe. Com isso muito se alegrou e ficou contente. Esse celerado era alto e gordo. Levou a mão sob as roupas e começa a agitar seu pau até que o fez endurecer. Depois foi ter com a jovem que era tão sedutora e bela e disse:

– Deus vos salve, minha bela amiga!
– Ah, Robin, Deus vos abençoe! Dizei-me, Deus vos ajude, o que estais segurando aí?

E ele responde:
– Senhora, é um esquilo. Vós o quereis?
– Sim, quero muito. Deixai-me segurá-lo agora mesmo.
– Inda não, amiga. Por enquanto, não é o caso. Mas colocai vossa mão dentro, bem devagarzinho, para não o machucar. Por favor, sede boa para ele.

A jovem estende a mão e o outro segura-a e coloca-lhe na palma o pau, que de tal regalo tinha precisão.
– Robin – diz ela –, ele está quentinho.
– Doce amiga, Deus me salve, ele acaba justamente de se levantar do oco de seu ninho, pelos membros com que se move. Pois, em nome de Deus, está bem vivo.
– Ah, sim! Pobrezinho, como estremece e mexe!

Ela viu os colhões.
– Robin – pergunta –, o que é aqui?
– Minha bela, isso é o seu ninho.
– É mesmo – torna ela –, estou sentindo um ovo.
– Por minha fé! Ele acaba de botar nesse instante.
– Nome de Deus! Estou sentindo um outro!
– Doce amiga, é que em qualquer mês do ano ele não bota a não ser dois juntos.

---

4. *Miche*, que em francês arcaico significava migalha, também é um pão consumido pelos camponeses e, na gíria, nádegas ou seios. (N.T.)

– É mesmo? – torna a jovem. – Parece-me que é de muito boa raça. Ele sabe curar?
– É claro, certamente. Consegue enxertar rabos, é bom para sondar feridas e cura do lento-mijar.
– Gosto inda mais dele – responde a outra. – Robin, amigo, o que ele come? Come nozes?
– Na verdade, sim!
– Ai, ai! Infeliz que sou! Não tenho sorte! Ontem agi como uma insensata quando comi u'a mancheia de nozes! Gostaria muito de as ter comigo hoje, e ele as comeria esta manhã!
– Não vos preocupeis, bela – responde Robin. – Pois na verdade ele saberá muito bem ir buscá-las. Estarias errada de te atormentares por nada.
– E onde?
– Na verdade, em vossa barriga!
– Não sei por onde ele vai entrar.
– Não te preocupes, pois em verdade ele dará boa conta disso.
– Por onde? Ele nunca entrou lá.
– Por vossa cona.
– Então vamos, coloca-o lá. Deus me ajude, estou mui contente com isso.
Então Robin abraçou-a e depois derruba-a sob ele e ergue sua túnica azul, a camisa e a peliça. E colocou-lhe seu esquilo na cona.
O rapaz não era desatencioso. Começa a mover os flancos, a ir e vir. Não queria apenas fingir. E ela, a quem aquilo agradava muito, diz rindo:
– Deus esteja convosco, senhor Esquilo! Ide procurar! Possais comer boas nozes! Agora procurai bem e mais fundo, até o local onde elas estão, pois, pela fé que devo a minha cabeça, tenho aqui um bicho mui delicioso. Nunca vi esquilo assim, nem ouvi falar de um que seja tão bom, pois ele não morde; quase não me machuca! Vamos, procurai, belo, caro amigo! Desejo realmente, de todo meu coração!
Enquanto a jovem assim falava, o outro procurava as nozes, sem fingir em nada. Tanto adentrou e ma-

lhou que, não sei por qual acaso, não sei se isso era normal, mas o esquilo sentiu náuseas. Começa a chorar de desgosto e então depois começa a cuspir, a vomitar, a devolver. Tanto vomitou, o tolo, o glutão, que a jovem sente escorrer ao longo das nádegas o que goteja.

– Chega – diz ela. – Não malheis mais, não forceis mais, Robin. Não metais mais! Forçaste com tanto furor, tanto bateste, tanto empurraste que um dos ovos se quebrou. Isso me entristece, é muita pena. A clara está escorrendo entre minhas nádegas!

A essas palavras o outro se levantou, pois não lhe restava mais nada a fazer. Vai embora, contente, tratar de seus afazeres. Não deixou de bem fazer.

Com este *fabliau* quero ensinar que alguns acreditam instruir bem a filha dizendo-lhe palavras loucas. Porém quanto mais a instruem mais a colocam no caminho do malfazer, que Deus seja minha testemunha.

Explicit de l'Escuiruel.

XXV. Da jovem que não podia ouvir falar de foder sem sentir náuseas[1]

Nesta nova fábula conto-vos a história de uma jovem que era extremamente orgulhosa, tão desumana, tão desdenhosa que – palavra de honra, irei até o fim – não podia por preço algum ouvir falar de foder nem de libidinagem sem sentir náuseas e fazer uma cara sinistra.

E seu pai estimava-a tanto, porque não tinha outros filhos, que lhe fazia todas as vontades. Estava às ordens dela, mais do que ela às dele. Ambos eram sozinhos, sem serva nem serviçal, e no entanto eram pessoas ricas. Sabeis por que esse bom homem não tinha serviçais na casa? A jovem não queria saber deles, porque tinha uma natureza tal que não suportava absolutamente que falassem de copulação: nem de pau, nem de colhões, nem de outra cousa. É por isso que o pai não ousava conservar um servidor durante um mês inteiro, e entretanto teria grande precisão de um, para debulhar o trigo, caçar, conduzir o arado e outras tarefas. Mas hesita em contratar um homem, por causa da filha que sofre demais com isso, até que, por acaso, um jovem muito bom em artimanhas e velhacaria ficou albergado na aldeia. O

---

1. *MR* V, cxi, 24.

jovem ia ganhar seu pão. Ouviu falar desse vilão e da filha que odiava os homens e que não se interessava nem por suas palavras nem por seus atos.

O jovem chamava-se David. Ia sozinho pela região, procurando aventuras como um bravo. Quando ouviu essa história curiosa da jovem orgulhosa que tinha tal esquisitice, foi diretamente à casa onde ela estava com o pai. A moça não tinha consigo uma irmã, tampouco um irmão manco nem lépido nem surdo nem mudo.

O vilão estava no pátio. Está escovando e preparando seus animais e virando a lenha ao sol. Em resumo, está entregue a seus afazeres.

E então eis David, que saudou o vilão. Pediu-lhe alojamento, pelo amor de Deus e de São Nicolau. O vilão não recusa mas tampouco ousa concordar. Depois de um momento, pergunta que homem é ele e o que sabe fazer.

David responde francamente que de mui bom grado serviria a um homem de bem se o encontrasse, que sabe lavrar direito e semear e debulhar e caçar e tudo o que deve fazer um valete.

— Eu bem te aceitaria, por Santo Alonso, se não fosse por minha filha, que facilmente tem náuseas quando os homens falam de assuntos de cama. Nunca em minha vida tive um serviçal que pudesse conservar por muito tempo, pois, tão logo minha filha ouve a palavra "foder", assalta-a um mal-estar, um enjôo, de tal forma que parece mesmo estar morrendo. E por isso, bom irmão, não ouso ter serviçais, que são indecentes e têm um linguajar demasiado baixo, pois teria medo de perder minha filha.

David pôs-se a torcer a boca e depois raspa a garganta e cospe, exatamente como se tivesse engolido u'a mosca. E diz ao vilão:

— Refreai-vos, bom senhor, se não quereis dizer um nome feio. Calai-vos, pelo amor do Deus celeste, pois é a palavra do diabo! Jamais faleis disso em minha presença! Nem por cem libras desejaria ver o homem que falasse disso nem que dissesse indecências, pois um grande mal-estar me invade o peito.

Quando ouve o vassalo falar assim, a filha do vilão sai da casa e diz ao pai:

– Senhor, Deus me ajude, ficareis com este jovem, pois será bom para nós. Tem as mesmas idéias que eu. Se me amais e me estimais, assim vos peço.

– Meiga filha, será como desejais – responde o vilão, que era mui bobo.

Assim, alegremente contrataram David e gostaram muito dele. Quando foi a hora de deitar, o vilão chama a filha:

– Então, dizei, minha jovem, onde David poderá se deitar?

– Senhor, se vos aprouver ele bem poderá deitar comigo. Parece-me que é muito honesto e que freqüentou bons lugares.

– Minha filha, fazei tudo como quiserdes – torna o bom homem.

Perto do fogo, no meio da casa, o vilão deitou para dormir, e David foi deitar no quarto, com a jovem que era mui sedutora e bela. Sua carne era alva como flor de pilriteiro. Fosse filha de rainha, seria bela na medida. David colocou a mão direita sobre suas maminhas e perguntou-lhe o que era aquilo. Respondeu ela:

– Minhas mamas, que são mui brancas e belas. Não há nelas nada imundo nem sujo.

E David deixa a mão escorregar para baixo, direto para o buraquinho sob o ventre, por onde o pau entra no corpo. Sentiu ali os pêlos que cresciam. Ainda eram macios e flexíveis. Ele apalpa bem com a mão direita e depois pergunta o que pode ser aquilo.

– Por minha palavra! – responde ela. – Aí onde estais tocando é meu prado, David. Mas inda não está florido.

– Por minha palavra, senhora! – foi David quem disse isso. – Ainda não há capim plantado. E o que é, no meio do prado, essa vala suave e cheia?

— É minha fonte, que no momento não está vertendo.

— E o que é isso depois, neste refúgio? — pergunta David.

— É o tocador de trompa, que toma conta dele — responde a donzela. — Na verdade, se um bicho entrasse em meu prado para beber na fonte clara, prontamente o tocador tocaria a trompa, para o assustar e cobrir de vergonha.

— É um diabo esse tocador, e faz um trabalho sujo, querendo morder assim os bichos para que o capim não fique estragado — torna David.

— Agora me percorreste inteira, David! — diz a donzela.

E por sua vez coloca sobre ele a mão, que não era malfeita nem curta, e diz que vai ficar sabendo o que ele traz consigo. Então começou a interrogá-lo e a apalpar suas cousas, até que o segurou pelo pau.

— O que é isto, David, tão rijo e tão duro que poderia furar uma parede?

— Senhora, é meu potro, que é mui rijo e sadio. Mas ele não come desde ontem cedo.

A jovem volta a descer a mão e então encontra o saco peludo. Toca e mexe nos dois colhões.

— Ora, o que é isto dentro deste saquinho? São dois novelos? — pergunta.

David teve réplica rápida:

— Senhora, são dois ferradores que vigiam meu cavalo quando ele pasta em outras pastagens. Ficam sempre em sua companhia. Estão aí para guardar meu potro.

— David, coloca teu belo potro para pastar em meu prado, Deus te guarde.

E David se vira para ela. Coloca o pau sobre seu púbis e diz à donzela, depois que a ajeitou sob seu corpo:

— Senhora, meu potro está morrendo de sede. Está ofegando muito, sofrendo muito.

– Vai dessedentá-lo em minha fonte – torna ela – Estarias errado de ter medo.

– Senhora, temo o tocador de trompa. Tenho medo que ele ralhe comigo se o potro entrar.

– Se ele reprovar, os ferradores o derrotarão!

Responde David:

– Está bem dito!

Prontamente lhe põe o pau na cona e faz o que quer, o que deseja, de tal maneira que a jovem não o considera lento, pois a revirou quatro vezes. E se o tocador de trompa reclamou, foi vencido por dois gêmeos.

Com estas palavras termina o *fabliau*.

XXVI. É da mulher que pedia aveia para a ração de Morel[1]

Aconteceu bem perto de Reims esta história de uma senhora de quadril empinado, que estava mui violentamente apaixonada. Entregara coração e corpo a um jovem ágil e forte, belo e bem-feito e gracioso e valente. Ela prezava sua companhia e o jovem amava-a tão fortemente que não pensava em mais nada. E quando acontecia de estarem juntos gozavam à maravilha.

Ninguém saberia dizer nem contar a que ponto esses dois amantes ficavam impacientes para se verem constantemente. Por que continuar a narrar-vos isso ou a prolongar meu discurso? Os dois fizeram tantos e tantos esforços que acabaram por se desposar, com grande júbilo e para seu grande prazer, sem penas nem problemas.

Então o tempo foi passando a seu gosto, pois cada qual amava o outro com muito desejo e fielmente, como devia ser e era evidente, pois suas duas vontades faziam uma única e ambos estavam em condição igual. Enquanto esteve neste mundo, Tristão não amou Isolda, a Loura, tanto quanto os dois amantes se amavam e se testemunhavam fidelidade

---

1. *MR* I, xxix, 318.

e honra. Na intimidade, sabiam executar bem o jogo, dia e noite, e, quando chegavam a esse prazer em que se estreitavam abraçados na cama onde estavam deitados, então ambos faziam sua festa tanto e tão bem, com amor e delícia, que gostariam de nunca sair do leito. Pois ela, segundo sua natureza, apreciava muito os gozos do amor e as delícias e o doce prazer que obtinha toda noite, e para isso servia-o da melhor forma possível. E o marido, por sua vez, empenhava-se em lhe dar prazer, pois, de onde quer que voltasse, ela o deitava sobre si. Sem procurar descanso nem desculpa, fosse no leito ou no chão, ele cumpria prontamente a tarefa, sem nunca tentar adiar.

Por longo tempo os dois levaram essa vida juntos, com grande e terno amor. E – digo-vos como sendo a verdade –, depois que estabeleceram entre si uma grande intimidade, eis a triste nova que ele informou à sua amiga:

– Por amizade e por terno amor, minha irmã, quero te falar, e deves prestar muita atenção, pois, devido ao grande amor que tenho por ti, direi tudo o que penso. Quando te vejo com alguma dor em algum membro ou na cabeça, fica sabendo que não ouso deitar contigo para realizar nosso desejo, pois ficaria mui triste se te causasse mal ou sofrimento. Assim, vou dizer o que farás toda vez que estiveres comigo, seja no leito ou alhures, e quiseres que eu te preste esse doce serviço amoroso. Tu me dirás: "Caro, gentil irmão, fazei Morel receber aveia." E podes estar certa de que a darei de bom grado, segundo ele tiver precisão e eu puder e tu quiseres, pois não deixarás de fazer assim.

Responde ela com cortesia:

– Caro, gentil irmão, não fales tal cousa! Jamais te chamarei para isso. E jamais te direi que Morel está querendo aveia, nem cevada. Prefiro que me cortem a garganta a dizer cousa tão vergonhosa ou a um dia aprender a chamar assim.

Ele responde vivamente:

– Mas sim, farás isso, porque estou mandando! Entre nós dois é tudo a mesma cousa, pois quero tudo o que quiseres e portanto deves querer o que eu quero, sem a menor queixa.

Ela retrucou de pronto e disse:

– És realmente tolo de querer que eu diga uma cousa tão vergonhosa. Isso não fica bem para uma senhora decente.

E ficai sabendo que a mulher teria de mui bom grado feito tudo o que disse. Jamais se teria permitido chamar para dar aveia a Morel, pois seria demasiado nocivo e vergonhoso. Para dizer a verdade, teria preferido renunciar a isso a perder sua provisão. Mas sabeis por que ela agiu assim? Para melhor prender o marido e fazer dele o que queria, pois a mulher, segundo sua natureza, para ter a cousa à qual dá mais importância e para tudo o que mais lhe apraz, fingirá o contrário.

E o marido, que a amava muito, como alguém que a julgava dócil, ordenou-lhe firmemente que fizesse o que ele mandava e que pedisse aveia para Morel toda semana e todo dia e toda hora que lhe aprouvesse, sem hesitar.

Ela de boa vontade responde com grande humildade que pediria de fato, quando visse lugar e momento para tal.

Ele deitou e ficou estendido, sem se mexer, a noite toda e o dia seguinte inteiro. A espera aborreceu a senhora. Ele agiu da mesma forma nas duas noites seguintes e durante os dois dias inteiros; e a senhora, que tinha aprendido a receber sua ração como bem lhe aprazia, sabei que ficou muito agastada e disse que na noite seguinte o presente de aveia não seria esquecido.

Tão logo ambos deitaram, ela se aproximou do marido, acariciando-o e beijando-o, para fazer dele tudo o que desejava. Depois apalpa-o aqui e ali. E argumentou mui suavemente:

– Irmão, outrora me amáveis mais e me chamáveis de senhora e amiga. Mas agora creio que o amor terminou e acabou completamente, sem razão. Vós me abandonastes por alguma outra, em quem depositastes vosso terno amor.

– Não, não tenho outra, por minha fé, bela irmã. Não depositei meu coração alhures, a não ser em vós. Sois minha amiga e meu amor e meu prazer e meu auxílio.

Ele montou-lhe em cima para a consolar, pois não ousava mais aborrecê-la e percebe muito bem que Morel quer aveia. Prestou-lhe esse serviço uma vez. E ela aprecia tanto que tenham voltado à boa disposição que só se teria cansado após um bom tempo. E diz, para o arreliar:

– Senhor, outro dia dissestes que daríeis aveia a Morel toda vez que ele tivesse precisão. Ora, ocupai-vos em dar-lhe aveia agora mesmo, se vos aprouver.

E ele lhe sobe em cima, sem mais palavras, e dá a Morel aveia da melhor, da mais saudável. Agiu mui vigorosamente, e a mulher chamou-o mais uma vez, e ele, sem hesitar, deu-lhe a aveia que pedia.

Depois, quando chegou a noite seguinte, ele dormiu até meia-noite. Mas ela, que não estava dormindo, levou o assunto a sério. Assim, cutucou o marido e pediu que mantivesse a palavra. Ele se apronta e monta nela, e embaixo e em cima e de um lado e de outro. Assim fez, com pouco repouso, desde o anoitecer até de manhã. Ela foi tão perita em lembrar-lhe a promessa que logo havia engolido a vergonha que tivera no início.

A partir dessa hora, ela foi alegremente cobrando-lhe a promessa, como u'a mulher que não quer faltar com a coragem. Sabe queixar-se mui gentilmente ao marido e implorar-lhe e acariciá-lo suavemente, para que Morel tenha sua ração.

E ele, que não quer briga, dá-lhe conforme pode e se esforça mais do que sabe. E a mulher não se acanha de dizer: "Não me esqueçais." E, comendo e bebendo, sem cessar vai lhe pedindo que dê aveia a Morel. Não gosta de esperar, e ele dá o que pode, mas é menos bom que outrora, pois não há no mundo um celeiro tão grande que Morel não o reduza a nada.

O celeiro do qual Morel foi rendeiro diminuiu, e o homem que tem a chave percebe que ele está vazio. Mas não sabe como se livrar do afazer em que o querem manter, pois convenção tem grande domínio. Assim o marido não sabe para que lado se virar. Entretanto, durante o dia não se inquieta, pois vai para seu campo. Porém quando volta, já de noite, apressam-no para deitar, e antes que possa adormecer ela quer ter seu prazer. E pede bem alto seu presente: "Morel quer aveia."

Ele lhe dá, seja como for, mas bem sabe que é muito pouco em comparação com o que era. Não consegue apagar o fogo que arde sem cessar. Nada adianta.

Agora ele está mal com a mulher, que o despreza porque sua ração é pequena e dada de mau humor. Não é como antes, pois ele não consegue o suficiente para que o estimem mais. Assim, a cousa vai de mal a pior. Ele colocou-se abaixo da mulher.

Para que contar-vos um conto mais longo, a vós que sabeis como são as cousas? Escutai o que aconteceu a seguir.

Ele estava completamente mole e esgotado, fraco, vazio e muito emagrecido, e toda a medula dos ossos lhe havia saído do corpo, que não tinha energia nem força. Não conseguiu mais fazer aquele serviço. Ela percebeu que sua força estava bem decaída. Então, teve muito trabalho para que a força lhe voltasse logo. Não quis fazê-lo sofrer em nada. Começou a consolar e a tranquilizar meigamente o marido. Cuidou bem dele, para que recobrasse as forças, para recuperar o tempo perdido.

E, depois de banhado ao lado da mulher e sangrado, tão logo ficou em bom estado a senhora olhou sua fisionomia e perguntou-lhe como estava.

– Agradeço-vos – disse ele –, estou bem. Sinto-me

valente e forte e sadio. De fato, estou curado de minha dor nos rins.

E ela muito rejubilou com a nova que ouviu. E tão logo ambos deitaram no leito, estendidos juntos, começou a lembrá-lo de seu dever para com ela. E disse-lhe com boa disposição: "Morel quer aveia."

Para ter paz, ele se forçou e fez um pouco o que a mulher queria. Naquela noite manteve a palavra, até que chegou a noite seguinte, em que ela se inflamou e o pressionou duramente e depois com belos discursos pediu a ração para Morel.

O marido viu que estava em risco de morte se não tivesse descanso, pois estava totalmente emagrecido e esgotado pelo esforço. Se tivesse de continuar assim, estaria caminhando para um mau fim. Soube com certeza que não poderia sobreviver, nem conviver com aquele sofrimento. Meditou sobre o que fazer e como ser bem-sucedido e livrar-se de tudo o que ela pedia.

Agora escutai o que ele fez. Fingiu estar indisposto. Virou o cu para o colo da mulher e lhe cagou em cima por toda parte, e vai merda e vai rabeira[2] e vai outra cousa. E depois lhe disse, quando tinha acabado de fazer tudo:

– Minha irmã, doravante vou te manter com rabeira. Assim, toma-a como quiseres. Fica sabendo que a aveia acabou. Dei-te uma ração grande demais. O celeiro do qual Morel foi rendeiro agora está reduzido a nada. Doravante tens de te contentar com rabeira, pois acabaste com a aveia. Quando vires chegar os dias de repouso terás tua ração de aveia. Nos outros dias terás rabeira. Não terás outra ajuda minha. Doravante terás de contentar-te com rabeira, pois não receberás aveia.

---

2. No francês, *bran*. A tradução por *rabeira* (restos que sobram do grão depois de joeirado) pretende cobrir, da maneira mais próxima possível, seu duplo sentido: parte mais grosseira do farelo e matéria fecal. (N.T.)

Quando a mulher ouviu isso, não duvideis que ficou boquiaberta, de forma que nada pôde responder nem compreender o que significava. Ela nunca mais pediu a ração de Morel, nem pequena nem grande. Sentiu-se grandemente enganada pela vilania que sofrera. Recebeu de bom grado o que conseguiu ter e não fez esforço para ter outra cousa, e ele serviu-lhe o que podìa e quando queria. Não digo que isso foi do agrado dela, mas foi do agrado do marido.

Digo a vós que sois casados: corrigi-vos por este conto.

Toda cousa tem hora e vez.
Aproveitai com sensatez.

Explicit de Morel, qui ot bren en leu d'aveinne.

XXVII. Da bolsa cheia de siso[1]

por Jean le Galois

Jean, o Galês, conta-nos que havia nas terras do conde de Nevers um rico burguês que era mui sensato e cortês. Era mercador e bem-sucedido nas feiras. Era sensato e bem instruído e tinha uma esposa de grande valor, a mais bela que já existira na região ou que homem poderia achar, por mais que procurasse.

A mulher era muito apegada a seu senhor e ele igualmente, embora já há muito tempo tivesse uma amiga a quem amava e cumulava de vestidos e esta o cercasse de lisonjas, pois sabia muito bem como o enganar.

Sua senhora, que o via ir e vir, começou a compreender. Não pôde se conter e disse ao marido:

– Senhor, levais junto de mim uma vida desonrosa. Não tendes vergonha?

– De quê, senhora?

– De quê, senhor? Ora, tomai cuidado. Estais mantendo uma tola que vos desonra e vos explora e todo mundo comenta, pois a cidade inteira está sabendo. E todos dizem que Deus e Sua mãe e todas Suas legiões vos abominam.

– Calai-vos, senhora. Nada disso é verdade. As pessoas têm o hábito de falar mal.

---

1. *MR* III, lxvii, 88.

Então ele sai furioso e cheio de cólera e vai pelas terras do castelo, que era mui bem situado. Não conheço lugar mais belo. Seu nome é Decize e fica numa ilha do rio Loire.

O burguês devia ir à feira em Troyes, na Borgonha. A senhora, que temia a desonra, mandou-o voltar, virou e revirou o assunto e sermoneou-o. Mas ele não cuida de suas censuras. Pouco lhe importam e pouco pensa nelas. A mulher vê que sua resistência de nada lhe pode valer. Então se esforça por assumir um ar indiferente até o dia seguinte, quando o burguês se levantou bem cedinho.

Ele mandou selar seu palafrém e atrelar as carroças, que foram carregadas de bens. Depois que as colocou na estrada, voltou para falar com a mulher:

– Dizei-me, cara senhora, o que vos daria prazer, quais presentes desejais que vos traga da boa feira de Troyes? Desejais u'a mantilha ou um cinto? Tecidos de ouro, anéis ou fivelas? Nada vos poderia recusar, desde que consiga encontrar.

– Senhor – responde ela, que o julga louco –, pela fé que devo a São Pedro e a São Paulo, quero pedir-vos apenas uma simples bolsa cheia de siso. Mas, por favor, trazei-me uma esmoleira repleta.

– De bom grado – torna o senhor Rainier. – Tereis a bolsa, não importa o que ela me custe.

Foi na feira de agosto que o senhor Rainier de Decize deixou sua senhora Felícia e foi à feira de Troyes. Lá encontrou mercadores de Broyes que compraram as cargas de suas carroças. Tão logo vendeu tudo, tratou de as recarregar sem demora. Mas não com farrapos. Havia jarros de ouro para bebida, prata, taças e tecidos de lã. Ele não se ocupou de trapos velhos: escolheu o escarlate tingido com tinta vermelha de cochonila, bom pano azul de boa lã de Bruges e de Saint-Omer. Ninguém sabe fazer a conta nem o conto das compras que colocou nas dez carroças. Não era possível amarrá-las, pois o topo estava maravilhosamente alto. E em cima de cada uma havia um homem para melhor conduzir o conjunto. O burguês recomenda-os a Deus Rei. Eles pedem permissão e partem. Tomaram direto a grande estrada plana.

Agora escutai como o senhor Rainier era desprovido de bom senso. Mesmo que tivesse bebido vinho de Chipre não estaria tão ébrio. Chegou ao mercado de Ypres segurando na mão um bastão e então lembrou de sua amiga. Comprou para ela um vestido de lã azul – teve bom senso ao contrário – e dobrou-o num pacote. Coloca-o em seu palafrém fulvo e amarra-o atrás de si. Não quer que saibam o que é aquilo, quando o entregar à sua amiga.

Depois, vai pela rua principal até chegar à casa de seu hospedeiro. Lá, apeou e tirou a capa. Entregou o palafrém a seu criado, que tinha o nome de Jofre. Então lembrou-se da encomenda de sua mulher, que lhe havia pedido uma esmoleira cheia de siso. Mas não sabia onde podia consegui-la. Olha à frente e vê chegando o hospedeiro, que se chamava Alexandre.

– Senhor – pergunta –, sabeis se em algum lugar está à venda uma bolsa cheia de siso? Se sabeis, dizei-me onde.

Prontamente o hospedeiro designa-lhe um armarinheiro de uma terra distante. O senhor Rainier vai para lá. Contou seu caso ao armarinheiro e este lhe disse, sem hesitar, que não tem o que ele procura. Então envia-o a um merceeiro de Savóia que estava embranquecido de velhice. O senhor Rainier foi até lá e o outro pergunta-lhe o que deseja. Mas o merceeiro jura, "que Deus o guarde", que nunca em dia nenhum de sua vida soube nem pouco nem muito sobre tal cousa.

Então o mercador vai embora furioso e perplexo e por despeito sentou num banco ao lado do tronco de uma árvore e jura que pouco falta para ele não procurar mais, nem à frente nem atrás. Nesse momento viu se aproximar pelo caminho das carroças um velho mercador da Galícia:

– Acaso alcaçuz desejais?
Cravo ou canela procurais?
Ou qual notícia desejais
Deste mercador de Savóia?

– Senhor – responde ele –, Deus é testemunha, não peço nem alcaçuz nem cravo nem especiarias. Estou procurando uma bolsa cheia de siso, o que me deixa mui perplexo. Sabeis se existe uma para vender em algum lugar?

– Sim, posso bem te ensinar,
Se quiseres, como atuar
Para não mais a procurar.
Porém dize-me, tens mulher?

– Sim, a filha de um cavaleiro, a mais bela que possa existir na terra. É para ela que tenho de procurar e encontrar uma bolsinha cheia de siso. Agora já vos disse do que preciso, honestamente e sem histórias.

– Tens uma amiga e assim ofendes
A tua verdadeira esposa?
Vês que ela vive mui chorosa?
Não tens amiga?

– Sim, é verdade, senhor.
O homem de bem começou a sorrir da loucura que ouve.
– Agora dize-me, e não mente:
Para a amiga tens um presente?
– Sim, não vos mentirei: um bom vestido de boa lã azul de Ypres. Não há melhor daqui até Chipre.
O homem de bem, que era mui bondoso, disse-lhe:

– Tua atitude deve ser
Mui diferente. Vamos ver:
Para não seres infamado,
Ouve o que digo, com cuidado.

Sem desatino e sem penar
Deves deixar este lugar
E tuas cargas alcançar.
Chegando então à hospedaria
Largarás roupa e montaria
Em um abrigo apropriado
E vestirás traje rasgado,
Todo puído, roto e reles,
Que mal te cubra pêlo e peles.
E, anoitecendo, assim irás
Ver tua amiga e lhe dirás,
Lhe mentirás que agora és pobre,
Não tens mais ouro, prata ou cobre,
Mas que com ela vais dormir
E que amanhã queres partir
Antes da aurora e escondido.
Ela fará jus ao vestido
Se prazerosa te acolher.
Mas deves não permanecer
Se ela for fria e altaneira
Como faria uma rameira,
E não quiser te receber.
Então virás a perceber
Que usaste mal tempo e dinheiro
E as homenagens que primeiro
Tu lhe prestavas com carinho.
Se assim for, sus, põe-te a caminho.
Quando o caminho terminares
E em tua casa enfim entrares
E a mulher tua te abraçar,
O teu vexame vais contar
E muito te desculparás.
Tenho certeza de que a verás
Bem mais cortês em sua maneira
Do que seria a tua rameira.
Aceita o que ela te disser,
Salva tua alma, é tua mulher.
Ouviste os bons conselhos meus.
Agora parte e vai com Deus.

Então eles se despedem. Rainier monta em seu cavalo. Arde por chegar a Decize-sur-Loire. Com esse estratagema quer pôr à prova sua amiga que não é fiel e pagá-la de acordo com seu trabalho. Assim, conduz a trote o cavalo para Decize, até que alcança os carroceiros.

– Senhores – diz ele –, agora preciso que guardeis meu palafrém, minha roupa e meu criado Jofre, pois devo levar a cabo uma cousa que tenho para fazer.

Com isso, tira da bolsa um sobretudo longo de cavalariço, sujo e usado, e veste-o. A roupa não valia seis dinheiros. Assim vestido, o senhor Rainier vai embora e não pára. Chega a Decize, um castelo nobre à maravilha. Entrou à noite nos domínios. Não queria que todos o vissem. Foi diretamente à casa de sua amiga, que inda não estava dormindo, pois acabara de deitar. Chegou à porta e chamou. Ela se levanta e abre. O senhor Rainier entra, e ela acende a lâmpada e o vê. Então lhe pergunta por que está assim maltrapilho.

– Bela irmã – diz ele –, ouvi-me. Perdi tudo o que tinha. Amanhã, antes que amanheça, para que ninguém me veja, vou fugir para uma terra estrangeira.

– Ide procurar alojamento alhures – responde ela. – Não tendes o que fazer aqui.

– O quê?! Cara irmã tão meiga, outrora me tínheis tanto amor e me chamáveis de amigo e senhor. Não sejais tão dura comigo!

– Caro senhor, infelizmente não me preocupo com vossa história.

Ao ouvir essa nova, Rainier vai embora. Chega à sua própria casa e chama uma vez. Sua mulher está esperando e fica mui jubilosa. Então ela, valorosa e sensata, correu abrir a porta sem precisar de outro chamado. Ajudou seu senhor a subir, ele a quem mais ama que tudo no mundo e que lhe diz como um homem perdido:

– Senhora, perdi tudo, tudo o que levei para a feira. É como se tudo tivesse caído no rio Loire. Ai de mim! O que farão aqueles a quem devo? Nunca lhes pagarei, pois não o poderei fazer.

Sua senhora viu que ele desfalecia e ouviu seu lamento.

– Senhor – diz ela –, agora deveis ficar firme. Se havia dez mil libras, então estareis totalmente quite. Vamos, ânimo e coragem, e vendei toda minha herança: vinhedos, casas, prados e terras, roupas, jóias, chaves e fechaduras. De minha parte estou de pleno acordo. E essa roupa que vos vejo usando não é bela. Tirai-a e pegai naquele gancho a roupa de petigris que não usastes desde o inverno. Colocai-a e tomai coragem. Já desfrutais da graça de Deus, mais do que metade da gente desta cidade. Não há em Montpellier nem em Saint-Gille um só burguês mais rico que nós. Deixai de lado essa desolação, consolai-vos.

Então, fez que ele se vestisse como um rei e em seguida ocupou-se da refeição. Depois que comeram à vontade, vão descansar e deitar até de manhã, quando surge a aurora e a gente do castelo se levanta.

Já corria o rumor, que foi espalhado pela rapariga, de que o senhor Rainier tinha voltado maltrapilho como um vagabundo, a pé, sem escudo nem lança, e que aqueles e aquelas que haviam confiado nele acham-se em perigo de perder tudo. Então eles se levantam e foram à casa do burguês para o ver. Este mandou-os sentar a seu lado e mostrou-lhes sua perda.

– Senhores – diz –, é uma verdade visível que perdi o que era meu. Mesmo assim, eu me acharia bem se não houvesse bens de outrem. Mas havia muitos, e por isso estou desolado. Vós que tivestes confiança em mim, suplico-vos que me poupeis.

Todos se abstêm de responder, porém uns e outros discutem à parte, baixinho, ao pé do ouvido:

– Fomos horrivelmente mal servidos e ultrajados por esse homem!

– ... Seremos mal conduzidos por ele... Foi por desgraça que o vimos nascer...

Enquanto assim se atormentavam, viram chegar Jofre, que vem puxando o palafrém com a mão direita e com a esquerda seu grande cavalo. Atrás dele chegam os carroceiros. Simão, Alialmo e Gualtério avistaram-nos e dizem um ao outro:

— De quem então é esse cavalo?... E essas carroças que estão atravessando a ponte, de quem são?... Não sei de quem.·(Era Guilherme)... Eu também não. (Era Alialmo). Quando Rainier os viu bem perto, disse-lhes:

— Tendes muita pressa de saber a quem elas pertencem! Por esse Deus que fez o mundo, são minhas, e o que está dentro também. Agora, que ninguém fique infeliz. Graças a Deus, posso muito bem vos pagar. Não deveis desatinar. Vou contar-vos a verdadeira história. Fui à feira de Troyes. Depois que resolvi o que tinha a fazer e estava para voltar, lembrei de Mabile, u'a moça desta cidade a quem outrora eu amava fielmente. Mas agora a cousa vai ao contrário. Escutai como aconteceu isso. Quando lembrei de Mabile, fui ao mercado de Ypres. Comprei para essa moça leviana um vestido de lã azul. Não há outro igual em toda Chipre. Depois, procurei para comprar uma esmoleira cheia de siso. E encontrei-a. Trouxe-a comigo. Ainda a tenho. Depois de fazer isso, continuei meu caminho. Fui direto para minhas carroças e depois entreguei a eles meu palafrém, minha roupa e meu criado Jofre. Depois vesti um pobre blusão que não passava de farrapos. Formulei um belo estratagema. De noite entrei na cidade, direto para a casa de Mabile. Fingi que sentia frio e entrei para dentro. Quando me viu mal vestido e lhe disse que estava totalmente arruinado e ela viu que eu estava sujo, expulsou-me para fora de sua casa. Saí de lá e vim para cá, onde me conheciam melhor. Graças a Deus, fui bem recebido. Mas a roupa que trouxe para a moça inda está comigo. Será para a senhora daqui, que me ficará mais reconhecida.

Quando ouviu essa fala, sua mulher sentiu intenso júbilo.

– Senhor – diz ela –, ora, encontrastes o siso que eu vos pedira. Encontrastes, em nome de Deus!

Naquele dia o burguês fez uma grande festa.

Senhores, vós que sois de boas famílias, vós que tendes os corações levianos e loucos, se acreditais em meu conselho cada um de vós atentará para isto. É louco quem toma uma concubina. Mesmo que tivésseis realmente tantos bens quanto o Rei de França e depois os abandonásseis e désseis tudo para uma rapariga, se vos visse decaído ela vos consideraria mais vil que um cão. Podeis aprender e entender aqui que ninguém consegue ser feliz com uma rapariga leviana, pois nela não existe amor nem fidelidade. É loucura ser fiel a elas ou dar-lhes qualquer bem.

Neste *fabliau* ainda há mais uma lição. Jean le Galois d'Aubepierre diz-nos que, assim como a folha de hera se mantém fresca e nova e verde, assim o coração de toda mulher permanece aberto para enganar o homem. Ficai sabendo, em verdade, que por isso o homem que tem uma boa mulher é louco quando vai se macular alhures com raparigas enganadoras que são mais aduladoras do que gatos, e em quem não há verdade nem palavra nem bem nem lealdade nem lei. E, depois que tiram proveito do homem elas preferem vê-lo no fogo a tê-lo a seu lado.

É assim que vem muita desgraça.

Explicit de Pleine Bourse de sens.

XXVIII. Daquele que rolou a pedra[1]

Inda não faz dez anos que uma criança mui tagarela estava sentada junto do fogo, na casa de seu pai. A criança via toda a conduta da mãe, como ela ia, como vinha e como o padre lhe falava. Isso continuou até que um dia aconteceu que o homem probo que era o senhor da casa foi lavrar o campo.

A mulher, que tinha o tambor no qual o padre tamborilava toda vez que o homem probo lavrava, tinha ficado sozinha na casa com o pequeno, que inda não tinha sete anos, nem mesmo seis, mas compreendia bem. Ele estava sentado perto do fogo, que ardia à sua frente. Ela não se ocupava da criança, aquela mãe que ama o padre e que amiúde se queixa de ser infeliz porque ele demora tanto a vir. Prontamente ela foi até o meio da eira diante da casa e começou a balançar para cá e para lá uma pedra que estava ao lado. Rolou-a e empurrou-a com o pé.

Enquanto ela assim fazia, o padre saiu de sua casa e veio até onde a mulher rolava a pedra. Ficou olhando-a.

– Senhora – diz ele –, deixai de lado a pedra. Pela fé que devo a meu senhor São Pedro, se vos vejo

---

1. *MR* VI, clii, 147.

continuar rolando-a, vou deitar-vos na cama e foder-vos. Não darei outra penitência por isso.

Quando ouviu essa nova, a mulher rejubilou. De propósito, avançou um pouco mais e balançou e mexeu com o pé direito a pedra à sua frente, pois desejava muito que o padre lhe fizesse o que dissera.

No mesmo instante o padre toma-a nos braços, abre a porta da casa e coloca-a sobre um leito. Assim ele traz de volta a cona de Roma. E para melhor excitá-la a fazer toda sua vontade, beija-a a cada golpe que dá e faz tudo o que lhe havia prometido.

E depois que fez o que queria, disse:

– Senhora, suplico-vos exatamente como fazemos no altar, que, se isso também vos agrada, assim vos farei muitas vezes.

– Então, que me seja dado o testemunho – responde aquela que inda quer mais. – Por minha cabeça, quero de novo, pois que me oferecestes.

Ele a satisfaz plenamente e depois deixa aberta e balouçante a porta do vilão, que encontrara fechada. Vai embora e recomenda a mulher a Deus.

Junto do fogo, a criança bem vira o que haviam feito. Mas não questiona nem conta.

Então, pouco tempo passou antes que o homem probo retornasse correndo de onde estivera trabalhando. E aquele que havia tamborilado no tambor que ressoa em surdina por ser fendido muito embaixo agora estava longe.

Quando vê o pai chegar, a criança precipita-se ao seu encontro. Alcança-o na entrada da porta e acolhe-o. Atira-se para ele e diz:

– Meu pai, Deus vos guarde e dê alegria e vos faça honra.

O homem probo abraça o filho e o carrega jubiloso. Então depara com a pedra no meio da eira. Queria tirá-la de lá e jogá-la e com essa intenção estendeu as duas mãos, quando o filho lhe diz:

– Não deveis fazer isso, pai. Deixai em paz a pedra, ou o padre vos foderá como fodeu minha mãe.

Vi bem, lá do fogo onde estava, como ele lhe sovava as ancas. E não sei se ela foi culpada, pois nem uma vez se defendeu.

Quando o homem probo ouviu isso, sabei que ficou mui transtornado. Pega a mulher pelos cabelos, arremessa-a por terra e arrasta-a. Coloca-lhe um pé sobre o peito.

– Ah, mulher! Agora, que Deus não te ajude nem te aconselhe nem te veja! – e vai batendo e pisando nela. – Que mesmo os que passarem pelo caminho venham todos calcar-te aos pés!

Assim ele a surra e injuria. Mas, mesmo que a castigue, mesmo que lhe bata, nem por isso será menos cornudo.

Minha fábula quer mostrar
Que criança sabe enxergar
O mesmo que vê toda gente.
Na criancinha e no demente
É preciso não confiar,
Pois nada sabem ocultar.

XXIX. Da mulher a quem arrancaram os colhões[1]

Senhores, vós que tendes esposas e que as colocais alto demais, de sorte que lhes dais demasiada autoridade sobre vós, estais apenas deixando que vos desonrem. Escutai um pequeno exemplo que aqui está escrito para vós. Nele podeis encontrar modelo. Não deveis doar tudo a vossas mulheres, de medo que vos amem menos. Deveis castigar as tresloucadas. Sim, fazei-as aprender que não devem se encher de orgulho para com seu senhor nem dominá-lo, mas que têm de o estimar, amar e obedecer e honrar. Se assim não fizerem, será para vergonha delas.

Agora entrarei em minha narrativa do exemplo que quero contar, e que deve ser bem ouvido por aqueles que transformam as mulheres em seus senhores, do que lhes advém desonra. Sobre esse assunto direi que não há logro pior do que um verdadeiro, e aqui descobrireis isso.

Houve outrora um homem rico que possuía grandes riquezas. Era cavaleiro e tinha muitos bens, mas havia amado tanto sua mulher que a colocara acima de si mesmo e lhe entregara o senhorio de sua terra e de sua casa e lhe doara tudo, de sorte que a mu-

---

1. *MR* VI, cxlix, 95.

lher o desprezou tanto e lhe teve tão pouca estima que tudo o que ele dizia ela contradizia, e desfazia tudo o que ele fazia.

Os dois tinham uma filha mui bela. O rumor de sua beleza espalhou-se tão longe ali e além, a opinião pública tanto falou dela que um conde ouviu falar a respeito. Prontamente começou a ter-lhe muito amor. Nunca a tinha visto e no entanto a amava. Acontece amiúde. Homem ama sem ver, porque ouviu louvar. Isso parece bom.

O conde não tinha mulher. Era jovem e de grande discernimento e cheio de sabedoria, o que vale mais do que qualquer possessão. De mui bom grado teria visto essa jovem de quem lhe falam, para saber se o que contam é verdade ou mentira. Depois ele a viu. Escutai como.

Um dia o conde foi caçar, e com ele três cavaleiros. Um valete conduzia os cães. Caçaram na floresta o dia inteiro, até depois de nonas, quando então as nuvens se amontoam, começa a trovejar forte, com raios, e chove muito. Os homens do conde, que caçam num outro lado, vêem-se separados dele e perdidos, com exceção do quarto homem. O sol ia se esconder. Diz o conde:

– Qual será vossa opinião? Não sei o que podemos fazer. No momento não podemos nem mesmo chegar a uma das casas deles. O sol vai se esconder. E tampouco sei onde está nossa gente, porém imagino que estão indo embora. Temos de procurar um abrigo, mas não sei onde nem qual.

Enquanto o conde gemia, desceram por uma trilha até um jardim perto de um viveiro, na casa do cavaleiro, esse cuja filha é bela.

E eis que cavalgam por lá. Nesse dia choveu, não fez bom tempo. Apeiam sob um pequeno olmo. O homem de bem, a quem devia pertencer a casa, está sentado sobre uma pedra. Eis que o conde o saúda e este responde à sua saudação e fica em pé.

O conde pede-lhe hospitalidade.

– Senhor – diz o cavaleiro –, de bom grado vos albergaria, pois tendes precisão de repouso, mas não ouso fazer isso.

– Não ousais? Por quê?

– Por causa de minha mulher, que por preço nenhum concorda com o que eu faça ou diga. Tem poder sobre mim, autoridade sobre minha casa e comando sobre tudo. Pouco lhe importa que eu sofra com isso. Para ela não sou mais que uma capa de chuva. Ela faz tudo a seu grado e nunca ao meu. Nada faria a meu pedido.

O conde acha graça e depois diz:

– Se fôsseis um bravo, não teríeis feito isso.

– Senhor – torna o outro –, ela se apoderou de tudo e desejará que seja sempre assim, se Deus não tiver piedade de mim. Agora, esperai um pouco aqui. Irei lá em cima. Vinde em seguida. Deveis pedir-me abrigo, insistir, e eu recusarei. Se ela ouvir, sei que sereis alojados, porque vos terei expulsado.

Eles ficam e o outro volta para casa. Quando ele tinha entrado, os demais o seguem.

Diz o conde:

– Deus salve o senhor da casa. Que Ele dê a vós e a nós Sua recompensa.

– Senhor conde, que Deus vos abençoe, a vós e a vossa companhia!

Então o conde muda de assunto:

– Senhor, temos precisão de abrigo. Albergai-nos!

– Não farei tal cousa.

– Por quê, senhor?

– Porque não vou querer.

– Albergai-nos, por generosidade!

– Em verdade não farei isso, de forma nenhuma.

– Por favor e por amor, albergai-nos até o amanhecer!

– Não farei isso, de maneira nenhuma, nem por amor nem por rogos.

A mulher ouve-o. Põe-se de pé de um salto. Precipita-se, pronta para fazer sua própria vontade:

– Senhor conde, sede bem-vindo. Sereis recebido com júbilo. Apeai imediatamente.

Eles apearam e os valetes serviram-nos bem, pois a senhora assim havia ordenado.

Diz o senhor:

– É minha vontade que eles não recebam nem de meus peixes nem de minha boa caça, nem de meus vinhos nem de meus animais selvagens nem de minhas aves nem de minhas tortas.

Diz a mulher:

– Vamos, ficai à vontade. Não vos inquieteis com o que ele diz, pois é apenas em palavras, nem mais nem menos, que este senhor tem o ar tão terrível.

Eles ficam mui contentes com a acolhida e a senhora ocupou-se bastante. Ela se dá muito trabalho para os servir. Os cavalos recebem aveia à farta, porque mesmo isso o senhor ousara recusar.

A senhora apressa o jantar. Mandou preparar carne de caça e aves em quantidade.

Ela escondeu a filha num aposento. Não queria que o conde a visse. Já o senhor queria muito.

– Senhora – diz ele –, deixai minha filha comer naquele quarto, com nossa gente, e não aqui. Ela é tão bela, tem um corpo tão bonito! O conde é jovem. Se a vir, é uma flor tal que ele prontamente a cobiçará.

Responde a mulher:

– Pois bem, ela virá comer aqui conosco. E, ao contrário, ele a verá.

A mulher enfeita-a bem. E ela era bem-feita e tinha a tez clara e rubra. A mãe traz a jovem. O conde tomou-a pela mão, sentou-a junto de si. Muito haviam louvado sua beleza, que porém lhe parecera inda maior. Acha que a moça é mui bela. O amor atinge-o sob o mamilo, amor que o fez amar tanto que a desejará para companheira.

Então eles se lavaram e tomaram assento. O conde, a quem o amor seduziu, come ao lado da bela jovem.

A comida foi extraordinariamente rica. E eles beberam bem, vinhos de uva e vinhos de amora. Tudo isso agradou muito ao conde. Após o jantar, distraíram-se conversando, e depois vieram frutas. Depois de comer eles se lavaram. Os escudeiros trouxeram a água. Depois beberam vinho, que estava bom, e depois o conde tomou a palavra. Disse ele:

– Senhor, peço-vos para esposa vossa filha tão bela. Mais bela meus olhos nunca viram. Dai-a para mim, pois a quero.

Respondeu o pai:

– Não farei isso, pois quero casá-la mais baixo. Vou dá-la a alguém de sua posição.

A senhora ouve-o e se ergue de um salto.

– Senhor – diz ela –, vós a tereis, pois não cabe a ele dar a filha. Nunca ficareis descontente. Entrego-a a vós, e com ela muito ouro e muita prata. Tenho ornamentos mui ricos. Entrego-a a vós. Tomai-a.

Responde o conde:

– Obrigado, estou reconhecido. Amo-a tanto que a quero ter por sua beleza, não por sua riqueza. Aquele que a tiver não terá pouco.

Então os leitos foram preparados. Eles vão se deitar. Todos dormem. O amor atormenta o conde. Ele dormiu um pouco, porém velou mais. O amor falou-lhe baixinho de seus desígnios.

De manhã, quando levantaram, prontamente vão para a igreja. Levam consigo a jovem. A ela o conde presenteia com prata. A ele a senhora oferece bens: tecidos e moedas, vasos em arcas. O conde diz que possui muitos bens, que guardem aqueles. Diz verdade. Quem toma boa esposa tem muito. Quem toma esposa má nada tem.

Diz o pai:

– Filha, escutai isto: se quereis ter honra, temei vosso senhor o conde. Se não o fizerdes, será vossa vergonha.

Diz a mãe:

– Vinde falar comigo, cara filha, mas aqui, à parte.

– De bom grado, mãe – responde a filha.

A mãe lhe aconselha ao ouvido:

– Cara filha, erguei a cabeça, sede altiva para com vosso senhor. Tomai para modelo vossa mãe, que sempre contradiz vosso pai. Nunca ele disse algo que ela não contradissesse, nem ordenou algo que ela fizesse. Se quereis ter honra, contradizei vosso senhor. Colocai-o atrás e vós à frente. Fazei pouco caso de sua vontade. Se assim fizerdes, sereis minha filha. Se não, pagareis caro.

– Assim farei – responde a jovem –, se puder e se encontrar ocasião para tal.

O pai não quis mais esperar e vai até a filha para lhe pedir:

– Minha cara filha – diz o pai –, não acrediteis nas palavras de vossa mãe. Se desejais honra, temei vosso senhor o conde, para que ninguém vos recrimine. Tende sempre a mesma opinião que ele. Se assim não fizerdes, estareis errada e em toda parte sereis censurada.

O conde não quer ficar mais, quer partir. E o senhor pôs-se a falar:

– Senhor conde – diz o homem rico –, dei-vos minha filha. Senhor conde, se vos apraz, tomai este palafrém que é de grande valor e estes dois galgos que são belos e corajosos e ousados e rápidos.

O conde aceita e agradece. Pede permissão para partir e leva consigo sua mulher. O conde vai embora, procurando na cabeça qual artimanha e qual procedimento usará para fazer que sua mulher se porte com ele como deve ser e não se assemelhe à mãe, que é tão orgulhosa e tão intratável.

Então chegam a um campo. Uma lebre salta à sua frente no prado. Diz o conde:

– Ide, galgos, correi atrás dela! Como sois corajosos e rápidos, ordeno, por vossas cabeças, que pegueis de salto essa lebre, ou então perdereis vossas cabeças agora mesmo.

Os galgos correm com quantas patas têm. Não a conseguem alcançar. Voltaram, e o senhor cortou-lhes a cabeça com a espada afiada. Depois disse a seu cavalo acastanhado:
– Não pastes a relva nem uma única vez mais.
O palafrém não o escutou. Após um momento, recomeçou a pastar. O conde apeia. Corta-lhe a cabeça. Monta num outro.
– Senhor – diz a mulher ao conde –, esse palafrém e esses galgos vos deveriam ser preciosos, por causa de meu pai se não por minha causa. Matastes todos eles. Não sei por quê.
Responde o conde:
– Somente porque desobedeceram à minha vontade.
E o conde vai embora, levando consigo sua mulher. Essa história de enganar atormenta-o muito. Chegam à principal cidade de seu domínio. Lá estavam reunidos os barões e os vavassalos, que sentiam muita tristeza por causa de seu senhor, que acreditavam terem perdido. Ei-los que descem na ponte. Os outros vão a seu encontro. Acolhem-no. Alguns lhe perguntaram quem era aquela bela senhora.
– Senhores, ela é por direito vossa senhora.
– Nossa senhora!
– É verdade. Juro, pois lhe coloquei o anel no dedo. Por Nossa Senhora, que ela seja bem acolhida!
Receberam-na com grande júbilo. O conde prepara sua festa de núpcias. Chama o cozinheiro e discute com ele. Pede-lhe que faça temperos que lhe agradem e molhos mui saborosos, que nossa gente seja bem recebida para honra da nova senhora, porque todos juntos lhe fazem boa acolhida.
Diz o conde:
– Vou me preparar.
A senhora chama de lado o cozinheiro:
– Que te disse o conde?
– Que eu lhe faça molhos bons e variados.
– Queres ter minha opinião?

– Sim, senhora.
– Cuida para que não haja um único que não seja com alho.
– Não ousarei.
– Decerto que ousarás. Ele não vai zangar contigo se souber que fui eu que mandei. E deves mesmo fazer minha vontade. Posso te ajudar ou te prejudicar.
– Senhora, farei como vos apraz – diz ele –, mas que eu não seja punido por isso. Estou a vosso serviço em tudo.

O cozinheiro vai para a cozinha. Acaba de preparar seus pratos. O cozinheiro preparou sua alhada.

Então soaram para a água. Todo mundo se levanta, senta à mesa. As iguarias chegam rapidamente, para os barões e para a gente da casa. E sobre cada prato vem o molho com alho. Mas havia também muito vinho bom. O conde ficou perplexo. Não soube o que fazer. Então, esperou que as pessoas fossem embora. Manda seu cozinheiro vir ao salão. Este vem, mas não com coragem. Estava com medo e veio tremendo.

– Vassalo – perguntou o conde –, com ordem de quem fizestes tantos molhos com alho, e isso a despeito dos temperos que vos ordenei?

O cozinheiro ouve-o. Não sabe o que fazer.

– Senhor – responde –, vou dizer. Assim fiz, senhor, por causa de minha senhora. Por vossa senhora, em verdade, senhor, porque não ousei recusar-lhe.

– Pelos santos que invocamos para Deus, nada vos protegerá por desobedecer a minhas ordens!

O conde justiçou o cozinheiro. Fura-lhe o olho e corta-lhe a orelha e uma das mãos e depois exila-o de sua terra, para que não continue ali. Depois, disse para sua companheira:

– Senhora, quem vos deu a idéia de mandar preparar esses molhos?

– Fui eu, senhor, e cometi um erro.

— Não, não foi assim, por São Dionísio! Isso não foi idéia vossa. Mas agora dizei, doce amiga, quem vos deu tal conselho?

— Senhor, minha mãe aconselhou-me a não trair minha linhagem, a não aceitar vossas ordens, a dar precedência às minhas. E disso me adviriam honra e bens. Nessa fé agi assim. Agora me arrependo, pela piedade de Deus.

— Bela — diz o conde —, por Deus, isso não vos será perdoado sem castigo.

Ele se levanta. Pega-a pelos cabelos e atira-a, submissa, por terra. Com um bastão de espinhos, bate-lhe tanto que a deixou quase morta. Carrega-a desmaiada para o leito. Ela ficou deitada bem três meses sem poder sentar à mesa. E lá o conde a fez sarar, de tanto que a fez servirem bem.

Escutai o essencial de um outro exemplo. A orgulhosa mulher do homem probo é tomada pelo desejo de ver sua filha. Quer se pôr a caminho no dia seguinte. Preparou seis cavaleiros e foi mui nobremente até o pátio. Disse a seu senhor, como era seu hábito, que a seguisse se assim quisesse. Ele montou sem hesitar, pois a senhora o dissera. E assim ele vai seguindo a mulher. Leva um único escudeiro, a quem dera um pequeno feudo, e com ele um lacaio e nada mais.

A dama chegou, um pouco altaneira demais. Manda dizer ao conde que está ali. O conde considera uma louca audácia que seja ela quem se anuncie e não seu senhor, que vem ao lado, segundo ouve dizer. Mesmo assim, manda preparar a luz e o alimento.

E eis a dama recebida. Mas não foi muito bem acolhida. O conde não lhe fez boa cara.

E eis que chega o pai. O conde precipita-se ao seu encontro.

— Sede bem-vindo — diz com voz forte.

Ele corre para o estribo e o outro protesta. E o conde diz:

– Ora, senhor, aceitai que vos sirvam em vossa casa!

– De bom grado, se isso vos apraz.

O conde levou-o pela mão. Sentou-o junto de si. Mandou que o descalçassem e servissem. A condessa, que tinha ternura pela mãe, saiu do quarto. Entretanto teme o conde, pois se lembra do bastão. Saudou primeiro seu pai, e este respondeu e depois beijou-a. Depois saudou a mãe. De mui bom grado teria ido até ela, mas o conde sentou-a ao lado do pai. A mãe fez cara triste.

Os cozinheiros apressavam a refeição. Fizeram um bom fogo diante das mesas. As pessoas erguem-se e tomam assento para comer. O conde gosta muito de seu senhor. Sentou-o junto de si com orgulho. Eles foram mui ricamente servidos. Recebem iguarias muito boas e bons vinhos de uva envelhecidos, e bons vinhos de amora e finos claretes. A dama orgulhosa e seus seis cavaleiros são colocados num banco afastado. Não foram tão bem servidos. O conde fez isso de propósito para aquela que tanto se opunha a seu senhor.

Todos comeram. Mandam retirar as toalhas. Divertiram-se e se distraíram. Comem das frutas e depois vão deitar.

A noite acaba. O dia surge. O conde levanta. Está triste por seu senhor, que tem mulher má. Chama-o no salão:

– Senhor, ide caçar em meu parque com cães ou com redes ou com arco. Ide caçar, para que tenhamos carne com fartura. Que não haja nem valete nem cavaleiro que não vá caçar. Fico aqui com estas senhoras. Minha cabeça está doendo, sinto uma dor mui forte.

Prontamente eles montaram. Não esperam mais. Vão todos caçar. Não fica ninguém, exceto o conde e quatro homens fortes, robustos, temíveis e grandes. Ele diz em voz baixa a um de seus mouros:

– Vai procurar os colhões de um touro, os colhões

e a barriga, e traze-os para mim, mais uma faca e uma lâmina bem afiadas. E traze-me tudo isso em segredo.

E o outro assim fez sem hesitar.

O conde pegou a dama pela manga, sentou-a a seu lado e falou:

— Dizei-me, e que Deus vos ajude, dizei-me o que vou perguntar.

— De bom grado, senhor, se eu souber.

— Tenho muita vontade de saber de onde tendes esse orgulho que vos faz desprezar tanto vosso senhor, e que não importa o que ele diga vós dizeis o que lhe desagrada e ordenais que seja feito o contrário? Uma esposa não comete maior vilania do que desprezar seu marido.

— Senhor, sei mais do que ele sabe e ele nada faz que me agrade.

— Senhora, sei muito bem de onde isso vos vem. Essa altivez está alojada em vossos rins. Bem vi em vosso olhar que tínheis nosso orgulho. Tendes colhões como nós e vosso coração sente orgulho disso. Quero mandar apalpar-vos lá. Se lá estiverem, farei que sejam tirados.

Diz a dama:

— Calai-vos, caro senhor. Não deveríeis brincar comigo.

O conde não quer demorar mais. Começa a chamar seus homens:

— Estendei-a bem por terra. Vou fazer que procurem nos dois rins.

Eles deitam a mulher, submissa. Então ela brada:

— Desgraça e miséria!

Um dos homens pega a lâmina. Fende-lhe meio pé da nádega. Coloca a mão dentro e puxa daqui e dali um dos colhões do enorme touro. Ele puxa e ela berra. Ele finge que o tira do corpo e, rápido, coloca-o numa bacia. E a mulher finalmente acredita que é verdade. O conde se volta para ela, que diz:

— Miserável, desgraçada, desde meu nascimento estou destinada à desgraça. Doravante serei mais prudente. Se pudesse escapar daqui, nunca mais iria contradizer meu senhor.

E o homem fende-lhe de lado a lado a outra nádega e finge arrancar-lhe o outro colhão. Joga-o todo ensangüentado na bacia. A mulher, muda, desmaia.

Quando ela volta a si, o conde lhe diz:

— Senhora, agora temos conosco o orgulho que vos fazia ousar. Doravante sereis uma pessoa muito humilde. Temo porém que inda reste alguma raiz, se eu não a queimar. Vamos, depressa! Aquecei-me uma faca para cozinhar essas raízes.

Diz a mulher:

— Senhor, piedade! Juro-vos mui sinceramente, por minha palavra, e vos prometerei pelos santos que não contestarei mais meu senhor e que o servirei como devo. Ouvi-me, dou minha palavra.

— Então aguardai que ele venha. Jurai isso para ele, se quereis ser acreditada.

— Senhor — responde ela —, assim prometo.

A condessa ficou com o coração triste. Muito chorou por sua mãe.

— Ora essa! — diz o conde. — É preciso agradecer-me pelo que fiz a vossa mãe, pois lhe tirei seu orgulho. Receio que sejais parecida com ela e que tenhais esse orgulho em vossos rins. Agora, deixai que eu os apalpe, e se os encontrar vou tirá-los.

— Piedade, senhor, pelo verdadeiro Deus! Senhor, já me apalpastes tantas vezes que deveis saber se eles estão lá. Oh, não! Por Deus! Não tenho a natureza de minha mãe, que é orgulhosa e dura. Na verdade, sou mais parecida com meu pai do que com minha mãe. Jamais contradisse vossa vontade, a não ser uma vez, e levei a pior, pois vos vingastes. Garanto-vos que farei tudo o que quiserdes e amarei tudo o que amardes. Se assim não fizer, podeis cortar-me a cabeça.

O conde respondeu o seguinte:

— Bela, então sabei que vou esperar. Mas, se eu perceber que quereis revoltar-vos contra mim, vamos tirar vossos colhões, como fizemos com vossa mãe. Ficai sabendo disto: é por causa dessas bolotas que as mulheres são orgulhosas e tolas.

O homem rico retorna da caçada. Conseguiu muita caça. Ouve sua senhora chorar e imediatamente vai ter com ela e pergunta-lhe o que tem. O conde vai ao seu encontro e diz:

– Senhor, é que lhe tirei o que a tornava tão selvagem, estes dois colhões que ela possuía nos rins, de onde vinha seu orgulho. Eis os colhões aqui na bacia. De outra forma não teríeis posto fim nisso. Desejo queimar-lhe as raízes, mas ela quer jurar pelos santos que nunca mais vos contestará e que vos servirá com boa vontade. Depois que fizer o juramento, se recomeçar a maltratar-vos deveis abrir as feridas e com um ferro quente queimar-lhes as raízes e os nervos.

O outro acredita que toda a história é verdadeira, por causa dos colhões que está vendo. Quanto à mulher, a quem vê ferida, crê que esteja corrigida.

Sem mais esperar, a mulher fez o juramento e a promessa. Mandam tratar suas feridas, mandam preparar uma liteira e assim a levam sobre dois cavalos. As feridas não são mortais. Houve um bom médico que a curou bem. Ela amou seu senhor e serviu-o e nunca mais lhe recusou nada.

O conde foi muito bem sucedido em sua façanha. Bendito seja ele e todos os que castigam suas mulheres más. Mas os outros são amaldiçoados, e bem amaldiçoados, que se submetem a suas mulheres, como aquele. Se forem boas, deveis ter-lhes amor e apego e recompensá-las. E que males e desgraças recaiam sobre a mulher intratável de raça infame.

Eis a súmula deste *fabliau: desgraçada seja a mulher que despreza o homem.*

Explicit.

XXX. De Berengário do Cu Longo[1]

Pois que me apraz narrar fábulas e nisso apliquei minha arte, não pararei antes de vos contar mais uma, que aconteceu na Lombardia, a história de um cavaleiro que tinha uma esposa.

Não havia na região mulher mais bela, nem mais cortês, nem mais sensata. Ademais, era de uma grande família. Seu marido, porém, provinha de vilões e era preguiçoso e indolente e se vangloriava após a refeição. Segundo seus relatos, era bom cavaleiro. Dizia-se mui capaz de, totalmente sozinho, abater os homens que se apresentavam a três ou a quatro. Todo dia, ao soar de vésperas, ele se fazia armar ricamente e partia montado num corcel. Não parava de cavalgar, mas entrava sozinho num bosque e observava com vagar se ninguém o podia ver. Então ia pendurar seu escudo numa grande árvore frondosa. Com a espada nua, dava tão grandes golpes dentro dele que o deixava em pedaços. Fazia voar estilhaços e o destroçava e esburacava, de sorte que nada ficava inteiro. Depois retomava o caminho, com o escudo ao ombro, a lança quebrada. Voltava muito orgulhoso, como se tivesse feito uma proeza, e dizia

---

1. *MR* IV, xciii, 57.

a todo mundo que graças à sua coragem e força matara dois cavaleiros, e que tinha lutado muito bem.

Vários acreditavam nele e diziam que era mui valente. Ora, ele os enganava completamente.

Assim fez muito amiúde, até que uma vez saiu, dizendo que ia travar combate. Sua mulher havia lhe dado um escudo recente e novo, muito bem feito, muito bem talhado, e uma lança longa e reta.

Ele vai seguindo seu caminho até que chega ao bosque copado. Agora pegou o escudo, pendurou-o firme numa pereira, depois golpeou-o com o espadão. Fazia um martírio tão feroz que alguém que acaso ouvisse bem poderia dizer que eram mais de trinta. E, para que acreditassem nisso, agarrou novamente a lança em dois lugares e a rompeu e despedaçou. Só restou um pedaço. Depois, volta para casa. Apeia e se desarma. Sua mulher muito se espantou por ele voltar tão depressa e por seu escudo estar todo em pedaços, como se viesse de um torneio.

– Senhor – diz a mulher –, por minha fé, não sei onde estivestes, mas vosso escudo é que arcou com as conseqüências.

– Senhora, encontrei cavaleiros, mais de sete, corajosos e ferozes, que vieram me golpear e atacar. Mas tanto feri quatro deles, porque haviam varado meu escudo, que não conseguiram ficar em pé de novo. E os outros três, quando viram isso, fugiram de medo. Esses nunca mais ousarão procurar-me.

Mas a mulher não se deixa iludir. Soube e compreendeu então como seu senhor a enganava. Soube que nunca em toda vida ele fizera nem proeza nem ato de coragem por sua cavalaria. Mas ele conta assim para as pessoas e leva-as a crer nessa mentira onde não há uma só palavra verdadeira.

Nesse mesmo momento a mulher formula um projeto e jura, por seu corpo e sua alma, que, se o marido decidir partir novamente, vai querer saber sem falta como ele o fará e como se arranjará e quem lhe destroça o escudo, de sorte que toda noite só traz de volta um pedaço. Assim ela examina o assunto por todos os lados, mas não diz uma palavra a respeito. E o senhor saudou-a. Assim que voltou ele colocou-lhe os braços em volta do pescoço e disse:

– Senhora, por santo Omer, deveis me amar muito e me honrar e me ter estima, pois daqui até a Normandia não há cavaleiro tão bom como eu.

– Caro senhor, não vos odeio, e vos amaria inda mais, de todo meu coração, se soubesse que as cousas eram como dissestes.

– Senhora – responde ele –, mas muito melhor! Pelo que sei, tenho muito mais força e audácia do que digo.

Então pararam de falar e o senhor abraça sua senhora. Beija-a cinco vezes e mesmo seis e depois sentaram diante da refeição que lhes haviam servido. Depois, quando acabaram de cear, os leitos são preparados; eles vão se deitar.

Quando tinham dormido o bastante e o sol estava alto, o cavaleiro levantou. Ele se vestiu e se calçou e pediu novamente suas armas. Quando estava mais do que armado, despede-se da mulher.

– Senhora – diz ele –, vou novamente procurar aventura naquele bosque. Sabei que, se puder encontrar alguém que ouse justar comigo, ele não poderá escapar de mim. Ou o prenderei ou ele morrerá.

– Senhor – responde a mulher –, ficai atento.

Então ele montou no corcel e vai de novo para o arvoredo. E a mulher, que era muito atilada, diz consigo que quer segui-lo para saber e para pôr à prova sua coragem e seu valor, porém de forma que não haja dano.

Rapidamente ela se armou como um cavaleiro jurado. Reveste a loriga, cinge a espada. Não hesitou em tudo envergar. E na cabeça prende o elmo. Monta no corcel e assim parte. Nunca antes tivera nas mãos as rédeas.

Ela cavalgou até o bosque. Avistou seu senhor apeado, que despedaçava o escudo e fazia tanto barulho que o bosque ressoava. Ele não pressentia ninguém, e quando o viu a mulher ficou abismada como nunca. Tão logo pôde, bradou-lhe:

– Senhor vassalo, o que vens procurando em meu bosque e em meu parque, vós que me cortais em pedaços minhas árvores e vos vingais de vosso escudo, que nada vos fez de mal? Por certo isso é vergonhoso demais! Que briga procurais com esse escudo? Maldito seja quem vos estimar mais por isso! O escudo nada compreende. Eu gostaria de o defender contra vós. Deveis justar comigo. Não tendes outra escolha. Não vai durar muito tempo.

Quando ouviu isso, ele nunca ficou tão apavorado. Parou de chofre e vê quem o ameaça. Sente tanto medo que não sabe o que fazer, pois não tem a menor vontade de se bater. De covardia e de preguiça, a espada lhe cai do punho. E a mulher dirige-se para ele. Ataca-o de espada em riste. Com a prancha, aplica-lhe no elmo um golpe tal que tudo ressoa. Quando o sentiu, o cavaleiro se julga ferido. Cai para trás de medo. Nada o conseguiria fazer se mexer. Uma criancinha poderia ter-lhe arrancado os olhos como a um bicho, e jamais ele ousaria impedi-la.

A mulher põe-se a dizer:

– Então, agora, vassalo, justai comigo.

O cavaleiro implora clemência:

– Senhor, juro-vos pelos santos, nunca mais entrarei neste bosque nem farei mal a meu escudo. Agora deixai que eu monte em meu cavalo e possa ir embora daqui.

– Antes que me escapeis tereis de falar de outra maneira – responde ela. – Vede agora o que fareis, pois quero propor-vos uma escolha. Ou então tendes de morrer, pois esta guerra que empreendestes estará terminada. Vou me abaixar diante de vós e tereis de beijar meu cu. Não podeis escapar de outra forma.

– Senhor, farei como ordenais. Agora vinde aqui até mim.

– Certo, estou de acordo – responde ela.

A mulher apeia e caminha para o cavaleiro. Ergueu a túnica para cima e se abaixou diante do seu nariz. Ele viu uma grande rachadura. Pareceu-lhe a do cu e da cona que se fundiam juntas. Ele disse que jamais, que Deus o ajude, havia visto um cu tão comprido. Então inclinou-se e beijou-o.

Essa que o considera um covarde soube muito bem levá-lo como queria. E ele pergunta seu nome, de onde é e de qual terra.

– Vassalo – responde ela –, o que tendes de querer saber ou perguntar? Em toda esta região não conseguiríeis encontrar um tal nome. Vou revelar-vos e explicar. Ele não vem de meus pais. Tenho o nome de Berengário do Cu Longo. Faço vergonha a todo covarde.

Com essas palavras ela torna a montar em seu cavalo e vai para casa.

Imediatamente a mulher manda dizer a seu amigo que venha lhe falar. E ele veio sem esperar. Acolheu-a com júbilo e ela fez o mesmo. Então deitaram num grande leito para fazer o que desejavam.

E o cavaleiro volta do bosque e entra na casa. Sua gente saúda-o e lhe pergunta como vai.

– Em verdade – responde ele –, vou muito bem. Livrei toda a região daqueles que me faziam guerra. De fato, eu os venci e esmaguei.

Em seguida entrou no quarto. Encontra sua mulher contente, abraçando e beijando o amigo. Ela não se dignou responder-lhe.

Quando viu isso, ele ficou mui furioso. Ameaçou-a severamente:

– Senhora – diz ele –, foi um mau dia quando pensastes em deitar convosco um estranho. Morrereis por isso, em verdade vos digo.

– Calai-vos, covarde – responde ela. – Tratai de nunca falar disso. Se vos ouvir falar assim de novo, ficai sabendo que amanhã de manhã, sem hesitar, sem tardar, irei ter com o senhor Berengário do Cu

Longo, que é mui poderoso. Vou me fazer vingar de vós.

Quando a ouviu, nunca em toda a vida o cavaleiro ficou tão espantado. Nesse momento entendeu que a mulher sabia de tudo o que lhe acontecera. Depois disso nunca mais lhe disse nada, e ela fez tudo o que desejava e não renunciou a cousa alguma por causa dele.

Por isso proíbo a todo mundo de se gabar de muito afazer que não sabe levar a cabo. Que ele ponha de lado sua jactância. Digo-vos sem erro, quando eles se vangloriam assim, é loucura.

Aqui terminou meu discurso.

Explicit de Bérenger au long cul.

XXXI. Do padre que foi posto no fumeiro[1]

    Um caso sincero[2]
    Por vos deleitar
    Sobre um sapateiro
    Desejo contar
Chamado Baillet, que sem supeitar
Desposou mulher bela em demasia.
Com um lindo padre ela se amasia.
Porém o marido bem se vingaria.
    Mal Baillet partia
    Do seu lar afora,
    O padre acorria
    Logo sem demora
Polir com cuidado o anel da senhora.
E os dois lá faziam tudo o que queriam.
Dos pratos melhores à mesa comiam
E todo o bom vinho juntinhos bebiam.
    Esse sapateiro
    É o pai de uma filha
    Que aos três anos já
    Fala à maravilha.

---

1. *MR* II, xxxii, 24.
2. A forma da tradução respeita a do texto antigo. Este é o único *fabliau* conhecido a utilizar tal forma.

Ela diz ao pai, que cose sapatos:
"Mamãe fica triste quando em casa estais."
Baillet perguntou: "Por que assim falais?"
"Porque esse tal padre vos teme demais.
    Mas quando partis
    Sapatos vender
    Monsenhor, feliz,
    Vem logo a correr.
Carnes mui macias ele faz trazer.
O bolo e a torta a minha mãe faz.
Quando a mesa é posta eu como demais,
Mas há apenas pão quando aqui chegais."
    Baillet então pondera
    No fundo da mente
    Que a mulher não era
    Dele tão-somente.
Porém esperou pacientemente.
E disse à mulher: "Vou para o mercado."
E ela que o queria ver bem esfolado:
"Ide agora mesmo (estais atrasado)."
    Quando ela julgou
    Que ele está distante,
    Seu padre chamou
    Que vem radiante.
Ela preparou a mesa e o pernil
E então para os dois um banho esquentou.
Baillet, paciente, um pouco esperou.
Depois para casa direto rumou.
    O padre, seguro,
    Já vai se banhar.
    Baillet, pelo muro,
    O vê nu ficar.
Então bate à porta, começa a berrar.
A mulher ouvindo não sabe o que faz.
Diz depressa ao padre: "Entrai ali atrás
Dentro do fumeiro, e não faleis mais."
    Baillet percebera
    Ele se escondendo,
    Mas a sapateira
    Vai logo dizendo:

"Entrai, meu senhor, e ficai sabendo
Que eu muito queria vos ver retornar.
O jantar já fiz a vos esperar.
O banho aqueci, podeis vos banhar.
    O banho esquentei
    Por amor, e é justo,
    Pois como bem sei
    Trabalhais com custo."
Baillet, que contava lhes dar mais um susto,
Diz: "Embora Deus tenha me ajudado,
Devo uma vez mais voltar ao mercado."
O padre escondido riu-se aliviado,
    Porque ignorava
    Que Baillet aos vizinhos
    Agora chamava
    Para tomar vinho.
E depois lhes pede, sem falar baixinho:
"Sobre uma carroça vamos suspender
Aquele fumeiro que eu quero vender."
O padre, gelado, começa a tremer.
    Erguem o fumeiro
    Sem maior demora.
    Baillet do terreiro
    Leva-o para fora
Ao meio da rua, onde pára agora.
O padre infeliz, que dentro se apura,
Tinha um bom irmão que era rico e cura
E que vem montado com garbo e finura.
    Soube da aventura
    Da grande desgraça
    Pela rachadura
    Que havia na caixa.
Diz então o padre, em voz não tão baixa:
"*Frater, pro Deo, delibera me.*"[3]
Baillet tudo ouviu e gritou assim:
"Vede meu fumeiro falando em latim!

---

3. "Irmão, por Deus, liberta-me". (N.T.)

    Já estava à venda,
    Mas, por São Simão,
    Pode me dar renda...
    Não vendo mais não.
Onde ele aprendeu todo esse jargão?
Precisamos isso ao bispo ir mostrar
Mas antes pretendo fazê-lo rezar.
O fumeiro velho vai me deleitar."
    E o cura a falar:
    "Ouve o que te digo!
    Se queres estar
    Sempre bem comigo,
Vende-me o fumeiro, Baillet meu amigo,
Podes dizer quanto vais cobrar de mim."
E Baillet manhoso lhe responde assim:
"Ele vale muito, pois sabe latim."
    Ora ides saber
    Seu maior achado:
    Para bem vender,
    Toma de um machado
E diz que o fumeiro quer ver arrasado,
E que agora mesmo já vai começando
Se não o escutar em latim falando.
O povo apressado corre ver em bando.
    Baillet, comentavam,
    Perdera a razão.
    Porém se enganavam...
    Jura por São João
Que com o machado que ora traz na mão
Deixará o fumeiro mais que destruído.
O padre medroso lá dentro escondido
Está quase louco, sente-se perdido.
    Não ousa calar
    Nem ousa falar.
    Para o Pai Eterno
    Desejou rezar.
"E então?" diz Baillet. "Inda vais tardar?
Ou bem falas logo, manhoso fumeiro,

Ou em mil pedaços já te quebro inteiro..."
Prontamente o padre recita ligeiro:
   "Frater, pro Deo
   Me delibera.
   Reddam tam cito[4]
   O que te custar."
Baillet quando ouviu começa a bradar:
"Por certo me adora todo sapateiro
Quando latim faço falar meu fumeiro."
Então diz o cura: "Baillet, companheiro,
   A mim, vosso cura,
   Tendes de o vender.
   É muita loucura
   Assim o fender.
Tão grande maldade não deveis fazer."
"Por todos os santos, estará vendido
Quando eu vinte libras tiver recebido.
Ele vale trinta, é muito sabido."
   Não pode o irmão cura
   As vinte negar
   Na bolsa as procura
   Para lhe pagar,
Como irmão leal que sabe ajudar.
E leva o fumeiro a um lugar deserto
Onde às escondidas o padre é liberto
Assim se salvando de castigo certo.
   Baillet é compensado
   Pelo seu bom senso
   E se vê vingado
   Do padre Lourenço.
Anos passarão antes que este pense
De outro sapateiro a mulher roubar...
Com esta canção quero vos mostrar
Que olho de criança também sabe olhar.
Ex oculo pueri noli tua facta tueri.[5]

---

4. "Irmão, por Deus, liberta-me. Com a mesma rapidez te devolvo". (N.T.)

5. "Não queiras que teus feitos sejam vistos pelo olho de uma criança." (N.T.)

    Pois pela menina
    Tudo foi contado,
    E era pequenina...
    E fique atestado
Que no fim das contas nenhum tonsurado
Mesmo muito esperto vence um sapateiro.
Vós que vos julgais belos e faceiros
Guardai-vos de entrar em um tal fumeiro.

XXXII. O testamento do burro[1]

Quem deseja ser estimado pelo mundo e fazer como os que são ávidos de ganho encontra neste século muita maleficência, pois há grande número de maldizentes que por pouca cousa lhe causam dano. Jamais haverá bastantes homens bons e belos. Se houver em sua casa dez homens, haverá sempre seis maldizentes e nove invejosos. Por trás de suas costas eles não o prezam mais que a um ovo. Porém em público lhe fazem grande festa. Diante dele todos curvam a cabeça. Como poderiam os que não participam de sua vida não ser invejosos, se são invejosos os que participam de sua mesa, que não lhe são nem leais nem fiéis? Não pode ser de outra forma. É assim.

Digo-vos isso a propósito de um padre que tinha uma boa igreja. Assim, empenhara todas suas forças para a servir e a enriquecer. Nisso é que aplicara o espírito. Possuía muitas vestimentas e dinheiros e os celeiros abarrotados de trigo, trigo que o padre sabia vender bem, e para uma boa venda sabia esperar da Páscoa até São Remígio. De fato, nunca teve um amigo tão bom que não soubesse tirar dele um pouco que fosse, quando não tirava muito.

---

1. *MR* III, lxxxii, 215.

O padre tinha em casa um burro que o serviu vinte anos inteiros. Homem nunca viu um burro assim. Homem nunca viu um servidor assim. O burro, que muito contribuiu para sua fortuna, morreu de velhice. O padre era-lhe tão apegado que não deixou que o esfolassem e enterrou-o no cemitério. Aqui deixarei essa matéria.

O bispo era de um outro tipo, pois não era cúpido nem mesquinho, mas cortês e afável, de sorte que, caso estivesse doente e visse chegar um homem de bem, ninguém o poderia reter no leito. A companhia de bons cristãos era seu verdadeiro médico. Todos os dias sua sala ficava cheia. A gente de sua casa não era maldosa, ao contrário. Não importa o que o senhor quisesse, nenhum dos serviçais reclamava. Se possuía móveis, estes não estavam pagos, pois *quem gasta demais se endivida*.

Um dia, esse homem probo, que entendia de todas as cousas, estava com muitas visitas. Na ocasião, falavam dos clérigos ricos e dos padres avaros e mesquinhos que não fazem nem doações nem oferendas aos bispos e aos senhores.

Um certo padre mui rico e ambicioso foi acusado. Sua vida foi tão bem recitada como se a tivessem visto escrita, e atribuíram-lhe mais fortuna do que três poderiam ter. Pois homem diz muito mais do que encontra no fim das contas!

– Mesmo assim ele fez uma cousa da qual seria possível subtrair muito dinheiro, se houvesse alguém para tirar partido – diz um que deseja se fazer notar.

– E deveria pagar caro.

– E que fez ele? – pergunta o homem probo.

– Fez pior que um beduíno, pois colocou no campo santo seu burro Boduíno.

– Maldita seja sua vida, se isso for verdade! – torna o bispo. – Maldito seja ele e mais sua fortuna! Gualtério, fazei que nos convoquem o padre e o ouviremos responder por isso de que Roberto o acusa. E digo, Deus me socorra, que se for verdade terei a penalidade.

– Que me enforquem se o que contei não for verdade, ele que nunca vos deu nada!

O padre foi convocado. Ele vem. Chegou. Tem de responder a seu bispo sobre esse afazer que o deve abater.

– Trapaceiro! Infiel! Inimigo de Deus! – diz o bispo. – Onde pusestes vosso burro? Causastes um mal enorme à Santa Igreja. Nunca ouvi outro tão grande, vós que enterrastes vosso burro no lugar onde são colocados os cristãos. Por Maria Egipcíaca, se isso puder ser provado ou descoberto pela gente de bem, farei que vos ponham em prisão, pois nunca ouvi falar de uma tal malfeitoria.

Responde o padre:

– Caro e mui meigo senhor, qualquer palavra pode ser dita. Mas, se vos aprouver, peço um prazo para reflexão, pois é justo que tome conselho neste caso. Não que eu aspire a processo.

– Quero mesmo que reflitais, mas não penseis em me apaziguar sobre o caso, se ele for verdadeiro.

– Senhor, não deveis em absoluto acreditar.

Então o bispo, que não acha a cousa divertida, deixa o padre. Este não se inquieta nem um pouco, pois sabe que tem uma boa amiga. É sua bolsa, que nunca lhe falha, nem para as multas nem para as culpas. Ele dorme um pouco e o tempo passa. Chega a hora e ele retorna. Levou consigo no cinto vinte libras, moeda viva e de bom quilate. Não teme a sede nem a fome.

Quando o vê chegar, o bispo não consegue deixar de falar:

– Padre, tivestes vosso prazo. O que extraístes de vossos pensamentos?

– Senhor, não deixei de refletir. Mas as altercações não fazem avançar a discussão. Não vos espanteis por devermos conciliar em um conselho. Quero dizer-vos o que penso. E, se for conveniente que haja penitência, seja de dinheiro ou de minha pessoa, podereis corrigir-me neste momento.

Então o bispo se aproxima dele, para que possa falar ao pé do ouvido. E o padre ergue a cabeça, ele que naquela hora não estava mais contando seus vinténs. Manteve o dinheiro sob a capa. Não ousou mostrá-lo, por causa da gente. E, à parte, contou seu conto.

– Senhor, não é preciso um relato mui longo. Meu burro viveu muito tempo. Tinha consigo muitos e bons escudos. Serviu-me com boa vontade, mui lealmente, durante vinte anos inteiros. Que Deus me absolva, todo ano ele ganhava vinte vinténs, até que economizou vinte libras. Para ser livrado do Inferno, ele as deixa para vós em seu testamento.

E o bispo diz:

– Que Deus o ame e lhe perdoe suas malfeitorias e todos os pecados que cometeu.

Do padre, se ouvistes direito,
O bispo tirou seu proveito.
E por ter pecado, o bom padre
Teve de fazer caridade.
Rutebeuf quis nos ensinar:
Quem dinheiro ao labor juntar
Não deve temer fim malsão.
O burro continuou cristão.
Esta rima testemunhou
Que sua herança ele pagou.

Explicit.

XXXIII. Do cavaleiro que confessou sua mulher[1]

Em Bessin, muito perto de Vire, ouvi a história surpreendente de um cavaleiro e de sua mulher, que era mui cortês e estimada na região. Contavam que era a melhor das mulheres e que seu marido lhe tinha tanta confiança e a amava tanto que não duvidava dela. Achava bom tudo o que a mulher fazia, pois ela jamais teria feito algo que ele não achasse bom, se ficasse sabendo. Viveram assim por muito tempo, sem o menor desentendimento, até o dia em que, não sei como, a senhora que lhe era tão cara caiu doente e se acamou. Por três semanas a fio não se levantou. O senhor teve muito medo de que ela morresse.

Antes que o fim chegasse, a mulher se confessou para seu padre. Depois distribuiu bens seus e fez grandes legados. Mas não quis limitar-se a isso. Mandou chamar o marido e disse-lhe:

– Caro, bom senhor, preciso de conselho. Perto daqui mora um monge, um homem mui santo, pelo que ouvi. Se me confessasse com ele, grande bem me faria à alma, creio. Senhor, pelo amor de Deus, sem demora, fazei que me venha esse monge. Tenho grande precisão de lhe falar.

---

1. *MR* I, xvi, 178.

– Senhora, já me vedes partindo. Não há mais cavaleiro melhor do que eu. Vou trazê-lo agora mesmo.

Com essas palavras, sai e monta em seu cavalo. Põe-se a caminho a galope e vai pensando muito em sua mulher.

– Deus! – diz consigo mesmo. – Ficarei sabendo se essa mulher foi de tão grande virtude, Deus me ajude. Saberei se ela é tão boa como dizem. Pelo Santo Deus, não haverá confissão a não ser para mim. Voltarei em lugar do monge e ouvirei sua confissão.

Com esses pensamentos na cabeça, calculando o que poderia acontecer, chegou rapidamente à casa do prior, que era um bom homem e mui cortês. Quando o viu, o prior veio polidamente ao seu encontro, saudou-o e o fez apear, depois mandou levarem seu cavalo e disse:

– Pela ordem de Deus, chegais a propósito. Causastes-me verdadeiro prazer vindo me ver como amigo vosso. Ficai um pouco. Arrumarei tudo para vós.

Responde o cavaleiro:

– Caro senhor, sou muito grato por vossas palavras, mas não posso ficar. Vinde para cá falar comigo.

E, depois de o chamar de lado, disse-lhe:

– Senhor, que Deus me guarde, tenho grande precisão de vossa ajuda. Procurai não me decepcionar. Se me emprestardes vossas lãs negras, eu as devolverei todas antes de meia-noite e calçarei vossas grandes botas e vos deixarei minha túnica. Tendes aqui meu palafrém. Levarei comigo o vosso.

O monge concedeu-lhe tudo o que pedira.

Quando chegou a noite, ele colocou as vestimentas do monge, mudando completamente de roupa. Montou no palafrém do monge, que partiu silencioso a furta-passo, e foi embora prontamente, chegando em marcha rápida à sua casa.

Entrou. Estava muito escuro. Escondeu-se bem em seu capuz, pois, é o que imagino, não queria que o reconhecessem em nada. A casa estava bastante escura. Um criado saltou ao seu encontro para fazê-lo apear. U'a mulher segurou-o pela túnica e levou-o diretamente para onde jazia sua senhora.

– Senhora – disse a mulher –, o monge que mandastes buscar ontem está aqui.

E a senhora chamou-o por sua vez:

– Senhor, sentai-vos aí, ao lado deste leito, pois meu mal vai pior. Em verdade receio estar morrendo, pois ele não pára nem de noite nem de dia. Assim, quero ser confessada por vós.

– Senhora – responde ele –, isso será sensato, já que tendes a ocasião e o tempo, pois nem homem nem mulher sabe julgar de si nem de sua vida. Por isso vos digo, minha bondosa senhora, tende piedade de vossa alma.

Pecado oculto, podeis ler,
Corpo e alma juntos faz sofrer.

É por isso que vos exorto a terdes piedade de vós mesma.

A senhora que se encontrava no leito estava num outro mundo. Não reconheceu o marido, por causa da grande dor que a tomara e porque ele disfarçava a fala. Não havia no quarto outra luz além de uma lamparina que ardia, e esta não os iluminava. Tampouco havia gente da casa, que teriam percebido o logro.

– Senhor, fui muito estimada. Porém sou falsa e traidora. Sabei que é verdade, que algumas mulheres são censuradas e valem mais do que a opinião que as pessoas têm delas. Quanto a mim, eu era a que tinha uma boa reputação, e entretanto era mulher muito má, pois me entregava a meus rapazes e os deitava comigo e fazia deles o que queria. *Mea culpa.* Estou arrependida.

E, quando a ouviu, o cavaleiro, descontente, franziu o sobrolho. Ele quis e desejou mui fortemente que u'a morte súbita lhe arrancasse o coração.

– Senhora – diz ele –, pecastes. Continuai a falar, se sabeis mais. Senhora, deveríeis ter sido mais apegada a vosso esposo, se o amásseis, ele que em minha opinião vale bem mais do que tais rapazes. Por meus dois olhos, isso me espanta muito.

– Senhor, se Deus enviar Sua ajuda a esta alma, vou dizer-vos a verdade conforme sei. Seria difícil encontrar mulher que possa contentar-se apenas com seu marido. Ela nunca terá um amante que seja belo e bom o bastante, pois as mulheres possuem uma tal natureza que elas têm apetites, precisais saber. E os maridos são tão vis e tão desumanos que não ousamos nos revelar a eles nem confessar-lhes nossas precisões, pois nos tratariam de putas. Assim, não podemos fazer de outra maneira a não ser recorrermos aos outros para nos servir.

– Senhora – torna ele –, acredito em vós. Continuai, se sabeis mais alguma cousa.

– Sim, senhor, muitas – diz a mulher. – E por elas trago o coração mui pesado e a alma em grande temor... É a respeito do sobrinho de meu marido. Em meu coração eu o amava tanto, até a loucura, parece-me, e sabei que morreria se não tivesse meu prazer com ele. Tanto fiz que pequei com ele e que o amei durante cinco anos, creio. Agora me arrependo perante Deus.

– Ai, senhora! Foi loucura amar com tão louco amor o sobrinho de vosso marido. O pecado duplicou.

– Senhor, que Deus me envie Seu socorro, esse é o costume entre nós mulheres e entre nós senhoras abastadas, pois

As que forem menos guardadas
Serão as mais solicitadas.

Apesar de temer as reprovações, eu amava o sobrinho de meu marido porque ele podia vir ter comigo amiúde, sem se esconder. Nunca houve perguntas nem censuras nem rumores. Agi assim e agi como louca, pois fiz tanto mal a meu marido que quase o desonrei de vez.

*Ele come bolo estragado.
É o que lhe tenho apresentado.*

Eu lhe fiz tantas coisas, tanto o iludi que ele acredita em mim bem mais do que em Deus. Quando os cavaleiros chegam aqui para se alojarem, como deve ser, perguntam à nossa gente: "Onde está a senhora?" "Ela está lá dentro." Nunca perguntam pelo senhor, pois o anulei totalmente.

*Casa onde a mulher é senhor
Perde pra sempre todo honor.*

E no entanto as mulheres têm esse hábito, de bom grado se arranjam para dominar seu senhor. É por isso que são desonradas muitas casas que não têm sensatez e muitas mulheres que são ávidas por natureza.
– Senhora – torna ele –, é bem possível.
Da parte do verdadeiro Deus, o Soberano Padre, ele não exigiu mais nada, porém a fez reconhecer sua culpa e lhe determinou a penitência, e fez que prometesse nunca mais ter amor por outro homem, caso sarasse.
Então ele foi embora, muito aborrecido. Voltou para seu cavalo, montou e partiu. Freme de cólera e despeito por causa de sua mulher, a quem outrora louvava e estimava tanto e tanto amava. Mas se reconfortava com a idéia de que inda se vingaria bem.
Na manhã seguinte, quando lhe aproue, voltou para casa. A mulher tinha sarado. Ficou espantada com o marido, que outrora lhe mostrava seu amor abraçando-a e beijando-a e agora não se dignava falar-lhe.
Um dia ela estava circulando pela casa, exatamente como fazia antes, e muito altiva comandava sua

gente para os afazeres. E o marido olhava-a. Encolerizado, ele sacudiu a cabeça e disse:

– Pela ordem de Deus, senhora, qual é essa altivez e esse orgulho? Vou esmagá-lo, pois vos matarei com minhas mãos. Se lembrásseis de vossa vida, teríeis vergonha de dar ordens. Pois nenhuma mulher de bordel teve tão má conduta como vós, cadela nojenta!

Então a senhora não se sentiu à vontade. Ficou espantada com o marido. Achou e na verdade acreditou que ele a tinha confessado. Está mui temerosa que daí advenha desgraça. Depois, diz-lhe de chofre:

– Ah! Homem maldoso! Trapaceiro! Lamento muito não haver dito que todos os cães da região me faziam aquilo dia e noite! Mas minha dor era forte demais para mim. Ah! Homem mau! Traidor! Pegaste o hábito do eremita para provar meu adultério, mas, pela graça de Deus, sou leal. Não tenho nem vizinho nem vizinha diante de quem baixe a cabeça. Nada temo, pela graça de Deus! Pois, se soubesses a verdade, toda minha vergonha teria se espalhado prontamente, mas eu havia percebido quando procurava vos fazer pensar o pior, tudo o que disse para zombar de vós. Por São Simão, muito lamento não vos ter agarrado pelo capuz, não o ter arrancado. Ficai sabendo disto, para valer: não vos temo, não importa o que vos tenha dito. Que o Senhor Deus me cure, reconheci-vos por vossa fala. Não devo mais vos amar. Não vos amarei, Deus me guarde! Mau traidor! Desonesto! Isso nunca vos será perdoado!

A mulher tanto lhe disse e tanto contou que lhe tirou toda a segurança, e ele acreditou que ela estava dizendo verdade.

Muito riram e muito zombaram disso em Bessin.

Explicit du Chevalier qui fist sa Fame confesse.

XXXIV. Os dois cambistas[1]

Outros rimam e contam histórias. Quanto a mim, em lugar de uma fábula vos direi uma aventura que aconteceu, a verdade verdadeira sobre o que foi feito e o que adveio disso.

Aconteceu que em uma cidade havia dois cambistas, jovens e belos, e cada um sabia tomar boa conta de sua botica. Por longo tempo os dois fizeram companhia um ao outro, porém cada qual tinha sua própria casa, segundo me parece. Por muito tempo ambos ficaram assim, juntos, sem tomar companheira, fosse para o melhor ou para o pior, até que um deles casou. O outro tanto requestou a mulher a quem o companheiro escolhera que esta se enamorou dele. E ambos deram um ao outro seu bom prazer, não se recusando nada.

Mantiveram a ligação durante muito tempo, sem que houvesse rumores em casa nem na cidade.

Certa manhã, o jovem que tinha esposa estava sentado em sua mesa de câmbio. E o outro, que amava muito a burguesa, estava deitado em casa, no leito. Para seu prazer e distração, mandou buscá-la e ela veio.

---

1. *MR* I, xxiii, 245.

– Senhora – diz ele –, se me amais um pouquinho, tendes de deitar toda nua ao meu lado. Deitai aqui sem dizer uma só palavra.

– Amigo, o que falais não está bem, Deus me guarde! – responde a mulher. – Quem quiser conservar os amores precisa ser discreto, para não serem considerados bobos. Meu marido não é ciumento. Até agora nosso amor permaneceu um segredo entre nós, pois inda ninguém ficou sabendo. Quereis anunciá-lo? Quem se avilta sabendo o que faz não é sensato. Bem sabeis que meu senhor está nesta cidade, sem a menor dúvida. Se lhe acontecer de ir para nossa casa antes que eu retorne, então para todo o sempre ele terá causa e razão de sentir ciúmes de nós.

– Senhora – responde o outro –, paz! Não cuido de vossos sermões. Agora vinde deitar a meu lado imediatamente, pois é preciso.

Ela vê que não pode fazer melhor. Despe-se, aconteça o que tiver de acontecer. Tão logo ela deitou, o outro manda pegarem todas suas vestimentas e as colocarem num guarda-roupa. Depois mandou chamar seu companheiro.

Este chega e pergunta pelo dono da casa. O bem-estar dos outros não conta. Há apenas o seu, em minha opinião.

– Colega – diz o outro –, eu vos garanto, se soubésseis quem está aqui em minha cama neste momento... Aproximai-vos, vou falar a respeito. Vanglorio-me de um bom afazer sobre o qual não vos mentirei, pois tenho a mais bela amiga que jamais existiu e que deita ao meu lado.

Quando escuta isso, ela freme. Não é de admirar que se atemorize quando ouve seu marido falar. Então ele entrou no quarto e disse ao outro:

– Caro colega, Deus vos salve, mostrai-me vossa amiga.

E esta freme e estremece, mas o outro cobre-lhe o rosto a tempo e descobre suas tranças, que eram longas e mui belas.

– Colega, com toda a honestidade, olhai. Isto é uma bela amostra?

– Eu mesmo sou testemunha, Deus me guarde! – torna o outro. – Bem imagino que ela tenha um rosto gentil, pois que é assim tão bela.

A essas palavras ela se escondeu novamente sob seu amigo, e lhe dá golpes e puxa-o sobre si. Ele porém torna a mostrá-la em toda extensão, pés e pernas, coxas e flancos, as mãos, os braços, os seios que eram belos e firmes, o colo alvo e a alva garganta.

– Colega, pela fé que devo a São Jorge – diz ele, não a reconhecendo –, não erraste de amiga. Pela amostra que vi, de manhã deveis estar deitado ao lado da mais bela que jamais nasceu. Não sei o que me deu de desposar minha mulher tão depressa. Desde então isso me pesou muitas vezes e continua pesando, posso garantir. Deveis ter um prazer mui grande, e nascestes sob uma boa estrela para ter acertado tão bem. Quanto a mim, pela fé que devo a São Martinho, anseio por levantar de manhã.

Então o outro cobriu sua amiga e disse:

– Colega, não vos desgoste que eu não mostre seu rosto. Amo-a muito e respeito-a tanto que não quero que vejais mais.

– Considero-me bem pago – responde ele. – Deus me abençoe! Tendes uma bela companheira. Se a servis a seu contento, que ela tome gosto em vosso serviço.

Nesse ponto o jovem vai embora e ela se veste e se prepara. Não foi lenta em vestir-se novamente. Estava muito aborrecida e tristonha e foi assim para casa.

Três semanas mais tarde, adveio que a mulher mandou preparar um banho. E o marido partiu para os campos ou alhures para os negócios. Então a burguesa envia uma mensagem a seu amigo, que ele não recuse vir, que nada o detenha. Ele vem e lhe pergunta por que o chamou.

– Amigo – responde ela –, amo-vos tanto que mandei preparar este banho para vós. Assim nos banharemos juntos. Tive de vosso corpo todos os outros prazeres, parece-me. Deitamos juntos muitas vezes, de noite e de dia. Ficai sabendo que gosto muito desses momentos em que estou em vossa companhia. Agora me apraz que nos banhemos, e terei tudo o que quero.

– Senhora, o que dissestes é muito imprudente. Nunca ouvi nada mais ultrajante. Agora mesmo vi vosso marido que retornará e ignoro a qual hora.

– Por todos os santos a quem rezamos – diz a mulher –, dou minha palavra, se assim não fizerdes retiro-vos meu amor e vos proíbo de me amar. Pouco me falta para ter o coração partido por um dia ter desejado amar esse homem que se lamenta antes mesmo de ser batido.

– Senhora, antes de ver decair nosso amor estou pronto a fazer tudo o que quiserdes, pois que assim vos apraz e vos parece bom.

Então eles entraram juntos no banho. E, para que não os possam reconhecer, ela mandou que pegassem as roupas do jovem e as colocassem numa arca.

E eis o marido que chama, ele que a mulher mandara buscar. Então, quando ouviu seu colega que chamava, o outro que está no banho gostaria de estar na Inglaterra. Ficou totalmente embasbacado.

– Senhora – diz ele –, sou traído desde que me meti neste afazer. Agora não sei o que possa fazer. Refleti, por vossa alma!

– Como, vassalo!? – Assim fala a senhora. – Sois tão corajoso? Vejo-vos belo, alto e forte. Creio que a vantagem será vossa se decidirdes vos defender. Ou então podeis plantar-vos atrás de mim, se temeis ser pego.

E ele, ágil, encolheu-se atrás da mulher, que mandara cobrir bem a tina com um lençol branco e um tapete. O jovem esconde-se atrás dela, pois é obrigado a isso.

E eis que o marido chega e a mulher lhe diz:
– Senhor, vinde aqui. Quero dizer-vos uma cousa no ouvido.

Ele se abaixa e ela cochicha:
– Senhor, uma rica companheira está aqui tomando banho comigo. É uma rica burguesa, mas, pela fé que devo a minha alma, é mais negra que uma coruja e mais gorda que um cesto de uvas. Nunca vi mulher tão malfeita. Ela se queixa e reclama porque estais aqui. Pela fé que deveis ao Salvador, quero pedir o favor de lhe fazerdes um pouco de medo. Mostrai-lhe apenas que pretendeis entrar no banho. Ela já não ficará à vontade.

O jovem sentiu-se muito incomodado, pois não sabia o que ela estava dizendo. Depois a mulher fala bem alto, para que ele ouça:
– Caro senhor, vinde tomar banho, e amanhã mandareis que vos sangrem.

Sem demora, a camareira vem até seu senhor e o despe. O jovem agita-se violentamente e belisca a burguesa e lhe bate. Não fica à vontade quando vê que seu colega está tirando a roupa. Então, junta as mãos e ajoelha e diz:
– Senhora, pela piedade de Deus, não nos desonreis aqui, pois se vosso marido me encontrar não terá precisão de palavra nem de juramento.

Ele suplica mui vivamente para a que tinha como amiga. Porém a mulher não o escuta. Ao contrário, colocou-o atrás das costas. Arrumou o leviano de tal sorte que o marido não lhe pode ver o rosto. Agora ele não se mostra tão zombeteiro quanto no outro dia, quando estava em seu quarto. Todos os membros lhe tremem. Nada o reconforta, pois vê que o dono da casa colocou no chão todas as roupas, exceto os calções e a camisa. Agora ele retira o culote e chega tão perto da tina que colocou um dos pés na água. E a senhora lhe diz:
– Amigo, agora vesti-vos, se desejais. Este banho não foi bem preparado. Não quero que entreis nele.

Mas muito me apraz que vos digneis tomar banho comigo. Estimo-vos inda mais por isso. Porém tenho outra idéia. Amanhã farei um banho bem frio, que será vertido quatro vezes, e então vos banhareis, se vos aprouver.

A essas palavras o marido se veste e se arruma e depois vai para o câmbio.

– Vassalo – diz a mulher –, assim devemos retribuir a quem se porta como um tolo. Ora, provei que sois mui covarde e poltrão. Agora, sabendo que sois assim, hoje será a ruptura entre nós.

No mesmo momento ela saiu do banho e se fechou no quarto.

E ele, que muito a amara, estava de mau humor. A camareira devolve-lhe depressa as roupas e ele se arruma. Vai prontamente para casa, porém se considera mal favorecido, porque falhou completamente com a burguesa, ela que nesse afazer se comportou com cortesia, e que se separou dele e se afastou. Assim a mulher se vingou.

Neste *fabliau* quero provar
Que quem mulher conta enganar
Está cheio de orgulho vão,
Para a loucura estende a mão.
Mulher devolve duplicada
A peça que lhe for pregada.
A aventura foi mesmo assim
E meu *fabliau* chegou ao fim.

Explicit des II Changéors.

XXXV. O falcão degenerado[1]

Atualmente muito homem se assemelha ao belo e mau falcão degenerado, e vos direi a razão disso. Quando chega a estação das perdizes e ele é lançado para voar, ficai sabendo que não quer ir. Imediatamente senta por terra, até que o lancem no ar. Quer a comida a troco de nada, devido à preguiça que o domina. Voaria bem, se quisesse; mas nunca fez tanto bem que possa recuperar seus malfeitos. O que fazer dele? Ninguém sabe.

E amiúde acontece assim. Um homem sabe muito bem como ganhar a vida, se quisesse. Mas a preguiça instiga-o e faz que não queira se mexer quando precisa encontrar o que vestir e calçar. Maldito seja tal ofício, pois ele continuaria privado de bens durante toda a vida à qual tanto se apega. E, quando está totalmente desprovido e contrariado com alguma cousa, diz: – Ah, se eu estivesse equipado! Se tivesse roupas e panos bastantes (ou alguma cousa da qual não tem nem migalha), por minha fé e por Santa Maria, iria ganhar a vida e ficaria fora de perigo.

E depois, quando o restabeleceram e o recolocaram em condição de ganhar um pouco que seja,

---

1. *MR* III, lxvi, 86. Faucon lanier: uma raça de falcão degenerado (N.T.)

acontece que ele se encontra novamente sem teto. E ninguém terá visto o menor proveito, a não ser quando esse diabo tiver terminado de uma vez por todas de viver como um rato.

Não devemos amar pessoas assim. Devemos achá-las odiosas, pois sua conduta é semelhante à do falcão degenerado, que é amaldiçoado por viver assim na preguiça.

Explicit du Faucon lanier.

XXXVI. De Gombert e os dois letrados[1]

Nesta fábula falo de dois letrados, estudantes que abandonaram a escola. Tinham gastado todo seu dinheiro para se divertir e não para aprender. Pediram alojamento em casa de um vilão. Um dos letrados foi tão insensato que houve por bem amar a mulher, dona Gil, assim que a viu, mas não sabia como entrar em contato com ela. A mulher era gentil e graciosa e tinha os olhos claros como cristal. O estudante olha-a sem cessar, tanto que mal pisca os olhos. O outro enamorou-se da filha, de forma que não tirava dela o olhar. Este visa melhor ainda, pois a filha era sensata e bela, e digo-vos que o amor de uma donzela, quando o desejo vem de um coração perfeito, é belo acima de qualquer outro amor. É como o gavião ao lado de um falcãozinho.

Perto do fogo, a boa mulher alimentava uma criança no berço. Enquanto estava assim ocupada, um dos padres aproximou-se e tirou o anel da frigideira, a argola pela qual estava pendurada. Agiu tão de mansinho que ninguém percebeu.

Naquela noite os forasteiros receberam todos os bens que o irmão Gombert teve: leite fervido, queijo e compota. Tudo em abundância, como numa fazenda.

---

1. Nardin III, p. 85.

Durante toda a noitada dona Gil foi muito olhada por um dos estudantes. Este fixava tanto os olhos nela que não os podia desviar. O vilão, que pensava agir bem e que nisso só via o bem, mandou preparar as camas deles perto da sua.

Então, depois de se aquecer no fogo de palha, o senhor Gombert deitou-se, e sua filha deitou sozinha. Assim que a casa adormeceu, o estudante não perdeu tempo. O coração lhe bate forte e palpita. Com o anel da frigideira, foi até o leito da jovem.

Então, escutai o que aconteceu.

Ele deita ao lado da jovem e ergue os lençóis.

– Quem está me descobrindo? – pergunta ela, quando o sente. – Senhor, pelo Deus Onipotente, o que viestes procurar aqui a uma hora dessas?

– Bela, Jesus me ajude, não receeis que eu caia sobre vós, mas ficai calada, sem fazer histórias. Que vosso pai não desperte, pois ficaria mui surpreso se soubesse que deitei convosco. Pensaria que eu tinha feito de vós segundo minha vontade. Porém, se me concederdes o que desejo, aproveitareis muito mais e depois tereis meu anel de ouro, que vale mais de quatro besantes. Senti como é pesado. Fica grande demais no meu dedinho.

E colocou-lhe no dedo o anel que deslizava livremente, e ela foi para perto dele e jura que o aceitará.

Sem parar, pelo direito, pelo avesso, tanto se abandonam um ao outro que o letrado terminou por lhe fazer a loucura. Porém quanto mais ele a abraça, quanto mais a beija, mais seu companheiro se acha mal por não poder vir até a senhora, pois o outro, que ele ouve obter seu prazer, lembra-o disso. O paraíso para um é verdadeiro inferno para o outro.

Nesse momento, o senhor Gombert levantou-se totalmente nu para ir mijar. E o outro letrado veio pela frente até a beira do leito. Pega o berço com a criança e coloca-o ao lado da cama onde estivera deitado. E eis dom Gombert enganado, pois, quando se levantava durante a noite, tinha o hábito, ao voltar, de olhar primeiro o berço. E segundo seu hábito o senhor Gombert foi às apalpadelas até o leito, mas o berço não estava lá. Quando não o encontrou, considerou-se um perfeito estouvado. Pensa que se enganou de caminho.

— Diabo! — diz ele. — Estou louco, pois nesta cama dormem meus hóspedes.

Então foi ao lado do outro leito e toca no berço com o cueiro, e o letrado se encolhe contra a parede para que ele não toque no lençol.

Então Gombert fez cara triste quando não encontrou sua mulher. Pensa que também ela se levantou para ir mijar e fazer suas necessidades. O vilão sente os lençóis quentes e entra neles. O sono pegou-o nos olhos e ele adormeceu prontamente.

O outro letrado não perdeu tempo. Foi deitar com a mulher e antes que ela tivesse tempo de assoar o nariz já havia sido assaltada três vezes. Dom Gombert tem boa gente em casa.

— Estás me atacando com muita força, senhor Gombert! — diz dona Gil. — Estais bem esquentado esta noite, para alguém tão velho e fraco! Não sei o que vos veio à lembrança. Há um tempo que tal cousa não vos acontecia. E não imagineis que isso me aflige. Esta noite fizestes como se não fosse haver amanhã. Sois um obreiro muito bom. Não ficastes ocioso.

Em vez de discutir, ele prontamente obteve seu prazer e deixou a mulher fazer o mesmo. Isso não tinha uma onça de importância para o outro letrado que estava com a jovem. Depois que satisfez com ela seu desejo, pensou que iria para sua cama, antes que o dia clareasse. O letrado foi de volta para o leito onde Gombert estava deitado e lhe deu com todas as forças um grande golpe nas costelas.

— Miserável, guardaste bem o leito — diz. — Não vales uma torta. Mas antes de ir embora daqui te direi uma coisa muito espantosa.

Com isso o senhor Gombert desperta e percebe prontamente que está sendo traído e enganado pelos dois estudantes e suas artimanhas.

– Conta-me então – diz Gombert – de onde vens.

– De onde? – responde o outro, e declinou tudo de ponta a ponta. – Pelo coração de Deus, venho de foder ninguém menos que a filha do anfitrião. Peguei-a bem, pela frente e de todos os lados, e furei seu tonel e depois lhe dei o anel da frigideira de ferro.

– Que seja por ordem dos do inferno, das centenas e milhares que moram lá! – exclama Gombert.

Então ele agarrou o letrado pelos flancos e depois acerta-o com o punho ao lado da orelha, e o outro lhe devolve uma tal bofetada que ele fica com os olhos cheios de fagulhas. E ambos se agarram pelos cabelos, tão fortemente – o que mais posso dizer – que homem poderia levá-los sobre uma barra de uma ponta à outra da aldeia.

– Senhor Gombert – diz dona Gil –, levantai depressa, pois me parece que os letrados estão se batendo. Não sei o que eles têm para debater.

– Senhora, vou separá-los.

Então o letrado vai até lá. Deve ter ido tarde demais, pois quando deu com eles, seu companheiro já estava no chão. Nesse momento Gombert levou a pior, pois os dois o agarraram. Um lhe bate, o outro o pisoteia. Dão-lhe tantos golpes, um após outro – pelo que sei – que Gombert ficou com as costas tão moles como a barriga. Depois que o maltrataram assim, ambos fugiram, deixando a porta escancarada.

No *fabliau* claro exemplo é dado
De nunca jamais a um letrado
Querer hospedar quem tiver
Em casa uma bela mulher.
Isso é o que lhe acontecerá.
Quanto mais der mais perderá.

Ci faut li fabliaus de Gombert.

XXXVII. O peido do vilão[1]
por Rutebeuf

As pessoas caridosas têm um grande quinhão no Paraíso celeste, porém aqueles que não trazem em si nem caridade nem bem nem paz nem fidelidade perderam esse júbilo. E não creio que alguém desfrute dele se não tiver piedade humana dentro de si. Digo isso pelo povo dos vilões, a quem jamais padre nem clérigo amou. Não creio que Deus lhes forneça lugar nem espaço no Paraíso. Não apraza a Jesus Cristo que um vilão seja albergado com o filho de Santa Maria. Pois isso não é defensável nem certo. Está dito na Escritura. Eles não podem ter o Paraíso nem pelos dinheiros nem por outros bens.

Mas perderam também o Inferno. Os Diabos estão privados de sua posse. Ouvireis aqui por qual má ação eles perderam esse lugar.

Outrora um vilão ficou doente. O Inferno estava preparado para receber sua alma. O que vos estou dizendo é verdade. Veio para cá um diabo, por quem a justiça era mantida. Tão logo chega à casa do vilão, pendura-lhe no cu um saco de couro, pois o demônio acredita sem falha que a alma sai pelo cu.

Mas o vilão, para se cuidar, naquela tarde havia comido peixe, havia comido bastante e boa carne de

---

1. *MR* III, lxciii, 103.

vaca na água e sorvido tanto caldo quente que sua pança não estava nada mole. Estava esticada como corda de cítara. Inda não pensam que esteja perdido, pois se conseguir peidar ficará curado. E ele se ocupa nesse esforço, nesse esforço se esforça. Ele se força, se anima, se torce, se mexe tanto que, ao se empinar, um peido lhe salta, enche o saco e o lambuza, pois o demônio, para puni-lo, pisara-lhe na pança com os pés. E bem dizem naquele provérbio que muito forçar faz cagar.

O demônio foi embora, até que chegou à Porta com o peido que transporta. Joga no Inferno o saco e tudo, e o peido sai pela ponta. E eis cada um dos diabos irado e inflamado, e todos maldizem a alma do vilão.

Na manhã seguinte eles reuniram o cabido e se puseram de acordo sobre este princípio: que nunca mais seja trazida nenhuma alma que tenha saído de vilão, pois ela só pode feder. Assim ficou decidido que nunca nenhum vilão pode entrar no Inferno nem no Paraíso. Ouvistes toda a explicação.

Rutebeuf não sabe dizer onde é possível colocar a alma do vilão, depois que ela faltou com esses dois reinos. Ora, que ela vá cantar com as pererecas, pois é o melhor remédio que ele vê. Ou que se mantenha no bom caminho para aliviar sua penitência, na terra do pai Audigier[2]. É na terra de Cocusse[3] que Audigier caga em seu chapéu.

Explicit du Pet au Vilain.

---

2. Nota de Montaiglon e Raynaud: O conto de Audigier (Méon IV, 217-233), paródia das canções de gesta, era célebre na Idade Média.

3. *Cocusse* apresenta grande semelhança fonética com *cocu*: chifrudo. (N.T.)

XXXVIII. De Haimet e Barat[1]

Barões, nesta fábula digo que outrora três ladrões tinham se associado. Roubaram muitos bens de leigos e monges. Um tinha por nome Travers. Não era parente dos outros dois, mas lhes fazia companhia. Os dois outros eram irmãos. O pai deles fora enforcado. Esse é o último prato que servem aos ladrões. Um se chamava Haimet, o pequeno anzol[2]; e Barat, o matreiro, era seu irmão de sangue. Ele, por sua vez, não sabia menos do ofício que os dois outros. Um dia, iam os três por um bosque alto e espesso. Haimet olha. No alto de um carvalho, viu algo que era um ninho de pega. Ele se aproxima, espreita e espia até ter certeza, e vê que a pega chocava seus ovos. Mostra-o para Travers e depois para o irmão.

– Senhores – diz –, como não seria bom ladrão quem pudesse pegar aqueles ovos e descer com eles tão de mansinho que a pega nada percebesse?

– Não existe em todo o mundo alguém que possa fazer isso – responde Barat.

---

1. Nardin VIII, p. 119.
2. Trocadilho intraduzível: *hameçon*, anzol, tem a aparência de terminar no diminutivo *on* e conter foneticamente o nome Haimet. (N.T.)

– Ah, existe sim, sem dúvida, e é o que agora verás – torna o outro. – Quero pôr-me à prova. Ela jamais conseguirá vigiá-los tão de perto que não os perca.

E com isso ele vai agarrar-se ao carvalho, mais firme que o nó de um laço. Arrasta-se para o alto sem o menor barulho, como quem sabe muito bem se esconder. E chegou ao ninho, desmantela-o e retira os ovos bem de mansinho. Prontamente mostra-os aos companheiros.

– Senhores – diz ele –, agora podeis cozinhar ovos, se tiverdes fogo.

– Sem dúvida, nunca houve um ladrão como tu, Haimet – fala Barat. – Mas agora, se os colocares de volta, direi que superaste a todos nós.

– Agora realmente nenhum ovo será quebrado – responde o outro – e ademais eles serão recolocados.

Então Haimet voltou ao carvalho e vai subindo para o alto. Porém mal tinha avançado quando Barat agarrou o tronco. Era mais forte e versado nesse ofício do que Haimet. Mais silencioso que um rato d'água, segue-o de galho em galho. O outro nem desconfiava, pois não temia homem nenhum. E aquele lhe rouba das nádegas... os calções. Ele conseguiu mesmo. E Haimet recolocou os ovos no ninho de tal forma que a pega não percebeu.

Barat, que pregou essa peça em seu irmão, desceu prontamente da árvore. Era de ver Travers então, parecendo de mármore e tão agoniado que pouco falta para desfalecer, pois não sabe fazer o que eles fazem e no entanto treinou todos os dias.

E nesse momento Haimet desceu.

– Senhores – diz ele –, que vos parece? Um ladrão tão bom deve viver bem.

– Não sei quem poderia roubar melhor – responde Barat. – Vais tão depressa que voas[3]. Mas estimo

---

3. Trocadilho intraduzível: *voler* tanto significa voar como roubar. (N.T.)

em muito pouco o teu saber se não podes ter calções. Desempenhas muito mal teu ofício.

– Mas claro que tenho! Estou de calções! – retruca. – Novinhos, de um pano que roubei outro dia. Inclusive chegam até o meu dedão do pé.

– Então as pernas deles são assim tão longas, senhor? Mostrai-as para vermos bem – torna Barat.

E Haimet ergue a barra do camisão, mas não viu nem sinal de calções. Em vez deles viu seus colhões e seu pau, totalmente descobertos e nuzinhos.

– Meu Deus, o que me aconteceu? Diacho, onde estão minhas calças?

– Não creio que estejam aí, Haimet, bom companheiro – responde Travers. – Acho que daqui até Nevers não há ladrão como Barat. Ladrão que rouba outro é bom. Mas meu lugar não é com vocês, pois não aprendi nem quatro tostões de vosso ofício, tanto assim que seria apanhado cem vezes e vós escaparíeis por habilidade. Vou voltar para minhas terras, onde desposei minha mulher. Querendo me tornar ladrão eu ambicionava uma loucura. Não sou louco nem jogador. Sinto-me tão forte e capaz que, se aprouver a Deus, doravante ganharei mais do que bem a minha vida. Vou embora. Recomendo-vos a Deus.

Assim partiu Travers. Vai reto e de través, até que chegou à sua terra. Travers não era nem um pouco odiado por sua mulher, dona Maria, que o tratou muito bem. Recebeu-o com grande júbilo, como devia fazer para seu senhor.

Agora Travers estava entre os seus. Tornou-se um homem mui sensato e bom. E cultivou com ânimo a terra, e tanto ganhou e juntou que teve mais que o suficiente e cousa e tal.

Antes do Natal, Travers matou um porco que havia engordado em casa durante toda a estação. Logo estava com uma boa quantidade de carne de porco. Amarrou-a suspensa por uma corda na viga de sua casa. Teria feito melhor vendendo-a; teria evitado grandes contratempos. Pois, como conta o livro, um dia Travers tinha ido até o mato ao lado para recolher feixes de lenha. E eis que Haimet e Barat, vindo procurar fortuna, irrompem na casa. Encontraram a mulher dele fiando, os dois que vão pelo mundo enganando. Perguntam:

– Senhora, onde está vosso marido?

Ela não conhece os ladrões.

– Senhores – respondeu –, foi ao bosque buscar lenha.

– Por Deus! – tornam eles. – Como pode ser isso?

Então sentam e começam a olhar a casa, todos seus cantos e recantos. De uma ponta à outra, não deixam trave nem madeirame sem olhar. Barat ergueu a cabeça e viu lá no alto que entre duas vigas estava pendurado um porco.

– Sem dúvida – diz Barat a Haimet –, bem vejo que Travers muito se afaina para amontoar bens, mas também tem grande trabalho para os esconder de nós em seu quarto ou no guarda-comida. Isso é para guardar sua comida. Quer que não lhe custemos nada e que esta noite não comamos sua carne nem seu toucinho. Pois bem, ele vai ver se o fogo não o queimará. Pouco importa que isso o contrarie. Vamos roubá-lo esta noite.

Então, tendo se despedido, vão embora e se esconderam em uma sebe, onde cada qual afiou uma estaca. E Travers volta para casa. Naquele dia ele foi perdedor.

– Senhor – diz sua mulher dona Maria –, dois homens vos procuraram, que muito me perturbaram, pois estava sozinha na casa. E sentaram em nossa cama. Tinham cara de malvados. Aqui dentro não há nada, fora do quarto, que esteja à vista e eles não tenham visto, nem a carne nem mais nada, nem faca, nem lenço, nem machado. Abarcaram bem tudo, pois seus olhos voavam por toda parte. Mas em nenhum momento disseram o que queriam, e nada lhes perguntei.

– Sei bem quem são e o que queriam – torna Travers. – Eles me viram muitas vezes. Lá se foi a carne de porco. Nós a perdemos, posso garantir-vos. Pois os dois, Barat e Haimet, virão buscá-la esta noite. De manhã estaremos sem ela. Disso tenho toda a certeza. Foi mesmo a má sorte que me fez matar um porco para eles. E eu que ia vendê-lo no sábado!

– Senhor, vamos despendurá-lo, para ver se podemos salvá-lo – responde a mulher. – Se colocarmos a carne no chão, não saberão mais onde procurar quando não a encontrarem pendurada.

Sua mulher tão bem o convence que Travers sobe no alto. Eis que cortou a corda e a carne cai por terra. Agora ambos não sabem mais o que fazer dela, a não ser deixá-la ali. Então a cobriram com uma arca de guardar pão.

Tomados pelo temor, vão se deitar. Os que cobiçam o porco chegaram quando a noite caiu. Tanto se aplicaram no teto que fizeram um buraco acima da soleira, bastante grande para passar u'a mó.

Haimet cobre bem a brecha, ele que era mestre-de-obras. Não ficam ali muito tempo: entram bem de mansinho. Assim vão pela casa, apalpando. Barat, que era um homem muito mau e um ladrão invejoso e pérfido, arrastou-se de viga em trave até chegar direto àquela onde vira pendurado o porco. Tateou por toda parte até que tocou na corda cortada no lugar onde a carne estivera. Então desceu ao chão e vai sentar ao lado de seu irmão. Diz-lhe ao ouvido, o ladrão, que não encontrou carne alguma.

– Por minha palavra de ladrão provado, ele pensa que se protege de nós? A loucura levou-o a pensar assim.

Então começam a escutar, até que ouvem Travers acordar, que não ousava descansar. Ele começa a ralhar com a mulher, que fechara um pouco os olhos.

– De minha parte irei pela casa ver se encontro alguém. E vós não deveis dormir, senhora. Agora não é hora.

— Não, não dormirei — diz a mulher.

Travers, que era homem mui prudente, levanta e vai pela casa. Nem mesmo vestira seus calções. Ergueu um pouco a arca e palpou o toucinho embaixo. Agora pensa que mentiu quando disse que eram eles. Depois vai para trás da casa. Carrega na mão um grande porrete. Encontra a vaca no estábulo. Ficou mui contente quando a viu.

E Barat vai bem devagarinho até a beira do leito.

Agora é justo que eu vos exponha como esse ladrão agiu à altura.

— Mariazinha, bela irmã — fala ele —, queria dizer-vos uma cousa, mas não ouso dizer o que tenho no coração. Onde colocamos nossa carne de porco esta noite? Já não sei mais o que fizemos com ela, tão profundo foi meu sono.

— Meu Deus, socorro, senhor Travers! — responde a mulher. — Que cousa ruim! Onde ela está? Coberta com aquela arca, em cima da esteira.

— Em nome de Deus, irmã, é mesmo — diz o outro. — Vou pôr a mão nela.

Ele jamais pensaria em lhe mentir. Soergue a arca, pega o toucinho e depois vai até onde Haimet o espera, ao pé do leito onde está à escuta. Barat chega e o empurra para fora, como alguém que muito o ama.

Travers foi se deitar. Até mesmo tornou a fechar muito bem a porta.

— Não há dúvida — diz sua mulher —, deveis realmente estar bêbado e abobado, que me perguntáveis inda agora o que foi feito de meu porco. Perdestes mesmo a memória. Nunca houve homem tão pouco afortunado.

— Quando? — torna ele. — Deus me socorra!

— Agora há pouco, senhor, Deus me salve!

— Irmã, nosso porco deu às pernas! — faz ele. — Jamais o veremos se eu não o roubar novamente daqueles ladrões. Não há ladrões melhores em país nenhum.

Travers levanta depressa e vai procurá-los, ele que essa noite teve tantos dissabores. Pega uma trilha através do trigal. Persegue-os a galope até chegar entre eles e o bosque.

Haimet estava já perto da orla do bosque, mas Barat inda estava atrás, que com o porco não podia correr. Travers, que o queria reaver, chegou até Barat mais depressa que a passo.

– Dá isso – diz ele –, estás cansado demais. Já o carregaste um bom tempo. Agora me dá isso e descansa.

Barat julga que alcançou Haimet. Coloca-lhe o porco ao ombro e depois vai adiante numa arrancada. E Travers fez o retorno o mais depressa que pôde. Volta com seu porco que bravamente salvou.

E Barat já correu tanto que chegou perto do irmão. Levou tal susto que caiu no caminho, pois pensava que ele estivesse atrás. E quando o outro o ouviu tropeçar, começou a arengar.

– Deixa-me carregar um pouco, não creio que por causa de um porco eu cairia assim. Cansaste demais. Deverias ter me encarregado dele.

– Pensei que estivesse contigo! Deus me dê saúde, Travers enfeitiçou-nos. Ele é que está levando embora seu porco. Porém se puder vou pregar-lhe uma peça antes que ele entre em casa.

E não hesitou mais; volta atrás a toda pressa.

Travers ia por um outro caminho, bem devagar e sossegado, como quem achava que não tinha do que desconfiar. Barat finalmente chegou junto dele, a pele molhada de tanto correr. Havia tirado a camisa e colocou-a, mui branca, em volta da cabeça. Assim fantasiado, comporta-se exatamente como uma mulher.

– Pobre de mim – exclama –, como estou morta! Como Deus me ampara para que eu não enlouqueça, pois sofri grande perda e tanto prejuízo com esses ladrões! Por Deus, caro senhor, onde está meu marido que sofreu tão grande perda!

Travers acreditou, teve certeza de que era sua mulher que vinha ali.

– Irmã – diz ele –, o direito retorna a quem tem direito. Eis que trago de volta meu porco. Passa-o três vezes na tua cona; assim não poderemos mais perdê-lo.

E o outro vai pegar o porco, ele que não contava segurá-lo nunca mais.

– Deixai que eu me arranje – diz. – Ide embora, senhor Travers. Vou estendê-lo bem de comprido.

– E tocai três vezes cu e cona!

– Podeis ir deitar; não ouso fazer isso agora, de vergonha.

Travers sobe a trilha e volta para casa. E o outro, que só esperava por isso, pega a carne pela corda, carrega-a como um fardo e vai a toda pressa encontrar o irmão.

E quando entrou em casa Travers deparou com sua mulher em lágrimas.

– Sem dúvida, Maria, isso nunca aconteceu antes, a não ser por algum pecado. Eu pensava que vos tinha encarregado do porco no fim do jardim. Mas agora sei que era o outro que veio furtá-lo de mim. Deus meu! Como ele pode parecer u'a mulher, tanto em gestos como em palavras! Fui me meter em má escola! Que porco malfadado! Mesmo que sob o pé não me reste couro nem sola, vou tomá-lo de volta hoje mesmo. Agora, pois que já tive tanto trabalho, quero me pôr à prova novamente.

Ele pegou o caminho ao longo do bosque. E quando chegou bem no meio do bosque viu brilhar a luz de um fogo que os outros haviam acendido, eles que sabiam fazer isso muito bem. Travers parou ao lado de um carvalho e ficou ouvindo o falatório de cada um. Barat e seu irmão Haimet dizem que querem comer dessa carne logo de entrada, antes que o jogo possa mudar. Então vão juntos catar lenha seca. E Travers foi pé ante pé até o carvalho onde ardia o fogo. A lenha estava verde e por isso soltava fumaça, de forma que a chama não podia sair. Então Travers põe as pernas em volta do carvalho e vai subindo por tronco e galho. Subiu até chegar bem no alto. Não pretende roubar-lhes a carne. Os outros trazem lenha e jogam-na às mancheias no fogo onde vão colocar as postas para grelhar. E Travers começa a trabalhar. Pendura-se por um braço ao carvalho, tendo desmanchado as pernas dos calções.

Haimet ergueu os olhos para o alto e viu acima dele aquele enforcado, grande, medonho e pendente de comprido. Todos seus pêlos se eriçam de pavor.

– Barat, nosso pai veio nos fazer má visita –, diz Haimet. – Olha lá em cima onde está pendurado. É ele, não podes duvidar.

– Meu Deus, socorro! – diz Barat. – Acho que ele vai descer.

Tomando distância, os dois empreendem a fuga, de forma que não tocaram na carne, pois não tiveram tempo.

Quando já não podia enxergar nenhum deles, Travers não permanece em cima do carvalho. Vai embora com seu porco, rapidamente, pela trilha direta. E o traz de volta inteirinho. Nada estava faltando. Sua mulher começa a dizer-lhe:

– Senhor, sede bem recebido. Esta noite provastes vossa coragem. Nunca houve homem tão audaz.

– Irmã – responde ele –, acende o fogo e coloca achas e carvão. É preciso cozinhar nosso porco se quereis que nos reste algum.

Ela acende o fogo com lenha e coloca água no caldeirão e eles o penduram na cremalheira. Depois Travers corta, tranqüilamente e sem discussão, a carne do porco que lhe deu tanto trabalho essa noite. Quando toda a carne estava picada o caldeirão ficou quase cheio.

– Cara irmã – diz ele –, agora velai perto do fogo, se não vos importais; e eu, que não dormi esta noite, descansarei em minha cama. Mas não terei prazer nenhum nisso, pois inda não estou sossegado.

– Senhor – responde ela –, só a má sorte os traria de volta inda hoje. Agora, dormi bem e em paz. Eles não vos prejudicarão mais.

Ela fica velando e ele adormece, ele que tanto desejava o repouso.

E Barat lamenta-se no bosque. Sabe muito bem que Travers zombou dele, que o despojou da carne.

– Sem dúvida – diz ele –, pela nossa covardia jogamos fora o porco. E pela sua coragem Travers o tem agora. Deve estar se regalando. Acho que não o perderá de novo. Ele pode mesmo achar que somos merda se deixarmos que o recupere assim. Vamos até sua casa saber o que fez com ele.

Apressaram-se no caminho até que chegaram diante da porta. Barat espia pelo buraco e vê o caldeirão fervendo. Ficai sabendo que isso muito o aborreceu.

– Haimet – diz ele –, a carne está cozinhando. Sem dúvida isso muito me dói, fico fervendo por não podermos tomá-lo dele.

Diz Haimet:

– Deixai ferver a carne até que esteja bem cozida, pois não vou entregá-la de graça. Ele tem de pagar pelo meu trabalho.

Pega uma longa vara de nogueira, que afia com uma faca. Depois subiu na choupana e tira a coberta acima do local onde fervia o caldeirão. Tirou tanta palha que através da abertura viu a mulher de Travers cochilando, ela que ficou cansada de vigiar. Sua cabeça estava caída para a frente. E o outro desce a varinha, que era mais pontuda do que um dardo. Acerta direto no meio de um pedaço de carne. Pode mirar à vontade. Retira-o do caldeirão.

No momento em que o estava retirando, Travers desperta e avista aquele que era um ladrão forte e violento.

– Senhor – diz ele –, vós que estais aí em cima, não estais fazendo cousa certa ao me descobrir minha casa. Desse jeito nunca terminaremos com isso. Vamos repartir, de sorte que todos fiquem com car-

215

ne. Descei pois. Deixai um pouco e também pegai um pouco, que cada qual tenha sua parte.

Eles desceram prontamente e assim repartiram a carne de Travers enquanto ele olhava. Fizeram quatro montes. Não deixaram nem um punhadinho. Mandam a mulher sortear. Os dois irmãos receberam os dois montes grandes. Se puderem impedir, o melhor pedaço nunca ficará para Travers, que havia alimentado o porquinho.

É por isso, meus senhores Barões, que dizem: *Ladrões dão maus companheiros.*

Bibliografia

Como a bibliografia sobre os *fabliaux* é relativamente restrita, parece-me preferível apresentá-la por ordem cronológica, com um comentário crítico. Essa disposição, por si, dá a história resumida das etapas mais importantes no estudo dos *fabliaux* e permite que se veja ao mesmo tempo a evolução da problemática e o diálogo que se estabelece entre os que os estudaram. Incluí as principais obras críticas, as edições que servem como instrumento de pesquisa e algumas traduções. Entretanto deixei de lado artigos de interesse mais limitado, bem como traduções ou adaptações de algumas peças escolhidas.

1581 Fauchet (Claude): *Recueil de l'origine de la langue et poésie françoise*. Fauchet (1530-1601) era presidente do Tribunal das Moedas. Segundo Nykrog, deve ter extraído seus conhecimentos dos mss. BN f. fr. 837 e 1593.

1744-1746 Caylus (Conde de): *Mémoire sur les fabliaux*. Dissertação de literatura, extraída dos registros da Academia de Inscrições e Belas Letras, t. XX, 352-376. Impresso em 1753 e reimpresso em 1934.

Estudo do ms. BN f. fr. 19.152, cujo fac-símile foi publicado pela Editora Faral em 1934. Ver a seguir. Não parece ter conhecido o ms. BN f. fr. 837.

1779- 1781 Le Grand d'Aussy (P. J. B.): *Fabliaux ou contes. Fables et romans du XIIe et du XIIIe siècle* – traduções ou extratos. 4 vols. Paris, 3ª ed. revista por G. Renouard. 5 vols. Paris, 1829.
Trata-se de traduções e extratos, muitos deles censurados e edulcorados.

1808 Barbazan (Etienne) e D. M. Méon: *Fabliaux et contes des poètes français des XIe, XIIe, XIIIe, XIVe, XVe siècles*, edição revista sobre os manuscritos da Biblioteca Imperial. Barbazan, Paris, 4 vols.

1823 Méon (D. M.): *Nouveau recueil de fabliaux et contes inédits des poètes français des XIIe, XIIIe, XIVe et XVe siècles*. Paris, 2 vols.

1839- 1842 Jubinal (A.): *Nouveau recueil de contes, dits, fabliaux et autres pièces inédites des XIIIe, XIVe et XVe siècles pour faire suite aux collections de LeGrand d'Aussy, Barbazan et Méon.* Paris, 2 vols.
As coletâneas de LeGrand d'Aussy, Barbazan, Méon e Jubinal constituem uma seleção muito ampla, em que um grande número de peças não se encaixa na definição de "*fabliau*" feita posteriormente.

1872- 1890- Montaiglon (Anatole de) e Gaston Raynaud: *Recueil général des fabliaux des XIIIe et XIVe siècles*, impressos ou inéditos, publicado segundo os manuscritos par... Paris, 6 vols. A única edição que se impõe ainda hoje. Os editores procuram definir o sentido do termo "*fabliau*" e limitar-se às peças que consideram como espécimes desse gênero.

1889 Pilz (Oskar): *Beiträge zur Kenntniss der Altfranzösischer Fabliaux. I. die Bedeutung des Worts Fabel. Diss Marburg*, Stettin.
Estudo exaustivo dos empregos do termo "*fabliau*"; suas conclusões continuam válidas.

1893 Bédier (Joseph): *Les Fabliaux. Etude de littérature populaire et d'histoire littéraire au Moyen Âge*. Paris, Champion, 2ª ed. 1895. (Biblioteca da Escola de Estudos Avançados, 98).

A primeira edição data de 1893; a segunda incorpora numerosos remanejamentos e correções. A mais recente, a quinta (1928), é uma simples reimpressão da quarta edição, sem alterações. Em sua bibliografia (nº 2488), Bossuat indica-a como "obra clássica". Bédier considera ilusória a pesquisa das origens e da propagação dos *fabliaux*. Prefere analisar-lhes o espírito e a forma, o público e os autores. Para ele os *fabliaux* seriam uma manifestação do espírito "burguês", em oposição ao da aristocracia. O apêndice I contém uma lista alfabética dos poemas que aceita como *fabliaux*. Ver Nykrog (a seguir) para uma lista anotada de acordo com sua própria definição.

1918- 1932 Entre 1918 e 1932 foi publicado certo número de traduções de *fabliaux* em francês moderno:

1918 Paris (Gaston): *Contes et récits des poètes et prosateurs du Moyen Âge*. Paris, Hachette, 10ª ed.

1932 Brandin (Louis): *Lais et Fabliaux du XIIIe siècle*. Paris.

1932 Pauphilet (Alfred): *Contes du Jongleur*. Paris.

1932 Omont (Henri): *Fabliaux, dits et contes en vers français du XIIIe siècle*. Fac-símile do ms. fr. 837 da Biblioteca Nacional, publicado sob os auspícios do Institut de France (Fundação Delarousse). Paris.

Reprodução em fototipia, com apresentação. Contém 260 peças, entre as quais 60 *fabliaux*. (O IRHT[1] conta 59, Bossuat 62).

---

1. IRHT: Institut de Recherche pour l'Histoire des Textes (Instituto de Pesquisa para a História dos Textos), pertencente ao CNRS (Centre National de Recherche Scientifique – Centro Francês de Pesquisa Científica). (N.T.)

1934 Faral (Edmond): *Le Manuscrit 19.152 du fonds français de la Bibliothèque nationale*. Reprodução em fototipia, publicada com introdução. Paris.

Contém 26 *fabliaux* (27, segundo o IRHT); esses fac-símiles representam dois dos manuscritos mais ricos em *fabliaux*. Os outros são: Berlim, Biblioteca Hamilton, 257 (30 *fabliaux*); Berna, Biblioteca da Burguesia, 354 (42 *fabliaux*); e BN. f. fr., 1.593 (23 *fabliaux*).

1950 Brereton (G.R.): "A Thirteenth-century List of French Lays and Other Narrative Poems", *Modern Language Review*, 45, pp. 40-45.

1955 Legry-Rosier (J.): "Manuscrits de contes et de fabliaux", CNRS, IRHT *Bulletin d'Information* nº 4, pp. 37-47. (Ed. du CNRS, Paris, 1956).

Inventário dos 60 manuscritos que contêm *fabliaux* ou contos. Os manuscritos são classificados por ordem de biblioteca e é levantado somente o conteúdo que tem relação com os contos e *fabliaux*.

1957 Nykrog (Per): *Les Fabliaux. Etude d'histoire littéraire et de stylistique médiévale*. Copenhague, Ejnar Münksgaard. Reimpressão: Genebra, Droz, 1973.

Contestação da tese de Bédier. Nykrog apresenta o *fabliau* como um burlesco cortês, de origem aristocrática, e nega seu parentesco popular ou burguês. Rychner censura-o por não descer abaixo do plano estético, até "a vida real das obras". A introdução é um excelente inventário da crítica até 1957. Acrescenta em apêndice uma lista das peças que admite como *fabliaux*, com algumas diferenças com relação à lista de Bédier. Obra importante e atualmente a única a fazer contrapeso à tese de Bédier.

1960 Rychner (Jean): *Contribution à l'étude des fabliaux. Tome I. Observations; Tome II. Textes. Neuchâtel* (Recueil de Travaux nº 28).

Estudo e edição de 17 *fabliaux* que se apresentam em pelo menos duas versões. Empenha-se em destacar os traços característicos de cada texto em comparação com os outros e eventualmente em depreender a natureza dessas relações. No tomo II as versões são apresentadas lado a lado. No tomo I as observações são de cunho rigorosamente objetivo. Excelente instrumento de pesquisa e modelo de método.

1960 Guiette (Robert): "Fabliaux", em *Questions de littérature, Romanica Gandensia*, VIII, pp. 61-86.

Trata-se de um artigo composto de três partes: um artigo geral sobre os *fabliaux*, sem análise nem exemplos de apoio, redigido em 1931 e defendendo a posição de que os fabliaux são um gênero sem segundas intenções, para um público diversificado (pp. 61-69); notas sobre o sentido das palavras *"fabliau"*, *"fabloyer"* (s.d., pp. 67-77); e um estudo temático do "Mari Confesseur" (s.d., pp. 78-86).

1961 Rychner (Jean): "Les Fabliaux: genres, styles, publics", em *Littérature narrative d'imagination*. Colóquio de Strasbourg, 23-25 de abril, 1959. Paris, PUF, pp. 41-54.

Sobre esse assunto, ver também: Togeby (Knud), "Les Fabliaux", em *Orbis Litterarium*, XII (1957), 85-98; Flutre (Louis Ferdinand), "Le Fabliau, genre courtois?", em *Besuch der Delegation der Universität Lyon an der Johann Wolfgang Goethe-Universität, Frankfurt-am-Main*, 7-9 julho, 1958 (Frankfurter Universitätsreden, H. 22) Frankfurt a. Main, 1960, pp. 70-84; Varvaro (Alberto), "I Fabliaux e la società", em *Studi mediolatini e volgari*, VIII (1960), 275-299.

1964- 1965 Bouly de Lesdain (A.M.): "Les Manuscrits didactiques antérieurs au XIVe siècle: essai d'inventaire", IRHT, *Bulletin d'information* n° 13, pp. 57-79.

1965 Jodogne (Omer): *Bibliographie sommaire et répertoire provisoire des fabliaux*. Louvain. (Mimeografado).

Apresenta a lista dos manuscritos que contêm pelo menos cinco *fabliaux*. Servindo-se da lista feita por Per Nykrog em apêndice a seu estudo, retira certo número deles, sempre seguindo a ordem de Nykrog. O repertório fornece o título, o número de versos, os manuscritos, as edições, os *incipit* e *explicit* de cada peça.

1966 Jodogne (Omer): *Répertoire des fabliaux. Fascicules I et II*. Louvain. (Mimeografado).

Retoma a bibliografia do primeiro repertório. Nesse segundo repertório, Jodogne procura classificar os *fabliaux* de acordo com o processo que forma o núcleo da narrativa. Distingue duas grandes divisões: as palavras e os atos, para em seguida chegar a uma subclassificação mais refinada. O repertório contém um resumo de cada peça.

1966 Jodogne (Omer): "Considérations sur le fabliau", em *Mélanges offerts à René Crozet*. Poitiers, Société d'études médiévales, pp. 1043-1055.

Retoma a classificação dos *fabliaux* do segundo repertório para fazer um prefácio teórico às duas obras anteriores.

1972 Lecoy (Félix): "Analyse thématique et critique littéraire. Le cas du fabliau", extraído das *Actes du 5e Congrès des romanistes scandinaves*. Turku, 6-10/8/1972. Annales Universitatis Turkuensis.

Pequeno artigo importante. Lecoy estuda o funcionamento dos temas em um objeto literário, tal como o conto ou neste caso o *fabliau*. Propõe um método de análise com base estruturalista para explicar a estrutura característica de um tema. Evidencia essa estrutura a partir do confronto e da análise das variantes.

1975 Jodogne (Omer): *Le fabliau* (Typologie des sources du Moyen Age occidental, fasc. 13). Brepols, Turnhout.
Retoma basicamente a classificação do segundo repertório.

Ver também, na página XLIV, a lista de edições utilizadas na tradução.